BLACK HAWK: AN AUTOBIOGRAPHY

ブラック・ホークの自伝

あるアメリカン・インディアンの闘争の日々

ブラック・ホーク

アントワーヌ・ルクレール 編

高野一良 訳

風濤社

ロックアイランド・インディアン管理局事務室にて

一八三三年十月十六日

冒頭にあたって本書が刊行されるに至った経緯について述べておくことにするが、以下に記すその経緯はすべて事実のことである。

マカタイミーシーキアキアク、英語名ブラック・ホークは、今年の八月、故郷に帰還し、私のところを訪れ、自分の生涯についての記録を是非本にし、出版したいと言ってきた。本を出版する目的は「アメリカ合衆国の人々、特に東海岸を旅した時に私に対して敬意を示してくれた人々、友情溢れる態度で非常に親切にもてなしてくれた人々に対して、私がなぜ先の戦いで白人にはむかう道を選ぶはめに陥ったのか、その際私の心を律していた原理原則は何であったのか、知っておいてほしい」ということだそうだ。

彼の望みを実現すべく、私は通訳となり、彼の物語を本にすることを了承した。そして細心の注意を払い、彼の話す物語を明確かつ丹念に再現することに努めた。また、本書が完成するまでには何度も原稿の見直し作業を行った。それゆえ、本書に記載されている事柄はすべてブラック・ホークの言葉を忠実に書き写したものと断言することができる。

アントワーヌ・ルクレール*1

アメリカ合衆国通訳（ソーク族、フォックス族担当）

この書をアトキンソン将軍[*2]に捧げる。

諸行無常が世の理、戦さの勝ち負けなど時の運、貴殿は勝者となり私は敗者となった。兵糧も物資も尽き、我ら戦士たちは長い厳しい行軍の末疲れ果て、我らは屈服し、私は捕われの身となった。

以下、私の生涯について語ろう。私がこれから語る物語には、貴殿がここまで過ごされてきた人生と結びつくところもあるだろうし、あるいは貴殿の人生そのものであった箇所も含まれているかと推察する。それゆえ、この書は貴殿に捧げたく思うのだ。

何度も何度も夏がめぐり、齢を重ねた私は老境にさしかかり、行く末もさほど長くはなかろう。父祖たちが住む世界に旅立つ前に私にはどうしてもやりたいことがある。私がなぜ白人に敵対したのか、その理由を明瞭にしておきたいというのが一つ。そして、私という人間に関する誤解を何としてでも解いておきたいというのがもう一つ。

貴殿は捕われの身となった私を丁重に扱ってくれた。貴殿ならば信頼に足る。私がこれからお話しする出来事は事実であることを、少なくとも貴殿が知っている範囲のことであれば、貴殿は間違いなく認めてくれるはずだ。

かつて我が部族の者たちは私に敬意を払い、私の考えを尊重してくれた。しかし、今や私は力なき一人の人間にすぎない。栄誉を得る道は厳しく、あまたの憂鬱な日々に足取りも重い。〈大いなる神秘〉[*3]が貴殿を明るく照らし続けることを心から祈る。かつては故郷の森に暮らし、貴殿らと同じように誇り高く、逞しく生き抜いてきた私だが、アメリカ合衆国政府によって今や私は誇りを捨てざるを得なくなった。〈大いなる神秘〉が貴殿に対して私が受けたような屈辱を与えることがないよう、祈りを捧げたい。

ブラック・ホーク

一八三三年十番目の月の日に

編者からのお知らせ

アメリカを代表する偉人たちの中でも、今や最高の位置づけを与えられることもある英雄ブラック・ホークの伝記を公にすることについて、余計なことをくどくど述べる必要などなかろうとは思う。本書の中で立ち現れる彼の姿は時に戦士、時に愛国者、そして最終的にはアメリカ合衆国政府の捕虜となるが、忘れてはならない、彼はどんな場面においても部族の長《おさ》としてふるまっている。彼は自らの部族が持つべき権利について威厳に満ちた態度で、決然と、そして果敢に意見を主張し続けた。彼が引き起こした戦争をめぐってはいくつかの資料が公開されたが、それを読むと彼はこう考えているようだ。

自分、そして我が部族に対して正義が行われていない。

それゆえ、ブラック・ホークは以下のようなことを世に伝えたいと決断するに至った。すなわち、部族の者たちが白人から受けた危害や屈辱。なぜ父祖の地で戦争をするに至ったのか、その理由。そして戦争全般の経緯。

今世に出まわっている風説の類から、彼と共に勇敢に戦ってくれた者の生き残りや家族の者など数少ない部族の者たちを救うためには、自らが語るしか道は残っていない。これがブラック・ホークの切なる思いだ。

さらに言うなら、本書の中で彼が述べていることには注目に値する事実も含まれている。例えば一八〇四年にセントルイスでソーク族、フォックス族の代表者とインディアナ準州知事ウィリアム・ハリソン[*4]との間で結ばれた条約、特に後に双方の間で火種となり、武力行使をもたらすこととなったミシシッピー川東側の土地をめぐる条項について、彼は重要な指摘をしている。

この一八〇四年の条約では、ブラック・ホーク及び彼の部族が生活を営んでいた村落やトウモロコシ畑などを含むミシシッピー川東側すべての土地が、アメリカ合衆国政府側に割譲されることになっていた。だが、この条約を締結するにあたって行われた交渉とされるもの、ブラック・ホークの側からすれば、そもそもの目的はその時白人側に捕われていた仲間を解放することであり、その目的のためだけに部族の代表者四人はセントルイスに出かけ、白人側と話し合いを行う予定だった。ところが、この四人が白人側に言いくるめられてしまい、なおかつ複数部族を代表する者としての権限に関してきちんとした自覚も認識もなく白人側と話し合いを進めてしまい、結果としていつのまにかこの重要な条約が締結されてしまったというのが、ブラック・ホークの言い分だ。

インディアン各部族が部族全体の問題に関する話し合いを行う時には部族全員が集まるというのが常で、こういった慣習については合衆国の陸軍大臣もご存じのはずであり、実際どこかの席で話題にされたこともある。部族長の権限というのも実際限定的なものとなるわけで、重要な交渉事を独断で進めるなどということはまずあり得ない。ましてや、今議論しているこの一八〇四年の条約のような大問題について、若者抜きで決定を行うということなどあり得ないのだ。

　このようなインディアンの慣習は理にかなっているし、他者が侵してはならない領域のものだ。合衆国政府が自分たちに対して立ち退きを迫る権利がどこにあるのか、インディアン側が疑問に思うのも当然だ。何よりも、合衆国政府側が主張する権利の根底にある原理が他者の慣習を無視することであったのだから、インディアン側の反発もやむを得ない。

　最後に私、編者の役割について一言述べておこう。私はロックアイランドでソーク族、フォックス族の問題を取り扱う政府機関の通訳としてブラック・ホークと面談を重ねた。そして、彼の言葉を私が英語の文章に翻訳し、取りまとめたものが本書ということになる。本書に記載されている事実、あるいは考え方などについて、私が責任を担うことはできない。一人の年老いた族長としてのブラック・ホークの姿、そして彼が体験した物語を世に残すことが本意で、ブラック・ホークのために口述筆記を行った者として名を成そうなどということは一切考えていないということは、ご了解いただきたい。

アントワーヌ・ルクレール

ブラック・ホークの自伝
あるアメリカン・インディアンの闘争の日々

◎目次

五大湖周辺地図

［出典 Carl Waldman, *Atlas of the North American Indian* (New York :Facts On File, 1985) のブラック・ホーク関連のものを抜粋して掲載］

スペリオル湖
マキノー
ウィスコンシン州
ミシガン湖
ミシガン州
グリーンベイ
フォックス川
バッド・アックスの戦い(虐殺)1832.8.1〜2
ミネソタ州
ウィスコンシン川
ウィスコンシン・ハイツの戦い 1832.7.21
ミルウォーキー
プレーリー・デュ・シエン
コシュコノン砦
ガリーナ
アイオワ州
スティルマンズ・ランの戦い 1832.5.14
ロック川
フォックス川
シカゴ
(ディアボーン砦)
アイオワ川
ディクソンズ・フェリー
アームストロング砦
預言者ワボキーシークの村
ロックアイランド
(ソーケナク)
デモイン川
ウェイン砦
ペオリア
プロフェッツタウン
マディソン砦
エドワーズ砦
イリノイ州
イリノイ川
インディアナ
ソルト川
クィーヴァー川
カスカスキア川
ウォバシュ川
ヴァンセンヌ
ルイヴィル
ミズーリ州
セントルイス
(ジェファソン・バラックス駐屯地)
オハイオ川

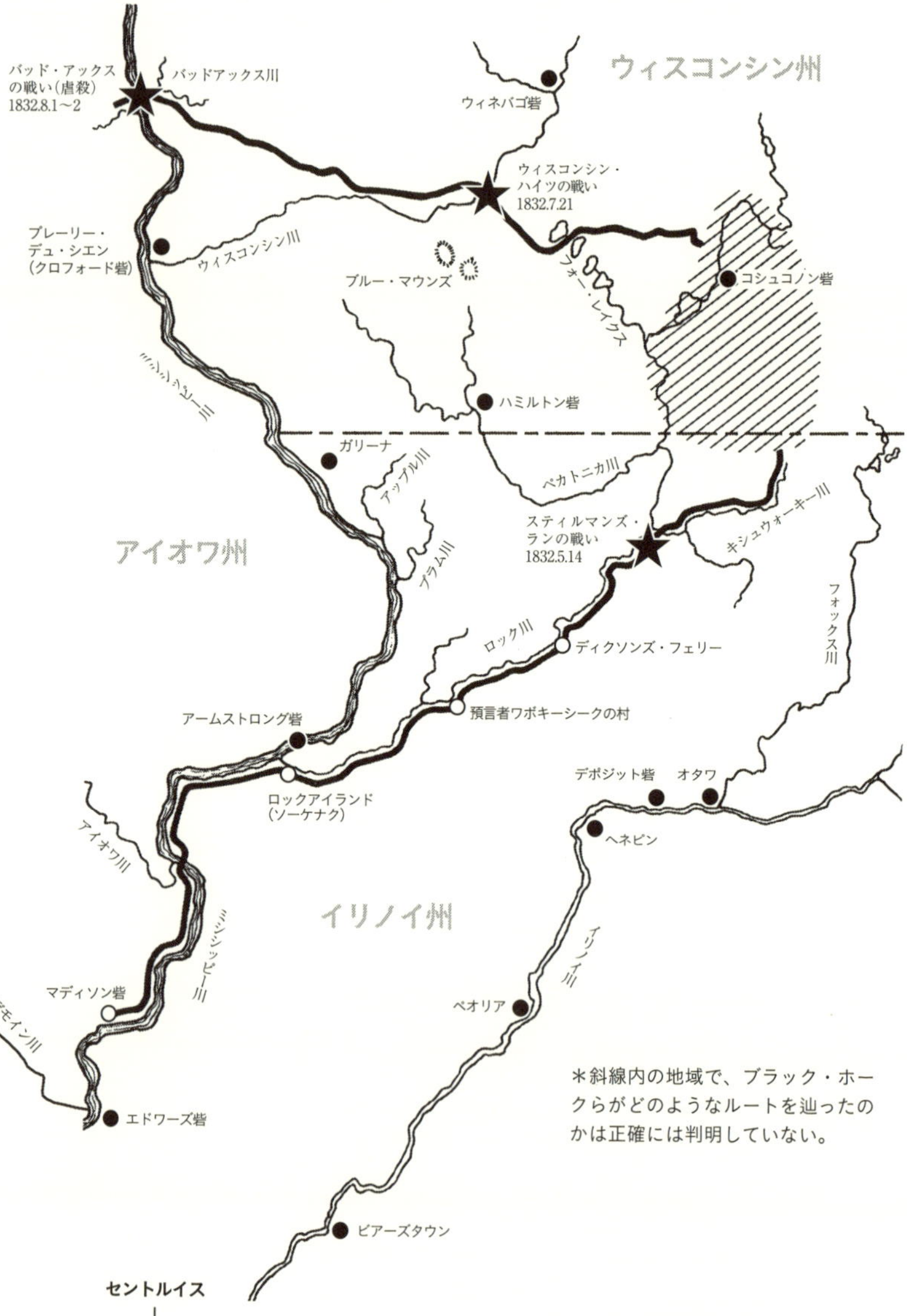

「ブラック・ホーク戦争」時、
ブラック・ホークらが辿ったルート

［出典 Donald Jackson, ed., *Black Hawk: An Autobiography*］

ブラック・ホークの自伝

あるアメリカン・インディアンの闘争の日々

祖父と〈白い人〉

私はロック川沿いにあるソーク族の村ソーケナク*5で生を享けた。それは西洋の暦でいえば一七六七年のことであり、今や私は齢六十七歳を超えた。

我が偉大なる祖父ナナマキー（「雷《サンダー》」という意味のこの名前を持つ祖父のことについては、我が父パイイーサが教えてくれた）はモントリオールの近くで生まれた。その土地は〈大いなる神秘〉が我らソーク族を最初に住まわせた場所らしい。

ある時〈大いなる神秘〉は我が祖父の心に語りかけた。これから四年の後、お前は〈白い人〉と出会うだろう。その〈白い人〉はお前の〈父〉となるであろう。

祖父はその言葉を信じた。

祖父は顔を黒く塗り、一日一食という生活を始めた。食事をするのは日が沈む頃。寝ている間はずっと〈大いなる神秘〉が授けた夢の中。この生活は三年続いた。

そして〈大いなる神秘〉は再び祖父の前に現れ、こう告げた。あと一年だ。お前はいよいよ〈父〉と顔を合わせることになる。その日が来る七日前に旅立て。お前の兄弟二人も連れていけと。

祖父は二人の兄弟、ナマー（意味は「チョウザメ」）、そしてパウカフムマワ（意味は魚の一種である「サン・フィッシュ」）を連れて、太陽が昇る地点の左方向に向けて出立した。五日間歩き続けたところで祖父は兄弟に命じた。先行し、耳を澄ませ。もし何か音が聞こえたら、棒の先に草を結び、音のした方向を指し示すように棒を立てておけ。それがすんだら戻ってこい。

翌朝早く二人は戻ってきた。音はすぐ近くで聞こえたそうだ。二人は祖父に命じられた通りのことをした。そこで今度は三人全員で棒を立てておいたところまで進んだ。

ここから先は祖父ナナマキーの単独行動となる。祖父は一人きりで音がする方向に向かった。そこには〈白い人〉がおり、テントを張っていた。[*6] 祖父の姿が見えると〈父〉がテントから出てきて、祖父の手を握り、テントの中に招き入れた。[*7]

〈白い人〉は自らをフランスという国の王の息子だと名乗り、彼もまた四年間夢を見続けていたと言う。〈白い人〉の話は続いた。

〈大いなる神秘〉が自分をこの場所に導いた。この場所に行けば〈白い人〉と顔を合わせたことのない人々と出会うはずだ。彼らは〈白い人〉の〈子〉となり、〈白い人〉は彼らの〈父〉となるはずだ。

こういったことを〈白い人〉はフランスの王に説いたのだが、一笑に付されたそうだ。それでも彼は、〈大いなる神秘〉が教えたこの場所に来て〈子〉らと会いたいと言い続けたらしい。

一方、そんなところに足をのばしても湖や山しかない、人と会うはずなどないではないかと、フランスの王も譲らなかった。だが、執拗に食い下がる彼の説得に根負けし、フランスの王は船を仕立て、乗組員も用意し、すべてを任せてくれたという。〈白い人〉は早速船に荷物を積み込み出航した。そして、〈大いなる神秘〉が〈子〉らと会うであろうと預言したその日、この場所に辿り着き、いずれこの土地全体を統べることになる者、すなわち祖父と出会うことになったのだそうだ。〈白い人〉は祖父にメダルを贈った。祖父はそのメダルを首にかけた。そこで、祖父もまた〈大いなる神秘〉に授けられた夢について〈白い人〉に話を聞かせた。少し離れた場所で兄弟二人が待っていることも話した。〈白い人〉は着物や毛布、ハンカチなどいろいろなものを祖父に渡し、兄弟たちのところに持っていくように言った。

祖父はバッファローの毛皮で作った服を脱ぎ、新しい着物を身にまとい、兄弟たちのところに戻った。祖父は〈白い人〉と出会ったことを兄弟たちに話し、〈白い人〉が渡してくれた贈り物を二人に見せた。メダルは兄であるナマーの首にかけた。そして二人に〈白い人〉に会いに行こうと言った。

〈白い人〉のところに戻った三人はテントの中に招き入れられた。出会いの儀式を済ませると、大きな箱を開けた〈白い人〉は祖父の兄弟たち用の贈り物を取り出した。〈白い人〉は祖父が兄ナマーにメダルを譲っていることに気づき、それはよくないことだと言った。〈白い人〉はこう言うのだ。

「そのメダルはお前が持っているべきだ。お前の兄弟たちには別のメダルを与えよう。お前にあのメダルを渡したのは、お前がこの土地全体を統べるべき者だからだ。お前の兄弟たちはお前たちの国の中で長となる者にすぎない。お前の兄弟たちは暮らしている村の中のことに関わり、面倒を見ていればいいのだ。

お前は彼らより優れた知識を持っているのだから、お前は兄弟たちの上に立つべきだ。お前の国が何らかの困難に直面したら、王たるお前の法に皆従うべきだ。お前が戦さをすると布告したら、お前は先頭に立って戦わねばならない。

〈大いなる神秘〉がお前を偉大で勇敢なる戦いの王と定めたのだ。だからこそ、あのメダルを私はお前に与え、お前を代表者として贈り物を渡したのだ」

こうして祖父の〈父〉となった〈白い人〉は四日間そこにとどまり、銃や火薬、槍の類を渡し、その使い方も教えてくれた。これらを使えば、戦さの時には敵を攻め立てることができるし、戦さで使わなくともバッファローやシカなど、暮らしを快適にし、豊かにしてくれる獲物を簡単に獲ることができるようになるはずだと〈白い人〉は言った。さらには料理道具や生活用品なども祖父らに贈り、使い方を教えた。その他、暮らしを楽にしてくれる物品も含め、実に多くの贈り物を祖父らに渡した〈白い人〉はフランスに向けて帰っていった。その際、一年後の再会を約したのだった。

さて、こうして新たに部族の長となった三人は自分たちの村に戻り、本当の父親であるムカタキートに〈白い人〉との出会いについて話をした。ムカタキートが彼らの国の第一の長だったからだ。

老いたる長ムカタキートは早速、長の座から降りる儀式を執り行うこととし、何頭かの犬を生け贄に捧げた。この儀式には部族全員が招かれた。三人の兄弟たちが一体何を見、何を耳にしたのか、誰もが知りたがった。

　老いたる長ムカタキートは立ち上がり、三人が彼に話したこと、彼らが体験したことを皆に告げた。そして、こう話をまとめた。

「〈大いなる神秘〉がお命じになったのだ。三人の〈子〉らが長の地位と力を継ぐべしと。ならば喜んで長の栄誉と義務を彼らに譲り渡そう。なぜならこれは〈大いなる神秘〉の意志なのだから。〈大いなる神秘〉を怒らせるようなことは決してしてはならない」

　老いたる長ムカタキートは大いなるメディスンバッグ[*8]を祖父に手渡し、こう申し渡した。

「さあ、これを受け取るのだ。これこそ我が部族の魂だ。決して汚してはならない。お前ならできるだろう」

　ムカタキートが出した結論について部族の中で意見の衝突がなかったわけではない。なぜなら、我が祖父ナナマキーはその時まだ年若き男だったからだ。風が吹きすさび、雷鳴がとどろく中、老いたる長ムカタキートは皆の者を鎮めようとした。

「いいか、この雷は我がなしたものだ。そしてこの雷こそ、〈大いなる神秘〉がナナマキーに与えた名前そのものではないか」

　その刹那、稲妻がすぐ近くに落ち、一本の木がめらめらと燃え上がった。部族の者たちも初めて目にする光景だった。我が祖父ナナマキーは木のところにいき、火のついた枝を何本か持ってきた。その火でテントの中を灯した後、兄弟たちと向かい合う形で席に戻り、自らの存念を語り始めた。

「私は確かにまだ若い。私が今与えられた地位は〈大いなる神秘〉がくださったものだ。私は生まれつき身に備わったもの以上のものを欲したことなどない。野心などを持ったこともない。我が父ムカタキートが生きている間に父に代わって長になってやろうとか、父が持つ権限を奪取してやろうとか、そんなことは考えたこともない。

〈大いなる神秘〉は四年にも及ぶ夢を私に与えた。〈大いなる神秘〉が私に告げたのだ。あそこに行けば〈白い人〉に出会い、その〈白い人〉は我ら全員の優しき〈父〉になるであろうと。私は〈大いなる神秘〉のお告げに従った。私はあそこへ行き、我らの新たなる〈父〉に出会った。

そこで起こったことについてはもうお聞きの通りだ。

〈大いなる神秘〉がかの者をあそこに遣わし、私に会わせるようにしたのだ。そして〈大いなる神秘〉がお命じになったのだ。私が部族の長になるようにと。我が父ムカタキートもまた喜んで長の地位を譲り渡してくれると言った。

雷がもたらしたあの火を見よ。〈大いなる神秘〉が私にくださった力を皆目にしたはずだ。

私の方からお願いしたいこともある。ここにいる二人の兄弟たちもまた長となり、務めを果たすことになる。二人は我が部族の者たちが平和に暮らしていけるよう心をくだき、貧しき者には必要なものを施してくれるはずだ。

そして、もしも誰か敵となる者たちが我が部族が暮らす地に襲いかかってきた時には、いや、そのようなことの起きてしまう前に私は命令を下し、敢然と立ち向かうことをお約束する。私が我が勇敢なる戦士たちの先頭を駆け、敵を殲滅してくれよう」

我が祖父の演説が終わると、誰もが口々に祖父ナナマキーのために叫んだ。皆納得したのだ。〈大いなる神秘〉がなした奇跡を目にし、そしてそれはおそらく我が祖父がなしたことなのだろうと思い、年齢に似合わずなんと賢い若者なのだと皆感嘆したのだ。

それから一年経った翌春、約束どおりフランス人の〈父〉はやってきた。船には様々な品が満載で、その品々は部族の者たちに分配された。それから長い間、彼と部族の者たちとの間の交易は定期的に続いた。部族の者たちは彼に毛皮の類を渡した。

戦士ブラック・ホーク誕生

さらに年月は流れる。フランスとイギリスの間で戦争が起こり、フランスを打ち負かしたイギリスはケベックからフランス勢力を駆逐し、我がものとした。[*9] インディアンの世界でも我らとは違う部族の者たちが周囲に現れ、我々に羨望のまなざしを向け始め、しまいには各部族が結託し、戦いをしかけてきた。彼らは強大な力を持つようになり、我が部族の者たちはモントリオールへ、さらにははるか彼方のマキノーへと追いやられた。[*10]

このマキノーの地で我が部族の者たちは、初めてイギリスの〈父〉と出会った。彼もまた我々に物品を渡してくれたのだった。

だが、我が部族の敵なる部族たちは執拗に我らを追いまわし、我が部族の者たちは五大湖沿いの各地を転々とし、ついにはグリーンベイのソーク川に集落を築くこととなった。[*11] ソーク川の名前は我が部族の名前に由来するものだ。

この地で我が部族はフォックス族の者たちと集会を開き、友好条約を結び、同盟することとした。そしてフォックス族の者たちは彼らが生活していた集落を捨て、我らソーク族に合流した。二つの部族の間で取り交わされた約束事は互いに厳守する必要があった。なぜなら両部族の者たちとも、敵なる部族に立ち向かうだけの力を持っていなかったからだ。協力しなければ生きながらえることなどできまい。まもなく、二つの部族の者たちは単一の部族になっていった。

ところが、敵なる部族の者たちの連合軍の勢いは強まるばかりで、我が部族の者たちはウィスコンシンの内陸部に向かわざるを得なくなった。そこで新たな拠点を築くと、若者たちの一団は安住の地を求め探索を行い、ロック川沿いに下っていき、ミシシッピー川との合流点まで足をのばした。若者たちは仲間のところに戻ると、なかなか暮らしやすい場所を見つけたとの報告を行った。そこで、部族の者たちは全員でその地に移住することとし、ロック川を下り、そこに住んでいたカスカスキア族の者たちを追い出した。我が部族の者たちは村作りを開始し、この地ソーケナクを手放すことは決してすまいと誓ったのだった。

このソーケナクで私は生を享けた。偉大なる長ナナマキー、英語名サンダーの正統なる継承者、それが私だ。十五歳になる頃までは記憶を辿ってみても、特筆すべき出来事はなかったように思われる。私は顔を塗ったり、鳥の羽でできた装飾品を身にまとったりすることは許されていなかったが、だいぶ若くして敵と戦い、傷を与えることができたため、勇者として認めてもらえるようになった。

しばらくしてマスコーテン族の長が我らの村にやってきて、共にオセージ族と戦う戦士を募った。オセージ族は我々共通の敵だった。父が参加するというので、私も志願し、戦闘に参加することにした。自分は決して不肖な息子などではなく、勇敢な戦士であることを証明するチャンスがめぐってきたと考えたからだ。

村を出るとすぐに敵と出くわし、戦いの火ぶたが切られた。私は父のすぐ隣にいた。父は相手を倒し、頭皮を切り裂いた。その姿を目にし、体中の血が煮えたぎった私は敵に猛然と襲いかかり、トマホークで相手を打ち倒し、槍で串刺しにした。敵の頭皮を割いて父のところに戻ると、父は何も言わなかったが、満足げな表情を見せた。その日、私が戦士として初めて相手を倒した記念日となった。

私の勝利が敵に与えた影響は甚大で、敵はすぐに撤退を開始し、戦闘はしばし休止となった。我が部族の者たちは村に戻り、剝ぎ取った敵の頭皮を並べ、その周りで勝利のダンスを行った。その日は、この勝利のダンスに私が初めて参加を許された記念日ともなったのだ。

数ヶ月が過ぎた。この時点で私は既に勇者としてかなりの名声を得ていた。ある日、私は七人の仲間を従え、百人はいたはずのオセージ族に戦闘を挑んだ。私はまず一人を倒し、仲間に頭皮を剝ぐように命じた。その間に、敵がどの程度武装し、どの程度の戦力を有しているか、私はじっくり観察した。私の判断では、敵もしっかり武装していた。私は退却を命じ、一人の仲間も失わず引き返した。この顚末においても同胞の者たちから拍手喝采を浴びた。そして時をおかず、私は一八〇人の仲間を引き連れてオセージ族と戦うことを許されたのだった。

我々は意気揚々と出発した。オセージ族の足跡を辿り、岩だらけの大地を進むと、ミズーリ川沿いに彼らの村が見えてきた。我々は慎重に村に近づいた。そこには敵が全員いるはずなのだ。ところが、村には人っ子一人残っていなかった。仲間たちは失望し、その失望はすぐに不満へと変わった。皆村へと引きかえしてしまい、残るは五名だけとなった。

私はこの五人の勇者を引き連れ、再び敵を探し始めた。〈大いなる神秘〉が五人もの仲間を残してくれたことに感謝の意を捧げ、何らかの戦果をあげるまでは決して村には戻らないと心に決めた。そして何日か後、一人の大人と一人の子供を手にかけ、彼らの頭皮を携え、村に戻った。だが、私の行いは身勝手と判断され、私は十九歳になるまでオセージ族に戦いを挑むだけの戦力を与えられることはなかった。しかし、この期間、我が部族の者たちはオセージ族に蹂躙され続けたのだった。

ようやく許しを得た私は有能なる戦士を二百人集め、朝早く出陣し、隊列を組んで進軍した。二、三日進むと敵の勢力圏に入り、まもなく我々とほぼ同数の敵に出くわし、我々は進軍でかなり疲れていたものの戦闘を開始した。

敵も味方も共に激しく戦った。敵は自らの土地を譲る気など毛頭なく、我が方も敵を叩きのめすか死すかの覚悟を決めていた。何人ものオセージ族の者が倒れ、多くの者が負傷し、オセージ族の者どもは退却し始めた。我が部族の者ほど勇敢で、才覚に溢れ、有能な戦士などいないのだ。この戦闘で私自身は五人の男と一人の女を殺害し、四人の頭皮を剝ぎ取ることに成功した。オセージ族は百人ほどを失ったはずだ。我が方の犠牲者は一九人。我々は村に帰り、戦勝を喜びあい、剝ぎ取った敵の頭皮を囲んで勝利のダンスを執り行った。

さすがのオセージ族も、この大敗を喫した後はしばらくの間おとなしくなり、自分たちの土地から出てくることもなくなり、我が部族に対する略奪もやんだ。

我々が注意を払わなければならない相手は変わった。父祖の代からの敵がまたしても跳梁し始めたのだ。ついにはか弱い女と子供たちがおびき出されて殺害される出来事が起こった。少人数の戦士を連れた父親に従い、我々は敵を探しに出かけることにした。

すると、メリマック川の近くで怨敵チェロキー族と出くわし、戦闘が始まった。数の上ではチェロキー族の方が圧倒的にまさっており、戦いが始まってすぐに、我が父は腿に傷を負った。だが、地に倒れ伏す前に父はなんとか相手の息の根を止めた。父が倒れたのを見た私は自分が指揮を執ることとし、猛然と戦いを挑んだ。やがて、敵たちは退却を開始した。

私はすぐさま倒れた父のところに戻り介抱しようとしたが、なす術がなかった。メディスンマン[*12]もこの傷では助からないと言った。まもなく父は息を引き取った。この戦いで私は三人殺害し、何人かに傷を与えた。敵の死者は全部で二八人、我が方の死者は七人。

父が死に、彼が父祖の代から引き継いでいたメディスンバッグは私のものとなった。我々は死者を埋葬し、村に戻った。我が父、部族の長を失ったことで誰もが悲しみに暮れていた。この出来事により私は五年もの間、顔を黒く塗り、〈大いなる神秘〉に祈り続けた。この期間、喪に服した私は静かに時を過ごし、狩りや魚獲りばかりしていた。

しばらくするとオセージ族の者どもがまた蠢動し始め、攻撃を再開してきた。〈大いなる神秘〉も私を憐れんでくれたのか、最初に私が少人数部隊で敵と衝突した時、敵はわずかに六人だった。この少数の相手を殺戮するのは臆病者がすることだと考えた私は、奴らを捕え、セントルイスにいたスペイン人の〈父〉に引き渡し、村に帰った。

我が部族の者たちを傷つけ続けてきたオセージ族の者たちを、今度こそ徹底的に殲滅してやると決意を固めた私は、村に帰るとただちに勇者を募った。そして三ヶ月後、私は五百人のソーク族、フォックス族、そして百人のアイオワ族の戦士を連れて戦いに出発した。

何日か進み続けるうちに敵の足跡が見つかった。時間も遅かったのでその日はそこに野営することにした。次の日の早朝出発した我々は、日が沈む前に四〇もの敵の住み処を見つけた。我々は、二人の女を除いて、そこにいた者全員を殺害した。二人の女は捕え、捕虜とした。この戦いで私は七人の男と二人の男の子を手にかけた。

この戦いでオセージ族の者たちは最も勇敢なる戦士の多くを失い、彼らはようやく自らの土地にとどまり、我らの猟場を荒らさないようになった。

さてチェロキー族だ。我が父親を死に追いやったこの部族の者たちへの復讐の炎は燃え上がるばかりで、できることならチェロキー族を根絶やしにしてやりたい、そう考えた私は新たに勇者を募り、対チェロキー族の部隊を編成した。

早速チェロキー族の勢力圏に出向いた我々だったが、見つけられたのはたった五人で、仕方なく彼らを捕えた。ただ、四人の男をすぐに解き放ち、一人の女だけを捕虜とした。私の復讐の念はあまりに強く、たった五人の敵部族をあの世に送っても何にもならないと考えたのだ。

それから九ヶ月後、今度はチペワ族、カスカスキア族、そしてオセージ族掃討のための大規模な部隊を私は編成し、村を出た。戦いの旅は長く、かつ困難を極めるものとなった。戦いが一段落した時、私は既に齢三十五歳になっていた。七回ほど戦闘が起こり、小競り合いは何度も経験した。この一連の戦いで百人ほどの敵の命を奪ったのだが、私自身は一三人の勇者を手にかけた。

大損害を被った敵どもは、これでまたしばらくの間は我らの猟場から駆逐されることとなり、我々は安心して村に帰った。喪に服し、戦死者を埋葬した後、我々は祭礼を行い、ダンスを踊った。それから冬を迎えるための猟の準備をし、結果、その時の猟では多くの獲物を仕留めることができた。

新たなる〈白い人〉との交わり

さて、我々は夏になるとセントルイスまで出かけていって〈白い人〉と交易をするのが常だったのだが、今紹介した長い長い戦いのせいで何年間か交易をすることができないでいた。ようやく戦いの決着がつき、私はしばらくぶりにスペイン人の〈父〉のいるセントルイスを訪ねることとし、幾人かの仲間を招集した。

セントルイスに到着した我々は、現在、交易取引所が建っている場所にテントを張った。顔に色を塗り身支度を整えスペイン人の〈父〉を訪問すると、大歓迎を受けた。彼は多種多様な贈り物、大量の物資を渡してくれた。我々はいつも通りダンスを行いながら街を練り歩いた。住人たちは皆喜んでくれていたようだし、兄弟であるかのように接してくれ、いつも親切な助言をしてくれたものだった。

ところが、次の夏にセントルイスにやってくると様相が一変していたのだ。今にして思えばその夏がスペイン人の〈父〉と接触を持った最後の夏になったわけだが、住民たちの様子は悲しげで、皆暗い表情をしていた。私は話を聞いてみた。スペイン人たちが陰鬱になっていた理由はこうだった。アメリカ人がやってきてセントルイスを占拠することになりそうだと。*13

我々としてもスペイン人の〈父〉を失うというこの話は残念な知らせだった。なぜなら、アメリカ人の勢力圏近くに住んでいるインディアン部族から、風の便りで望ましくない噂が伝わっていたからだ。ともかく、いつも我々のことを対等な友人とみなしてくれていたスペイン人の〈父〉を失うということに、我々は強い失望の念を持ったのである。

数日してアメリカ人たちがやってきた。我々はスペイン人の〈父〉のところに最後のいとまごいをしに出かけた。そこにアメリカ人も来たので我々は部屋を出ようとすると、彼らは別の入口から部屋に入ってきた。我々はただちにロック川沿いの我らが村に帰ることとし、カヌーに乗り込んだ。セントルイスで交易を行う白人の友人が、これ以上交代してしまうのはもうお断りだ。

村に帰り、新しい連中がセントルイスを支配するようになり、スペイン人の〈父〉とはもう二度と会えなくなってしまったという知らせを伝えると、我が部族の者たちは皆がっかりしてしまった。

それからしばらくして、アメリカ人の軍人を乗せたボートがやってきた。*14 ボートには何人かの兵たちも乗船していた。実は彼らがソルト川の近くまで来ていることを伝えてくれた者がいたので、勇気のある若い部族の者たちが、どんな人間たちがボートに乗っているか、毎日偵察していたのだった。

ボートがとうとうロック川の我が村に到着すると、その年若いアメリカ人軍人は上陸し、通訳を通して我々に話しかけてきた。贈り物を渡してくれたので、我々もお返しで肉など食料を彼に渡した。

彼によればアメリカ合衆国の〈父〉は我々を大切に扱ってくれるということだったので、我々は大変満足した。彼はアメリカの旗をくれたので、我々はその旗を立てた。すると、彼はそこに既に立ててあったイギリスの旗を降ろすように言い、さらには我々が持っていたイギリスのメダルを渡すよう頼んできた。彼がセントルイスに戻ったら代わりにアメリカのメダルを送ってくれるというのだ。我々は断った。アメリカ合衆国の〈父〉、イギリスの〈父〉、両方いるべきだというのが我々の考えであったからだ。

アメリカ人の若い軍人はさらに別の場所を目指すといい、我々の村を後にした。そこで我々は少し離れたフォックス族の者たちが住んでいる村に使いを送り、アメリカ人がやってきたら手厚くもてなしてほしいことを伝えた。フォックス族の者たちはその通りにしたようだ。このアメリカ人はミシシッピー川を遡り、それからセントルイスに引き返したとのことだ。その後しばらくの間、アメリカ人との接触は途絶えた。交易はイギリスの商人と行っていた。

そういえば件のメダルのことだが、アメリカ人にイギリスのメダルを渡さなかったことは、結果的にその時点では正しい行いになった。イギリス人商人から聞くところによると、ミシシッピー川上流域で暮らしているあるインディアン部族の長はアメリカ人にイギリスのメダルを渡したものの、その代わりのメダルなど送ってくれなかったそうだ。だが、これは例の若きアメリカ人軍人のせいではない。彼はいい男だったし、非常に勇敢だった。なお、残念なことに彼は後に戦争で命を落としてしまったという。

このアメリカ人がミシシッピー川を下っていってから数ヶ月後、我々の部族の者が一人のアメリカ人を殺害し、捕えられてしまった。彼は犯罪行為を行ったということで、セントルイスにある牢屋に収監された。我々は村で話し合いを行い、彼のために何ができるか議論した。結論はこうだ。

クァシュクァミーら四名の者がセントルイスに行くこと。四人はアメリカ合衆国の〈父〉と面会し、仲間の釈放のためにあらゆる努力をすること。殺されたアメリカ人に対して賠償し、罪を償い、少しでも遺族の者たちを納得させること。

他部族の者を殺め、捕えられてしまった者を救い出す方法はそれしかなかったし、〈白い人〉たちも同様なことをしているはずだと我々は考えたのだ。

四人は部族の者たち全員の期待を背に受け、出かけていった。我々の願いはきっと聞き届けられるものだろうと我々は思っていた。捕えられた者の親族たちは顔を黒く塗り、食も絶った。〈大いなる神秘〉は必ずや彼らを憐れみ、夫であり父親であるかの者を妻、そして子供らのところに送り返してくれるに違いない。

四人はなかなか戻ってこなかった。ようやく戻ってきた時も、なぜだか村から少し離れたところにテントを立て、その日は村にやってくることすらしなかった。そして驚いたことに、我々の前に姿を現した四人は着飾っており、メダルまで手にしていたのだ。

これを見て最初、我々は良い知らせがもたらされるものとばかり思った。翌朝早く、ごった返す集会所に四人は入ってきて、自分たちが与えられた使命についてこう話を始めた。

「セントルイスに着くと、我々はアメリカ人の〈父〉と面会し、用件を伝え、我々の友人の釈放を求めた。アメリカ人の〈父〉はこう答えた。自分たちは土地が欲しいのだと。

そこで我々はミシシッピー川の東側、イリノイ川の西側の地域を渡すことに同意した。話がまとまったので、仲間は釈放され、一緒に村に帰れるものと我々は考えた。しかし、我々が村に向けて出発しようとしていると、牢屋から出されて走りだした仲間はすぐに銃で撃たれ、死んでしまった。

思い出せるのはこれだけだ。我々はセントルイスにいる間ずっと酒を飲んで、酔っぱらっていたものだから」

いわゆる一八〇四年の条約について私及び部族の者たちが了解していることは、右記の内容のことだけだ。あの時以来、私は何度も説明を受けてきた。この条約によれば、ミシシッピー川の東側の土地、すなわち我々の土地すべては毎年千ドル相当の贈り物を我々が貰い受けるという条件で、アメリカ合衆国に割譲されたということらしい。

私はアメリカ合衆国の国民の皆さんにどうしても聞いてみたいことがある。この条約を結ぶにあたって出席した我が部族の者たちは、我が部族の正当なる代表者と言えようか。我が部族側のクァシュクァミーら四人とアメリカの〈父〉一人、合わせて五人だけで取り決めた交換条件、つまりあれだけの広い土地に対する贈り物の額は妥当なものと言えようか。

まだまだ言いたいことはあるのだが、今はこれぐらいにしておこう。何はともあれ、この一連の出来事が、今後我々が巻き込まれていくことになる受難の日々の発端となったのは確かなのだ。

イギリスとアメリカの戦争

この条約が結ばれたとされる時からしばらくして、アメリカ軍の指揮官と兵士と思われる者たちが少し大きめのボートでやってきて、デモイン川の水源域から少し奥に入ったところで野営した。*15 彼らは木材を切り出し、建物を建て始めた。

この知らせは部族の者たちが暮らす村すべてに伝わり、話し合いが繰り返し持たれた。なぜアメリカ人があのような場所に建物を建設しようとするのか、意図や理由が理解できなかったのだ。

伝わってくる話によれば、そこで建設にあたっている者たちは兵士たちであり、大砲を運び込んでおり、白人の戦闘部隊であるのは間違いないという。

ただちに、私も含め何名かでその場所に出かけ、何が行われているかを見に行くことにした。着いてみると、なんと彼らは砦を建設中だったのだ。兵士たちは木材の切り出し作業を精力的に進めていた。よくよく観察してみると、彼らは常に銃を携えており、森に向かう時も敵国で任務にあたるかのように緊張感に溢れていた。

我が部族の長たち（私は含まれていない）と彼らの代表者である指揮官たちとの間で会合が持たれた。その席で相手側はこの砦は交易商のためのものだと発言した。さらには、まもなくこの砦に交易商がやってきて生活するようになり、物品をとても安価で売ってくれるようになるという話も出たらしい。ただし、兵士たちはそのまま残るということだった。

この話自体は歓迎すべきもので、まさか嘘ではあるまいという気持ちになった。ただどうしても疑いを拭いきれないところが、その砦の造りにあった。砦の建物すべてが交易専用のものとは到底思えなかったのだ。結局、相手側の話を信じきれず、彼らに作業の中止を要望し、我々は川を下って、野営地に戻った。

この頃になると、その場所で何が行われているのか気にし始めた数多くのインディアンたちが、ここにやってくるようになった。すると白人たちも不安に包まれ、動揺し始めたようだ。

そして、ついに事件は起きた。我が部族の若者たちが悪戯をしかけたのだ。若者たちはまず、白人の兵士たちが銃を持って木材の切り出し作業に向かう様子をじっと眺めていた。作業が始まると彼らは銃を手元から離すことになる。我が部族の者たちは銃が置いてあるところにこっそりと忍び寄り、彼らの銃を盗み、叫び声をあげた。驚いた兵士たちは斧を投げ捨て、銃のある場所に走り寄るも、既に銃はそこにはない。それればかりか、彼らは我が部族の若者たちに取り囲まれてしまった。我が部族の若者たちは嘲笑し、銃を兵士たちに投げて返した。

白人の兵士たちは砦に戻るとこの件を指揮官に報告した。事態を重くみた指揮官は、我が部族の長たちを砦に呼び出し、話し合いが行われることとなった。

我々の側も騒然となった。これから何が起きようとしているのか、我が部族のテント近くに建てられた小さな監視小屋は一体何なのかを誰もが知りたがり、砦の周りを取り囲んだ。中で何が行われているか見ようとして、木材を積んでその上に上ったり、古い樽を足場にしたりする者もいた。銃や弓矢で武装する者までいた。白人の兵士たちが銃に弾丸を込め、朝早く大砲の用意までしているのを目撃していたからだ。

勇気ある者はダンスを始め、砦の門のところまで行進し中に入り込もうとしたが、阻止された。そのため、我が部族の長たちと白人指揮官との交渉はあっという間に終了となり、白人の兵士たちが各々隠れていた部署から銃を持って飛び出してきた。さらには砦の門の前に大砲が据え付けられ、いつでも発砲する体勢をとった。さすがに我が部族の勇者たちも引き下がり、我々は全員野営地まで戻ることにした。

この時、我々はあらかじめ計画を立てて、砦を襲おうとしたわけでは決してない。今にして思えば、あの時我々があのまま砦の中に入り込んでしまったら、かつてマキノー砦で起きた事件と同様、白人たちは皆殺しになっていたはずだ[*16]。

野営地に戻った我々はそこを撤収し、ロック川の我らが村に戻ることにした。しばらくすると砦の兵力は増強され、我々が古くから知っている軍人たちもセントルイスからその砦にやってきた。

さて、この砦はマディソン砦と命名されたらしいのだが、マディソン砦から村に戻った我々のところに、ショーニー族の〈預言者〉、テンスクワタワ[*17]から使いの者がやってきた。テンスクワタワはウィネバゴ族[*18]の村々にも同様な使いを立てたらしい。使いの者の話では、ウォバシュ川にあるテンスクワタワの村に来て、彼と会ってほしいということだった。各部族の者たちはテンスクワタワの要請通り、彼の村に出かけていくことにした。

テンスクワタワの村から帰る際、この〈預言者〉は我々と一緒についてきた。そして彼はしきりにこう言うのだ。別の地域に住んでいるインディアンたちはアメリカ人たちからひどい仕打ちを受けている。贈り物を少々渡すことと引き換えに土地をすべて奪ってしまうのだと。彼の言葉は今でも耳に残っている。

「ウォバシュ川に暮らす仲間たちと行動を共にしないのなら、この村だってアメリカに取り上げられてしまうのだぞ」

当時は彼の言葉がまさか現実になろうとは思いもよらなかった。彼がこう言い続けるのも我々をただ仲間に引き入れたいがためのことだと判断し、我々は彼の要請をとりあえず拒んだ。彼は仕方なしにウォバシュ川に戻っていった。

まもなく、彼の要請を受諾したウィネバゴ族の者たちが部隊を派遣し、アメリカに対する戦闘準備が開始されたという話が我々の元に届いた。そして、いざ戦闘が始まると、まずウィネバゴ族の者たち数名が殺害され、その知らせを受けたウィネバゴ族はただちに各方面へ戦闘部隊を派遣することにしたのだ。鉱山地域に向かった部隊が一隊、ミシシッピー川沿いの要衝プレーリー・デュ・シエンに向かった部隊が一隊、マディソン砦に向かった部隊が一隊。*19

マディソン砦に向かった部隊は戦闘後我々の村の近くを通りかかり、戦果の頭皮をいくつか見せてくれた。彼らの戦果に大いに刺激を受け、新たにマディソン砦の襲撃を試みる者たちが出てきた。かく言う私もその一人で、仲間を引き連れてマディソン襲撃部隊に参加し、砦を乗っ取ってやろうと心に決めたのだ。

我々が砦近くまで忍び寄ったのは夜中のこと。砦の守備隊の動きや数について突きとめるため前日に派遣していた斥候によると、大きめのボートが夕方やってきて、一七名が新たに砦に入ったという。都合五〇名ほどが砦の中にいる。そして毎朝日の出と共に砦を出て行進をしているという。

ただちに以下のことが決せられた。アメリカ人の兵たちが行進をする場所ぎりぎりのところまで近づき、身を潜め、合図と共に銃を放ち、一気に砦の中に駆け込もう。

私は身を隠す場所を見つけるとナイフで穴を掘り、周りを草で覆った。私が身を潜めた場所は砦のすぐそばの、歩哨が歩いている足音も耳に入るような場所だった。夜明けまでにはとうに穴掘り作業も終了していて、私は日が昇るのをじりじりしながら待ち続けた。

太鼓の音がした。私は銃に火薬がちゃんと詰められているかを確認し、砦の門の方向を凝視し、門が開くのを待った。とうとう門が開いた。だが、行進してくるはずの部隊は出てこない。若者が一人現れただけだ。

彼は私のすぐ脇を通り抜けていった。すぐ近くだったので、ナイフで殺そうと思えばやれたわけだが、そのまま行かせてやった。彼はそのまま川まで道を辿っていき、もう一歩進んだら我々の仲間に出くわし殺されてしまっただろうが、すぐに砦に引き返し、門の中に入っていった。この機会を利用して門の中に駆け込んでしまおうとも考えたが、仲間たちが私と同時に砦に突入してくれるか自信が持てなかったので、じっとしていた。

再び砦の門が開いた。今度は四人出てきて、森を抜け、川の方に向かった。さらにもう一人出てきた。この男も川に向かって歩き始めた。突如ウィネバゴ族の者が銃を放ち、この男は倒れた。この機に乗じて我々は砦に向かって突進していった。しかし、我が方の二名が撃ち殺されてしまった。砦の射程外に逃れるため我々は後退し、斜面の蔭に身を伏せた。

双方から銃撃が始まった。銃撃戦は一日中続いた。私は仲間たちに砦に火をかけることを提案し、早速火矢の用意をした。夜になり、火矢を射かけ、何度か砦の建物に火をつけることには成功したものの、たちまち消火されてしまうので、あまり有効な作戦とはならなかった。

翌日の戦闘で、私はまずライフルを手にし、砦の連中が旗を揚げるために旗棒に結びつけていた縄を打ち抜いてやった。旗を揚げるのを邪魔してやったのだ。我々は銃撃を続けたが、残念なことに弾薬が尽きてしまった。もはや砦を占拠することは不可能と判断し、我々は村へ帰ることにした。この日の戦闘でウィネバゴ族の者が一人命を落とし、一人傷を負った。

後で聞いたところによると、この傷を負わせたのは砦で暮らしていた交易商で、ウィネバゴ族の者が自ら手にかけたアメリカ人の頭皮を剝いでいる最中に襲いかかったのだそうだ。にもかかわらず、このウィネバゴ族の者はその後回復し、今でも生きながらえていて、自分に傷を負わせたこの交易商を勇敢な戦士と思い込み、深い友情の念を感じているという。

さて、我々が村に帰ってからしばらくして、イギリスとアメリカの間で戦争が起こるという知らせが届いた。様々な部族から使いの者がやってきた。どの者たちの話も同じで、両国間で戦争が起こるのは間違いないようだった。彼らの話によれば、イギリスのインディアン管理官であるディクソンという男がインディアン各部族と話し合いを行い、また土産も渡し、味方をするように言っているという。[*20]

私自身その時点では、イギリス側につくか中立を保つか、決めかねていた。我々の土地にやってきたアメリカ人たちの心根に善なるものを見出したことなど一度もない。もっともらしい約束はするが、それを守ったことなど一度もない。それにひきかえ、イギリス人は大して約束などしないが、彼らの言葉は信用するに足りる。

例えばこんなことがあった。我が部族の者がプレーリー・デュ・シエンで一人のフランス人を殺してしまった時のことだ。イギリス人たちは彼を捕まえ、翌日銃殺に処すると伝えた。ちょうどその時、彼の家族はウィスコンシン川がミシシッピー川に流れ込む合流地点近くにテントを張っていた。彼は、自分は翌日死ぬことになったのだから、どうか家族の者たちに一日会わせてほしいと許しを乞うた。すると翌朝日の出前までには戻ることを条件にして、イギリス人は彼の願いを聞き入れた。彼は妻、そして六人の子供が待つ家族の元に最後の夜を過ごしに戻った。

彼が家族と最後に顔を合わせ、別れを告げようと考えた理由について、白人たちに理解可能な形で説明することは私にはできないと考える。こういう時の心の動きに、白人たちであれば、彼らが信じているらしい牧師と称される者が唱える教えに則った形で気持ちに整理をつけていくのだろう。我々は違う。我々は自らの心の中にあるものだけを信じる。彼もまたそうだった。

彼は約束通り、ただ淡々と妻や子と会い、別れ、草原を駆け抜け、砦へと戻った。定刻通りだった。イギリスの兵たちも既に準備を整えていて、ただちに彼は処刑された。私は彼の家族の元を訪れ、狩りや魚獲りをして家族の者たちの生活を支え、親族の者たちのところへ送り届けてやった。

しかしだ。なぜ〈大いなる神秘〉は白い人間たちをこの地によこしたのだ。あの者たちは我々を住み慣れた土地から駆逐し、悪魔のごとき酒や病、そして死をもたらした。あの者たちは、〈大いなる神秘〉があの者たちの住み処として最初に定めた島にとどまるべきだったのではないのか。

まあいい。話を進めよう。年のせいか、最近は記憶もあまり定かでなく、鼻から耳にかけて虫がぶんぶん飛んでいるような音もする。私の話もところどころ妙な具合になってしまっているかもしれない。だが、できるだけ正確を期して話を続けることにしよう。

我々の部族の長たちはアメリカ人に呼び出され、ワシントンにいるアメリカ合衆国の〈偉大なる父〉のところに出かけていった。[*21]長たちが留守にしている間、私はイリノイ川沿いにあるペオリアという町に出かけ、以前からの知り合いであり友人である交易商[*22]に会い、意見を求めようと思った。彼はいつも真実を教えてくれたし、これから何が起こるのか情報も確かだったからだ。だが、彼はシカゴに出かけていてペオリアにはいなかった。仕方なく、私はポタワトミー族の村に出かけ、それからロック川の自分の村に戻った。

しばらくして、アメリカ合衆国の〈偉大なる父〉との会見を済ませた長たちが村に戻ってきた。アメリカ合衆国の〈偉大なる父〉からどんな話を聞かされたのか、ワシントンで何を体験したのか、彼らは話した。彼らが言うには、アメリカ合衆国の〈偉大なる父〉は、来るべきイギリスとの戦争に際し、我が部族の者たちはどちらの側にもつかず、中立を保ってほしいとのことだった。我々の助けなどは必要ないようで、お前たちは狩りをし、家族を養い、静かに暮らしていればいいと言っていたという。さらにはこんな話も出たそうだ。

「イギリス人の交易商がミシシッピー川までやってきて物品を提供するという行為は、今後認められなくなる。その代わり、アメリカ人の交易商がふんだんに品々を用意してくれるはずだ」

この件について、長たちはこう発言した。

「イギリス人の交易商たちは、毎年秋になると掛け売りの形で銃や火薬、そして様々な品を提供してくれるので、狩りの準備も衣服作りも楽だった」

アメリカ合衆国の〈偉大なる父〉はこう返答した。

「マディソン砦にいるアメリカ人の交易商はたっぷり物品を用意している。秋にそこに行けば、必ずや掛け売りで商品を提供してくれる。イギリス人交易商がやってきたことと何ら変化はないはずだ」

その他、自分たちが何を目にし、いかに丁重に迎えられたか、長たちは我々に力説したのだった。

話を聞いた我々は大いに喜んだ。アメリカ合衆国の〈偉大なる父〉の言うことを信じ、イギリスとアメリカの戦争には関わらないことにした。反対する者などいなかった。平穏な日々が訪れるということに、特に喜んだのは女たちだった。穏やかな空気が村に満ち溢れ、何もかもが順調に進んでいくような気がした。我々は日常生活に戻り、ボール遊びに興じ、馬を駆り、ダンスをし、余暇のひと時を楽しむことが再び可能になった。大きな戦いが始まりそうだと最初聞いた時にはそんなゆとりはすっかり消え失せていたので、村は穏やかな空気に包まれた。トウモロコシの収穫も順調だった。収穫作業及びトウモロコシの倉庫の設営などは女たちの仕事だ。

すぐに秋がやってきた。約束の時だ。我々はマディソン砦を目指して出発した。そこで物資の供給を受け、狩場に直行する予定だった。誰の心も晴れやかで、意気揚々と川を下っていった。私自身は頭の中でこんなことを考えていた。今年の冬はお気に入りの狩場であるスカンク川の近くに行こう。

スカンク川に向かった私は、携帯していたトウモロコシと肉の一部をスカンク川へとつながる地点に置いておき、砦から狩場に向かう時に拾っていくということにした。私についてきた仲間たちも私と同じことをした。

翌朝、我々は砦に着きテントを張った。早速、私と部族の代表者が数名、砦の司令官のところに会いに行った。彼は我々を優しく迎え入れ、タバコやパイプ、そして食料などを渡してくれた。交易商も部屋に入ってきたので、坐っていた我々は全員立ち上がり敬意をもって握手をした。なぜなら、交易の全権は彼が握っており、これからの狩りがうまくいくかどうか、家族の者たちを養っていけるかどうか、すべては彼にかかっていたからだ。

我々に十分な物資を提供するようにとのアメリカ合衆国の〈偉大なる父〉からの命令は確かに届いている、そう彼が話を切り出してくれるのを我々はじりじりしながら待った。ところが意に反し、彼はなかなかその話題に入っていかないのだ。

しびれを切らした私はすっくと立ち上がり、簡潔に用件を伝えた。

「我々がここにやってきた目的は一つだ。十分な物資を提供していただきたい。春になったら、その分の支払いは必ずする。この話はアメリカ合衆国の〈偉大なる父〉が約束してくれたもので、だからこそ、我々はイギリスとアメリカの戦争にも手出しをしないことにしたのだ」

交易商はこう答えた。

「戦争に参加しないとのこと、それは上々。物資をたっぷりと提供する用意もある。狩りの成果を今渡してくれるなら、すぐにでも物資をお渡ししよう。ただし、掛け売りで物資を提供せよなどという指示は一切受けていない。今交換する物が何もないのであれば、こちらも何も提供するつもりはない」

むろん、我々は抗議し、彼に執拗に迫った。

「掛け売りの件は、ワシントンでアメリカ合衆国の〈偉大なる父〉が我が部族の長たちに約束したことだ。お前が納得すればすむ話ではないか。〈偉大なる父〉が嘘をつくはずがない」

しかし、砦の司令官もこう言い募るばかりなのだ。

「交易商が掛け売りなどできるはずがない。ワシントンにいる我が国の大統領からそんな指示も受けていない」

我々はすっかり失望し、テントのところに戻っていった。これからどうすべきか、途方に暮れるしかなかった。アメリカ合衆国の〈偉大なる父〉から直接話を聞いたはずの者たちもいたので、冬の狩りや生活を支える物資を掛け売りで提供してもらえるという交渉は本当に成立したのか、問い質《ただ》してはみた。交渉の当事者たちは以前話したことを繰り返し、話に嘘偽りはないと主張するばかりだった。その晩、陰鬱でやるせない気分が我々を覆いつくし、眠りにつくことができた者などほとんどいなかった。

朝になると、一隻のカヌーが下ってきて、緊急の連絡が伝えられた。それは機密事項といってもいい情報で、ラガトリー[*23]というイギリス人の交易商がロックアイランドにやってきたという。彼が引き連れてきた二つの船には物資が満載とのこと。とにかくロックアイランドまで早く戻ってくるようにと使いの者はせかした。

「ラガトリーは我々にとっていい知らせを持ってきた。いろいろな物品も用意してくれている」

そう言うと、使いの者はタバコ、パイプ、そして通貨となる貝殻玉を渡してくれた。

草原に燃え広がる炎のような勢いで、この情報は我々の中に広まっていった。我々はテントをたたみ、すぐにロックアイランドに向けて出発した。この時点でイギリスとアメリカの間で中立を保ち、静かにやり過ごしたいという我々の希望は潰え去った。理由はただ一つだ。アメリカ人に騙された、だから戦いに身を投じるしかなくなったのだ。

ロックアイランドにはさほど時間もかからず到着した。テントが張られているのを見た我々は歓声を上げ、銃を空に向けて撃ち、太鼓を叩き始めた。向こうからも返礼の挨拶として銃声がした。よく見れば、イギリスの旗もはためいているではないか。

我々が陸に上がるとラガトリーは誠心誠意もてなしてくれた。共にパイプをふかした後、ラガトリーはイギリスのインディアン管理官ロバート・ディクソンからのメッセージを我々に伝えた。大きな絹製の旗にラム酒の樽など、素敵な贈り物もいろいろと用意されていた。贈り物を渡した後、彼はこう言った。

「とりあえず今日のところは体を休めてほしい。詳しいことは明日話す」

我々は仲間が設営したテントに戻り、眠りについた。

翌朝、我々は彼と再び会い、交渉を始めた。

「二つの船に積まれた物資を部族の仲間で分かち合いたいので我々に渡してくれないか。春になれば毛皮をどっさり持ってくるから、支払いの点でも問題はないはずだ」

彼は我々の提案を受け入れてくれて、好きなように物資を使ってほしいと言ってくれた。我々は早速物資の分配を開始した。

すると彼は私を呼び、以下のようなことを告げた。

「ロバート・ディクソンがグリーンベイにいる。船は一二隻、物資や銃、弾薬を満載している。ただちに部隊を編成し、ディクソンのところまで行ってはくれまいか。ペオリアで交易商をやっていたお前たちの友人もポタワトミー族の戦士を集めるために奔走していて、今はグリーンベイにいる」

私はこの件を仲間の戦士たちに伝え、二百人の部隊を編成し、グリーンベイに向かうことにした。

出発する直前、私は古くからの親友のところに出かけた。いつも一緒に戦い続けた戦友だ。ただ、今では足を悪くしていて、長く行軍することはできなくなっていた。彼の息子は私の養子となっていて、二冬私と一緒に狩りをしたこともある。この息子を今回の戦闘部隊に入れたいと私は考え、親友に許しを得に行ったのだ。

親友はだめだと言った。足を悪くしてからというもの、私や私の養子となった彼の息子が彼の面倒を見ていて、我々がいなくなってしまっては生活ができないという。ならば、私のもう一人の息子をここに残しておくからとさらに頼み込んでも、彼は頑なに拒絶した。

「もう戦争は嫌なんだ。川を下っていってアメリカ人たちと出会った時、ずいぶん親切にしてくれたものさ。彼らと戦いたくはない」

親友は冬の間は息子を連れて、戦禍の及ばないソルト川上流の白人入植者の家の近くで過ごすことも、アメリカ人たちと約束していたようだ。仕方なく彼と別れた私は戦闘準備を進め、グリーンベイへと部隊を引き連れていった。

グリーンベイに着いた我々の目の前に現れたのは、イギリス人やインディアン各部族の者たちが野営している無数のテントだった。ロバート・ディクソン、そして彼の上役にあたる軍の司令官とも面会した。ディクソンは物資を大量に支給してくれ、タバコやパイプも渡してくれた。明日、正式な作戦会議を行うということだった。

グリーンベイにはポタワトミー族、キカプー族、オタワ族、ウィネバゴ族の者たちが多数集まっていた。各部族のテントを訪れてみたが、どの部族の者たちも意気軒昂だった。皆新たに銃や弾丸を支給されていた。身なりはそれぞれ独自のものであった。夕方使いがやってきて、ディクソンのところに来るように言われた。

彼のテントに行ってみると、二つの部族の戦闘の長と通訳が既に中にいた。ディクソンは丁重に握手を交わすと、二人の長を紹介してくれた。我々がしっかりと手を握り合うのを見たディクソンは満足げな様子だった。

私が席に着くとディクソンはこう話し始めた。

「ブラック・ホーク将軍、私はあなたのところに使いを送り、我々がこれから何を行おうとしているのか、我々がなぜグリーンベイまでやってきたのか、説明させていただいた。あなたが届けてくれた我が友ラガトリーの手紙には、あなた方が最近アメリカ人からどのような仕打ちを受けたのか書き留めてあった。さあ、これから我々はしっかりと手を取り合っていかなければならない。我らがイギリスの〈父〉はアメリカ人があなた方から土地を奪い取ろうとしていることを知っている。だからこそ私や勇敢なる戦士たちをここに送り込み、アメリカ人を駆逐し、元いた場所に押し返してやることにしたのだ。大量の武器や弾薬も送ってくれた。あなた方戦士全員が我らと共に戦ってくれることを我々は強く希望する」

話を終えたディクソンはメダルを私の首にかけ、絹でできた旗などを渡してくれた。そして話を続けた。

「全軍を指揮してほしい。明後日出発し、デトロイト近辺にいる我が軍と合流するのだ」

私はこう答えた。

「それはいかがなものか。私としてはミシシッピー川方面に侵攻したいのだ」

ディクソンの返答はこうだった。

「確かにミシシッピー川沿いにあるセントルイス周辺の地域を蹂躙するようにとの命令は受けている。しかしだ。私は長年ミシシッピー川で交易商をやってきた。だから、多くの入植者たちと付き合いがあるのだ。みんな優しかった。だから、あの人たちのところに軍を派遣し、女子供まで殺戮せよなどという命令には従えない。そもそも、あのあたりには戦うべき兵士たちもいない。これから向かうデトロイト方面にこそ多くの兵士が待ち構えていて、奴らを倒すことができればミシシッピー川流域は自然と我々のものになるはずだ」

私はディクソンの言葉に大いに満足した。これこそ勇者の言葉であろう。

私はペオリアにかつていた交易商の古い友人のことについても聞いてみた。ラガトリーの話によれば、彼は私が到着する前にここに来ているはずだという。ディクソンはやれやれといった様子で首を振り、こう説明した。

ディクソンは何度も使いを送り、多額の資金も送り、ポタワトミー族、キカプー族の者たちと一緒にここに来るように連絡したそうだ。だが、彼は拒絶した。イギリスの〈父〉が送ってくれた金では十分とは言えず、味方することなどできないということだ。ディクソンは仕方なく罠を仕掛けることにし、ポタワトミー族の長であるゴモという男とその仲間たちを彼のところに派遣し、生け捕り作戦を展開するという。もう二、三日もすればここに連れて来られることになるらしい。

翌日、我が部族の者たちにも銃器、弾薬、斧、ナイフ、衣服などが支給された。夕方になると我々は盛大な宴を催し、そして朝を迎えた。イギリス軍と合流するために五百名ほどの戦士を引き連れ、私はグリーンベイを出発した。イギリス軍の司令官も同行した。

シカゴを通り過ぎた。シカゴにあるディアボーン砦にいたアメリカ軍は姿を消していた。彼らはウェイン砦を目ざし進軍しようとして、砦を出てすぐに殲滅されたのだ。彼らはインディアンに引き渡すと約束していたはずの火薬をシカゴにたっぷりと貯蔵していたのだが、ウェイン砦へ進軍する前夜に処分してしまっていた。井戸の中にでも捨ててしまったのだろう。インディアンとの間の約束を守ってさえいれば、命を奪われることもなかったはずだが。我々も進軍の途中で何人か敵を捕らえ捕虜としていたが、私は捕虜を丁重に扱えと命じておいた。

ようやくデトロイト近くでイギリス軍と合流した我々は、すぐに戦闘を開始することとなった。アメリカ軍の戦い方は巧妙で、我々は撤退を余儀なくされ、被害も甚大だった。これにはすっかり驚いた。事前の話ではアメリカの兵士たちはきちんとした戦い方など知らないはずだったからだ。

この戦闘後の次なる目標は、守りを固めた砦の攻略だった。我が部隊も包囲戦に加わり、蟻の子一匹通さない態勢を固めた。我が陣地の近くで二人のアメリカ人が牛の世話をしているのを見つけ、捕まえて捕虜としたが、絶対に殺すなと命じ、イギリス軍にすぐ引き渡した。

しばらくしてアメリカ軍の兵士が乗った船が何隻かやってきて、対岸に上陸し、イギリス軍の砲台を占拠し、そこにいたイギリス兵たちを追いかけ始めた。だが、イギリス軍の兵士たちが大勢待ち受けていることも知らず深追いしたアメリカ兵たちは捕虜となった。私は川近くの現場へと急いだ。我が部族の者たちが間違った形で勇気を示すことを恐れたからだ。だが、遅かった。仲間のインディアンたちが捕虜たちを殺し始めていたのだ。私はすぐに仲間たちを制止した。武器も持たず、なす術を知らない敵を殺すなど勇者のやることではない。臆病者のすることだ。

我々はこの場所にしばらくとどまった。森の中に位置する場所が我々の持ち場だったので、この砦をめぐる戦闘全体の詳細は不明だ。ただ、イギリス軍がこの砦を奪取できそうな気配は感じられなかった。

まもなく、少し離れた別の砦へ向かうよう我々は言われた。その砦に接近すると、小規模な防護柵が設置されていた。この程度の防護柵しかないのであれば、そこにいるアメリカ兵の数はさほど多くはないだろうと、イギリス軍の司令官はディクソンに旗を渡し、アメリカ軍に降伏を呼びかけるよう命じた。

戻ってきたディクソンの報告によると、アメリカ軍を指揮していたのは若い司令官で、彼は

「戦わずして降伏することなどあり得ない」と返答し、こちらの申し出を拒絶したという。

ディクソンは私のところにやってきて、こう言った。

「明日になれば、我々イギリス軍があっという間に砦を占拠するところを目にできるぞ」

私も同じ意見だったが、翌朝、攻撃を仕掛けたイギリス軍は勇敢に戦いはしたものの、砦に立て籠もるアメリカ軍に敗れ、多くの戦死者を出す。事ここに至り、イギリス軍はとうとう全面撤退の準備を開始した。

私は彼らと行動を共にすることにうんざりしてきた。我々がいくら頑張っても結局負けてしまうし、戦利品など何もないではないか。私は彼らと袂を分かち、ロック川の我が家に戻ることにした。村を離れて以来妻子の消息も不明だったので、家族の者たちに会いたかった。イギリス軍が撤退の準備を開始した夜、私は二〇名ほどの仲間を引き連れてイギリス軍の野営地を離れ、村に向かうことにした。

イリノイ川に着くまでは誰にも会わなかった。イリノイ川でポタワトミー族の者たちが二つテントを張っているのを見かけた。彼らは我々を丁重にもてなしてくれ、食料も分けてくれた。彼らは、イギリス軍と行動を共にしている自分たちの仲間について知りたがっていた。イリノイ川でも戦闘は行われたらしい。驚いたことにその戦闘の最中、ペオリアにいた私の友人である交易商は捕われてしまったというではないか。

ポタワトミー族のゴモ率いる一党が捕まえたのかと私は訊いた。捕まえたのはアメリカの兵たちだというのが彼らの答えだった。アメリカの兵たちは二つのボートに乗ってやってきて、彼とフランス人入植者たちを捕え、ペオリアの村を焼き払ったという。なお、ロック川の我が部族の者たちのことについては彼らは何も知らなかった。

それから三日経ち、村の近くに到着すると、我々の目に崖の窪みあたりから立ち上る煙が入ってきた。私は仲間の者たちにこのまま村に向かうよう命じた。私は一人で煙が上がっている場所に行き、そこに誰がいるのか確認したかった。

そこに行ってみると、年老いた男が一人、悲しみに暮れた様子で佇んでいた。普段ならば、すぐにその場を立ち去っていたと思う。なぜなら、この男は一人きりになりたいと思ったからこそここに来たのだろうし、心の平安を求めて静かに〈大いなる神秘〉に祈りを捧げている者を邪魔してはならない。だがこの日の私は、彼が坐っているところまで行き、隣に腰かけた。彼は私に一瞥をくれた。そして、すぐに視線を地面に落とした。

なんと、その男は私の友人だった。イギリス軍がいるグリーンベイに向けて我が村を出発する直前、息子を戦いに連れていっていいか許可を求めに行ったあの友人だ。私の養子となった彼の息子、そして我が部族の者たちに何があったのか、聞きたいことは山ほどあったので、私は彼に問いかけた。だが、彼は魂が抜けたようなに何も答えない。おそらく何日もの間断食を続けてきたに違いない。

私はパイプに火をつけ、彼の口にそっと含ませてやった。彼は二、三回激しく煙を吸い込むと、目を私に移し、ようやく私の存在に気づいた。彼の目には生気が失われていた。もし私が水を持っていなかったら、彼はすぐに瞑想の世界に舞い戻ってしまっていただろう。彼に水を飲ませると多少生気が戻ったので、あらためて問いかけた。我が部族の者たちに何が起こったのだ、我らの息子はどうなったのだと。

今にも消え入りそうな声で彼は答えた。

「お前たちがイギリス軍のところに出かけてしばらくして、私は少数の仲間を連れて川を下った。アメリカ人との約束のことは、お前にも話しただろう。戦争に巻き込まれないで一冬過ごせる場所があるというので、そこに向かったのだ。目的の場所に着いてみると、砦が建っていた。我々に来るように言ってくれて、近くで狩りもできると話してくれていたアメリカ人の家族も、自分たちの家を砦内に移していた。そこで私は砦を訪ね、我々は数も少なく、友好的な態度を続けるつもりであり、ただこの近くで狩りをやらせくれさえすればそれでいいといった内容のことを白人たちに伝えた。

砦の指揮官は我々にこう言った。ミシシッピー川の東側、イリノイ川あたりまでであれば狩りを行っていい。そこでなら、誰にも狩りを邪魔されることもないだろう。馬飼いの者たちが入ってくる可能性があるから、そこへは行かないように指示を出しておこう。私は安全が確保されたことでほっとし、すぐにあてがわれた冬の狩場へと向かったのだ。

狩りの成果は上々で、楽しく過ごしたものさ。お前のこともよく話の種にしていた。息子はよく言っていたよ。お前がいなくて寂しい。今頃辛い思いをしているんじゃないかと。

二ヶ月ほど経った。息子はいつものように狩りに出かけた。ところが夜になっても戻ってこない。息子のことが心配で眠ることもできなかった。朝になって、妻は仲間のテントのところに行って、このことを伝えた。そして、みんなで息子を探すことにしたのだ。

地面には雪が降り積もっていたから、すぐに息子の足跡を見つけることができた。仲間たちが足跡を辿っていくと、息子は川へと続くシカの通り道に来ていたことが分かった。息子がたき火をし、枝に獲物のシカをぶら下げた場所も見つかった。しかし、それとは別の忌まわしいものも見つかったのだ。複数の白人たちの足跡だ。白人たちは息子を捕え、川を渡り、砦へと向かったのだ。

仲間たちが砦へ向かうと、すぐに息子の遺体を発見した。見るも無残な殺されようだった。顔を銃で撃ち抜かれ、身体は何ヶ所かナイフで突き刺され、頭皮も剝ぎ取られていた。両手は後ろ手に縛られていた」

そこまで話すと友人は一息ついた。再び話し始めた彼は、彼の妻がミシシッピー川に戻る途中に死んでしまったことも教えてくれた。私は彼の手をぎゅっと握りしめ、彼の息子を死に追いやった者たちに対し必ず復讐してやると誓った。

日も暮れて、あたりはもうすっかり闇の世界だった。そこへ猛烈な嵐がやってきて、土砂降りの雨と激しい雷が容赦なく我々に襲いかかってきた。私は身にまとっていた毛布を脱ぎ、彼の体を包み込んでやった。ようやく嵐が小康状態になったので、たき火を起こし、彼を火のところに連れて行こうとした。しかし、気がつくと彼は既に事切れていた。その晩、私は彼の遺骸の傍を離れなかった。

翌朝、仲間たちが私を探しにやってきたので、彼を埋葬するのを手伝ってもらい、そして仲間たちと村に戻った。彼を埋葬したのは、彼と最後に話をしたあの崖の頂上。昨年、ロック川を遡っていった時に彼の墓を訪れたのが最後の墓参りだ。

村に着くと、長や戦士たちがいて、私をテントに招き入れた。そのテントは私のために用意されたものだった。食事を済ませると、自分が目撃したことや体験したことを私はみんなに報告した。さらに、イギリス軍とアメリカ軍の戦い方についても細かく説明した。

敵を見つけたらそっと近寄り急襲し、敵を倒し、味方を守るためならありとあらゆるチャンスを生かすというのが我々の戦い方で、こうした戦いこそ理想的であるというのが我々の考え方だ。一方、イギリス軍もアメリカ軍も、太陽の光の下、身を隠すこともなくまずは行進を始め、それから戦闘に入る。そして味方が何人倒れようが戦い続ける。戦いが終わると宴に入り、ワインを飲み、何ごともなかったかのように時を過ごす。さらに何をするかと思えば、戦闘の結果について紙に書き残し、必ず自分たちが勝利したと宣言するのだ。ただし、その勝利宣言の中には味方の犠牲者の数は半分程度も記録されていないという。

イギリス軍もアメリカ軍も確かに勇敢は勇敢だ。だが、我々の戦い方とは違うのだ。特に戦闘の長、指揮官のあり方が違う。我々、戦闘の長に課された使命はとにかく「敵を殺せ、しかし、味方の命は救え」だ。白人の指揮官はそうではなく、部下たちに激しくボートを漕がせる一方で、自らは舵取りをしようともしない。銃の技術という点ではイギリス軍よりアメリカ軍の方が一枚上手だ。だが両軍とも、一般の兵士たちは身なりもみすぼらしく、装備品も十分には与えられていない。

私の話が終わると、今度は村に残った長から私に以下のような話が伝えられた。

私が部隊を引き連れて出発した後、村には戦える者が少数となってしまい、仮にアメリカ軍が攻めてきても村を守りきるのは不可能になってしまった。さらに、イギリス軍に加わった仲間たちが村に残していった妻子や年寄りは、生活に窮する事態に陥ってしまったという。そこで話し合いが持たれ、長の一人であるクァシュクァミーの意見に従い、老若男女を問わず全員がミシシッピー川を下りセントルイスへと向かい、そこに駐留しているアメリカ軍の保護下に入ることにした。

彼らが実際セントルイスに行ってみると、優しく受け入れてくれ、支給品を貰い受けて、ミズーリ川の方に向かうように指示された。こういったことの一方で、私を含めた戦士たちはイギリス側について戦っていたことになる。

次にケオククという男[*24]が村で戦さの長になったといって、私の前に現れた。どのような経緯でこの男が長になったのか、私は村の者たちに聞いた。返事はこうだ。

ペオリアに向けてアメリカの大軍が進んでいるのを斥候が発見し、我々の村も襲われるかもしれないとの不安が村中に広がった。そこで、これからどうすべきかの話し合いが持たれた。その結果、村を放棄し、ミシシッピー川の西側に逃げようということになった。

その時、ケオククが話し合いを行っている最中のテントの入口ですっくと立ち上がったそうだ。ケオククはまだ戦いで一人も殺していなかったため、テントの中に入ることは許されておらず、テントの外で坐って話を聞いていたのだ。年配の長であるワコミーがケオククのところに行くまで、ケオククはテントの入口から中には入ろうとはしなかった。

ケオククはワコミーにこう伝えた。

「私はテントの外で何が決定されるのか、ずっと話を聞いていた。散会する前に私を中に入れて話をさせてほしい」

ワコミーは席に戻り、ケオククを中に入れて話をさせてやってくれと仲間に頼んだ。皆はそれを許し、ケオククはテントの中に入り、長たちにこう話し始めた。

「アメリカ軍がこちらに向かって進んで来ているという知らせが届いた。そして、ただそれだけの理由で村を放棄し、ミシシッピー川の向こう側に逃げようとの決定が今なされた。情けない話ではないか。敵を目の前にして、ただ村を離れ、故郷を見捨て、逃げ出そうというのか。すべてを投げ出し、父祖の墓もほったらかしにして、ただ敵の慈悲にすがろうというのか。大切なものを守る一切をするつもりはないのか。私に戦士を預けてくれないか。そうすれば、私は村を守り、皆が安心して眠れるようにしてやろう」

話し合いに集まっていた仲間たちはケオククを戦さの長にすることを承諾した。ケオククは斥候を派遣した上で、戦士を引き連れ、ペオリアに向けて出発した。しかし、敵と遭遇することなく村に戻ってきた。アメリカ軍は村の近くに来てなどいなかったのだ。村の誰もがケオククを戦さの長にしたことに満足していた。彼は細心の注意を払って、部族の者たちが恐慌に陥ることがないようにしたに違いない。以上が、ケオククが戦さの長になった経緯及び理由だった。

私も一応納得し、妻子のところに戻った。皆無事だったし、男の子たちは立派に成長していた。

本当のことを言えば、自分の妻のことなど、女についていろいろと語る習慣は我々にはない。女たちは大体においてにこやかに自分たちの務めを果たしている。男たちが扱うべき社会的、政治的問題に女たちは決して関わろうとはしない。私は一人しか妻を持っていないし、今後も別の妻を持つことはないだろう。妻は良い女だ。息子たちに勇敢になれと教えている。

我が家に戻れば身も心も安らかになるものだ。だが、養子とはいえ我が息子の命が奪われたとなっては、もはやその安らぎに身を委ねることはできない。私は復讐を誓った。

復讐のために早速、私は三〇人ほどの戦士を集めた。そして、なぜ部隊を編成したかについて彼らに説明した。白人どもの手によって理不尽にもむごたらしく殺害された我が子の復讐こそ、今回の戦いの唯一の目的なのだと。我が息子の実の父に対して行った我が誓いのこと、その誓いを取り交わした会話が我が友との最後の言葉のやり取りになったことなども戦士たちに伝えた。私の話を聞いた戦士たちは全員、喜んで私と行動を共にし、我が目的の成就のために協力すると言ってくれた。

我々はカヌーに乗り込み、ミシシッピー川を下っていった。やがてマディソン砦が見えてきたが、砦は既に放棄され、燃やされていた。煙突が数本残っているだけだった。白人どもが我が部族の者たちが住む土地から姿を消しているのを目撃して、我々は大満足だった。

我々はさらに進んだ。カポグレイという場所の近くで、一人だけ仲間を連れて私はカヌーから陸に上がった。残りの者たちにはそのままカヌーでクィヴァー川との合流点まで行くよう命じた。私は仲間とクィヴァー川と小さな砦を結ぶ道を急いだ。クィヴァー川がミシシッピー川に流れ込む地点付近まで来た時、銃声が聞こえてきたので、我々は道の脇に身を潜めた。

すぐに、銃声が聞こえた地点から猛スピードで馬が走ってきた。騎乗する白人は二名。馬が目前に迫ったところで我々は銃を放った。馬は驚いて跳び上がり、二人は物の見事に落馬した。我々が彼らに跳びかかっていくと、一人は起き上がり逃げ出した。私はこいつを追いかけ、捕まえた。だが、追いついた場所には最近積み上げたばかりらしい木材の山があって、その木材を手につかんで、男は私に打ちかかってきた。

その時初めて男の顔がはっきりと見えた。なんと、知っている男ではないか。彼はクァシュクァミーが長をしている村にいたことがあり、そこの人々に畑の耕し方を教えていた。我々はこの男をいい人間だと思っていた。殺すには忍びないので、追いかけることはやめた。仲間と落ち合うともう一人の白人は殺してきたという。手には頭皮を持っている。

しばらく歩いていくと殺されたはずの白人が歩いてくるではないか。酔っ払いのようにふらふらとした足取りで、体中血まみれだ。私はこんな恐ろしい光景は見たことがない。私は仲間に奴を殺せと言った。このままではあまりに哀れだ。とどめを刺す瞬間を正視できなかった私は、そのまま歩みを進めた。すると、草むらの中からがさがさと音が聞こえてきたので音の主を探してみた。すぐさま二人の小さな男の子が身を隠しているのを見つけたが、我が子のことが頭をよぎり、見て見ぬふりをした。

とどめを刺した仲間が追いつき、そしてすぐに残りの仲間たちとも合流した。私は彼らに、白人たちが追いかけてくるだろうから自分について来いと言った。我々は小さな川を渡り、林の中で隊形を整えた。しばらくして白人たちが馬を駆ってやってきた。

私はリーダーと思しき人物に狙いを定め、引き金を引いた。弾は命中し、男は馬から落ち、絶命した。仲間たちも銃を放ったが、あまり当たらず、敵はこちらが銃弾を再装塡する前に襲いかかってきた。敵は包み込んでくるように押し寄せ、我々は草むらの中の深い窪地に追いつめられた。我々は銃弾を装塡し、敵が迫ってくるのを待ち受けた。

窪地の縁までやってきた敵は銃を放った。仲間が一人倒れた。我々も撃ち返し、敵を一人倒した。我々はすぐさま次の銃弾を装塡し、盛り上がっている土の脇に穴を掘り、身を伏せるようにした。もちろん敵の様子はつぶさに観察していたし、時をおかず総力を挙げて攻めかかってくるだろうと予想した。死の歌を口ずさみ始めた仲間がいたことを記憶している。

敵が何やら話しているのが聞こえた。

「こっちに来て戦え」と私は大声で叫んだ。

追いつめられたままでいるのは気に食わなかったし、なんとか現状を打破する糸口を探っていたのだ。ところがしばらくすると、木を切り倒す音が聞こえてくる。何をしているのか最初は分からなかった。よく見ると敵は砲台のようなものを急ごしらえで作り始めているではないか。そしてそこからあらためて銃撃をしかけてきた。しかし、我々に傷一つ負わせることはできなかった。私はもう一度敵に向かって「お前たちが勇気ある戦士であるのなら、こちらに来て戦え」と叫んでやった。

やがて日が暮れ始めると、敵は包囲を解き、砦へと戻っていった。この時私と一緒にいた仲間は一八名。最初に撃ち殺された一名をのぞいて皆無事だった。我々が追い込まれていた窪地の縁には白人の死体が一つ放置されていた。我々の銃撃を恐れ、仲間の死体を置き去りにしたのだ。我々はこの男の頭皮を剝ぎ取り、我が方の犠牲者をこの男の体の上に置く形で埋葬した。敵の体の上に埋葬することが、死んだ仲間に対する最善の弔いになると考えたのだ。

結局、親友と約束した復讐を完遂することはできず、致し方なく我々は村に戻ることにした。ただし、カヌーに乗って川を進むのは危険だと考え、慎重に陸路を辿った。

アイオワ川がミシシッピー川に流れ込む地点で妻子、そして村の大部分の者たちと再会することができた。私は決心した。家族と共に過ごそう。家族のために狩りをし、〈大いなる神秘〉の慈愛に包まれて慎ましやかに生活しよう。なぜなら、〈大いなる神秘〉は厳しい戦いから私を救い出してくれたのだから。

私はアイオワ川の支流で狩りをすることにした。その冬、ポタワトミー族の一団が私に会いにやってきた。彼らはイリノイから来たと言っていた。その中にかつて我々と一緒に暮らしたことのあるウォシュイーオウンという年配の男がいた。

彼の話によると、その秋、アメリカ軍がペオリアに砦を建設し、彼らがサンゴモ川に狩りに出かけようとするのを邪魔したらしい。ポタワトミー族の長の一人で、グリーンベイで私と一緒にイギリス軍に同行したゴモが彼らに伝えた話も、彼らをひどく落ち込ませたようだ。ゴモはイギリス軍を離れ、村に戻ってこう話したそうだ。

イギリス軍とインディアンの連合軍はモルデンという場所の近くで敗北を喫し、ゴモ自身は白旗を上げてアメリカ軍の指揮官に会いに行った。我が部族の者たちのために和平を望むとゴモは伝え、アメリカ軍の指揮官はペオリアの砦にいる総司令官宛ての紹介状を書いてくれたという。

そこで、ゴモとウォシュイーオウンは一緒にペオリアに向かうことにしたらしい。そして、ペオリアでアメリカ軍とポタワトミー族は今後一切戦わないことが合意され、ポタワトミー族の側からは二人の長と八人の戦士、アメリカ軍の側からは五人が選ばれ、セントルイスに出かけ、正式に和平条約を結んだ。

結果的にいい話し合いができたとウォシュイーオウンは我々に言った。

「狩場へ自由に行けるし、もう戦いとは無縁になれる。アメリカ軍は我が部族の者に手を出すことはもう絶対にしないはずだし、何よりも狩りの邪魔をしないと約束してくれたのだ。自分もアメリカ軍に対しては決して手出しはしない」

私は黙ってウォシュイーオウンの話を聞いていた。彼はただの年寄りだ。あまりに甘い話で、幼稚な判断としか思えなかった。

我々はポタワトミー族の者たちのために宴を開いた。ウォシュイーオウンには個人的に良馬を贈った。仲間たちもポタワトミー族の者たちに一頭ずつ馬を贈った。彼らは去り際に、お前たちもアメリカ軍と和平を結ぶべきだと我々に言った。我々は、約束はできないが少なくとも一般の入植者に対して戦士たちを派遣するようなことはしないと伝えた。

ポタワトミー族の者たちが去ってしばらくして、我が部族に属する三〇名ほどの戦士が、ミズーリ川沿いの和平が成立しているはずの地域から帰ってきた。彼らは五人分の頭皮を取り出し、ダンスを行おうと提案した。もちろん反対する者などいない。ダンスが終わると、戻ってきた者たちは自分たちの戦いの経緯について誇らしげに話し始めた。それでは我々もと、私と仲間たちも戦いに出かけていたこと、その戦いの目的のこと、そしてクィヴァー川の近くで経験した過酷な戦いのことなどを話し、二人分の頭皮を皆に見せた。

ミズーリ川から帰ってきた仲間たちは、何がそこで起こったのか、さらに詳しく語り始めた。「和平のための部隊」と彼らが聞き、そう認識していたアメリカ軍の部隊が殺害した人間の数についても話した。彼らによれば、イギリス軍と行動を共にしていた時に彼ら自身が手にかけた者たちを遥かに超えた殺戮を、その「和平のための部隊」は行っていたそうだ。

イギリス軍と再度合流しようとしている彼らに対して、私は言った。

「早くその部隊のところに行って、ポタワトミー族の者たちがもたらした知らせのこと、つまり本当に和平条約が結ばれたのだということを教えてやるべきだ」

彼らはミズーリ川へと戻っていった。「和平のための部隊」に家族の者を捕われた何人かの戦士たちも彼らと行動を共にした。

春になり、砂糖造りの作業も終了したので、鉛鉱山の近くにあるフォックス族の村を、私は訪ねてみた。彼らはこのたびの戦争には一切関わりを持たず、悲嘆に暮れる経験もしていなかった。私はそこに数日滞在し、ダンスを行ったり、宴に興じたり、心地よい日々を楽しんだ。

次にイリノイ川沿いにあるポタワトミー族の村にも足をのばすことにした。すると、知り合いのサナトゥワとタタパクキーはセントルイスに出かけているという。もう一人の知り合いゴモとは会うことができ、こういう話を聞いた。

ポタワトミー族とアメリカは和平を結び、さらにその和平を確たるものにするために七人の部族の者がアメリカ軍に同行している。ただ、先だって我らの村に来たウォシュイーオウンは死んだらしい。

彼は獲物の鳥をタバコやパイプなどと交換しようと思い、アメリカ軍の砦に出かけたという。実際彼はタバコと小麦粉を少々受け取ることができ、日が沈む前に家路につこうとした。ところが、砦を出るや彼は撃ち殺された。犯人はアメリカ軍の指揮官の一人で、道の脇に隠れて彼を狙ったらしい。犯人はウォシュイーオウンの遺体を湖まで引きずっていき、そこに沈めた。ゴモが彼の遺体を見つけ出したのだが、ゴモは遺族に二頭の馬とライフルを与え、このような事態になってしまったが、自分たちの部族がアメリカ軍との間で結んだ和平を壊してはならないと諭したそうだ。

私はしばらくゴモと一緒に過ごし、アメリカ軍の指揮官がいる砦にゴモと一緒に出かけてみた。私はポタワトミー族の言葉も話せるので、アメリカ軍の者たちも私のことをポタワトミー族の一人だと思ったらしく、丁重にもてなしてくれた。そして、アメリカ軍の指揮官の口から、ウォシュイーオウンの件は誠に遺憾であり、彼を殺害した犯人は必ず見つけ出し厳しく罰するとの発言があった。また、我が部族であるソーク族のことが少々気になっていたようで、ソーク族についての質問も出たので、私は答えてやった。

さて、一連の訪問を終えた私はロック川の自分の村に戻った。私の留守中に、アメリカ軍の一団がミシシッピー川を遡ってきて、プレーリー・デュ・シエンに砦を築いたらしい。彼らは我々の村の近くで小休止したようだが、とても親しげに見えたので、我が部族の者たちも丁寧にもてなしたということだった。

我々はそれぞれの家や村の修理修繕を開始し、トウモロコシ畑ももう一度使えるように土をならした。先日ミズーリ川に向かった仲間たちの分の畑も整備してやった。あの仲間たちも和平が確実なものになったらここに戻って来て、自分たちの畑を欲しがるだろう。我々の村の生活は再び穏やかなものになったのだ。女たちは実に楽しげに仕事に励み、すべてが順調にいっているように思えた。

それからしばらくして、アメリカ軍の兵士を満載した船が五、六隻、プレーリー・デュ・シエンを目指してやってきた。守備隊強化が目的のようだ。彼らもまた親しげな様子だったので、丁重にもてなした。一団を率いていた指揮官と話し合いを行い、彼や兵士たちを傷つけるつもりは毛頭ないことを伝えた。ただし、その気になればお前たちを打ち負かすことはたやすいと念押しはしておいた。彼らは一日我々と一緒に過ごし、ウイスキーをたっぷりと渡してくれた。

その晩のことだった。今度はイギリス軍の部隊がロック川を下ってやってきた。彼らは火薬を七樽渡してくれた。そして、プレーリー・デュ・シエンの砦はイギリス軍が奪取したことを教えてくれ、もう一度一緒に戦ってほしいと願い出た。我々は彼らに与することに決した。私は戦士を集め、先ほど順風を帆に受けて去っていったアメリカ軍の船を追った。この知らせが一日早く我々のところに届いていたら、アメリカ軍の奴らをあっさり捕えられたはずだ。何しろ、あの指揮官は何の心の準備もしていなかったのだから。

我々は陸路を辿ってアメリカ軍を追った。心の中ではこう念じた。あの船が座礁でもしていればすぐに追いつける。〈大いなる神秘〉の思し召しがあれば、まもなく奴らは我々の手の内に入る。〈大いなる神秘〉が望むなら、奴らを殺すことも可能だと。

急流沿いを進むと、アメリカ軍の船が強風を帆に受け快走しているのがはっきりと見えてきた。すると一隻の調子が悪いことに気づいた。船は風にあおられ岸辺に寄ってしまい、ついには座礁した。船に乗っていた者たちは上陸し、帆を下した。一方で他の船はそのまま先に進んでいった。これぞ、〈大いなる神秘〉が我々に授けてくださった贈り物ではないか。

我々は慎重に近づき、上陸していた者たちを銃撃した。攻撃をかわした者は慌てて船に乗り込み川へ逃れようとしたが、完全に座礁していたので無駄だった。我々は川沿いの土手まで音を立てずに進み、次に船に乗り込んだ者たちに向けて銃を放った。銃弾は船板を突き抜け、中に身を隠していた者たちを次々と倒していった。

悲鳴が聞こえてきた。私は仲間たちを鼓舞し、銃撃を続けた。何発か反撃もあったが、何の効果もなかった。私は火矢を用意し、船にたたまれた帆を狙って矢を放った。二、三本火矢を放つと当たり、帆に火が燃え広がった。すぐに船は炎に包まれた。

この時点でようやく、先行していた船の一隻が戻って来て、燃えている仲間の船近くに錨を下した。そして、死者や重傷者以外の全員を自分たちの船に収容した。その収容作業は、我々からも船を乗り移る者たちの姿ははっきりと見えていたので、正確に狙いを定め銃撃を行った。そして、指揮官に傷を負わせることに成功した。

さらにもう一隻船が戻って来た。錨を下ろそうとしたが、失敗して川辺に流された。この船は結局帆を上げていたロープを切り、誰一人仲間を助けようともせず、オールを使って逃げていこうとした。我々はこの船に狙いをつけ、何度か銃撃を行った。しかし、兵士たちは反撃してこなかった。怯えきっていたのだろう。もしくは乗船していた者があまりに少なかったのかもしれない。

私は仲間たちにこの船に襲いかかるよう命じた。我々が接近するとようやく反撃を開始し、仲間が二名撃ち殺された。なお、この戦闘での我々の被害者はこの二人だけだ。船に乗っていた者が数名跳び降り、必死に船を押し、彼らは一人の犠牲も出さず逃げきった。この船の指揮官は立派な奴だったのだろう。他の指揮官たちに比べて数段上の人物だったと思う。彼となら喜んで握手を交わしたいものだ。

我々は火をつけた船へと引き返すと、消火し、荷物を回収した。そこに一隻の小舟がやってきた。仲間が叫んだ。プレーリー・デュ・シエンからの使いだ。我々はイギリスの旗を掲げたが、その船は岸に上がってはこなかった。小舟は舳先を返し、来た方向に漕ぎ去っていった。我々は何発か銃を放ったが、小舟が遠くにいたため、まったく当たらなかった。

船荷の中にはウイスキー樽がいくつかあったが、これは「悪魔の薬」であるので、樽を割り中身を空にした。何本か瓶も見つけたが、これもまた「悪魔の薬」に違いない。白人たちも、病に陥った時にこれを飲んでしまえば命を落とすのではあるまいか。私は瓶の中身を川にぶちまけ、戦利品の捜索を続けた。

見つかったものは何丁かの銃、衣服が詰め込まれた大樽がいくつか、テントの布地などだった。すべて仲間内で平等に分配した。命を落とした仲間の埋葬も済ませ、ロックアイランドの対岸にあるフォックス族の村に我々は向かった。そこでテントを張り、イギリスの旗も掲げた。戦いを共にした仲間たちの多くが戦利品として奪ったアメリカ軍の制服を身にまとい、そのために我々の野営地はさながらアメリカ軍の駐屯地のようになってしまったのをよく覚えている。

我々は見張りを置いた上で、アメリカ兵から剝ぎ取った頭皮の上でダンスを踊った。しばらくして、何隻かの船が近くを通り過ぎていった。一隻には大砲までもが積み込まれていた。若者たちが追いかけ、銃撃を試みたが、ほとんど被害を与えることはできなかった。肝を冷やさせることすらできなかったに違いない。我々は確信した。プレーリー・デュ・シエンは確かにイギリス軍が奪取したのだ。ゆえに、砦を建てていた者たちを乗せ、あの大きな船は川を下って逃げていったに違いない。

その日のうちにイギリス軍の兵たちが小型船に乗ってやってきた。アメリカ軍の大型船を捕えることを計画し、急流でならばこの方が大型船より速いと考え、小型船に乗り込んできたらしい。イギリス軍はアメリカ軍の大型船に停船し降伏するように命じたが、拒絶され、大型船はまんまと急流を乗り越え、逃げ去ってしまったという。

イギリス軍は船から大砲を降ろした。加えて、大砲を管理する三人の兵士もつけてくれた。イギリス軍の者たちは、我々がアメリカ軍の船を襲った一件について、大いに褒めてくれた。それから、プレーリー・デュ・シエンでの戦闘について我々に教えてくれた。彼らはラム酒の樽を取り出し、我々と一緒にダンスを行ったり、宴に興じたりした。我々は戦利品の中から特に本や紙などを彼らに提供した。翌朝彼らは出発し、二、三日したら大軍を引き連れて戻ってくると約束した。

イギリス軍が残していった者たちの指示に従い、我々は作業を行うこととなった。二ヶ所に大砲を据え付け、扱う者たちの安全を保つための穴も掘った。それから我々は川の下流に偵察部隊を送った。すると、すぐに戻って来るや、アメリカ兵が大勢乗った何隻かがこちらに向かっているというではないか。私は我が勇士たちを招集し、アメリカ軍の来襲に備えた。一連のイギリスとアメリカの戦いの中で、私はまだ一度もアメリカ軍と本格的な戦闘をしていなかったので、今度こそ堂々と戦ってやると決意したのだ。

夕方、アメリカ軍が到着した。ヤナギが生えている小さな島に上陸し、我々と対峙する形となった。我々は夜の間に大砲の位置を変更し、翌朝、日が射し始めるのと同時に砲撃を開始した。一撃一撃確実に船に着弾し被害を与えていく様子に、我々は狂喜した。アメリカ軍は大急ぎで船を出そうとしたので、私はてっきり彼らがこちらに上陸して戦いを挑んでくると判断し、戦闘態勢に入った。ところが、残念至極、彼らは全員ほうほうの体で逃げ去ってしまったのだ。

アメリカ軍が上陸していた場所を仲間の者たちが見に行った。アメリカ軍はそれを阻止するでもなく、デモイン川へと急流を下っていったのだ。仲間の者たちは島に上陸し、そこにも陣地を作ることにした。

私は二、三人の仲間を連れて、アメリカ軍が砦を建てようとしていたプレーリー・デュ・シエンに行って、アメリカ軍が本当に全軍撤退しているのかを確認することにした。我が部族が住む地域に砦などごめんだ。その年の秋は獲物がとても多いトゥーリバーという狩場に行く予定だったので、そこに砦ができてしまえば狩場に行くことが困難になってしまうのだ。日が暮れて現場付近に到着した我々は高い崖の上で夜を過ごした。

たき火はしなかった。見つけられる恐れがあったからだ。若い者が交代で見張りをした。私は疲れきっていたせいもあり、すぐに眠りについた。すると夢の中で〈大いなる神秘〉が私にこう語りかけてきた。

「崖を下り、川に行ってみよ。切り倒された木があるはずだ。木の中は空洞で、中を覗き込むと大きな蛇がそこにいる。その蛇が見つめている先に気をつけろ。武装はしていないが、敵が近づいてくるぞ」

朝になって、この話を仲間にした。私は仲間を一人連れて窪地を利用しながら崖を下り、川へと向かった。しばらくすると、砦の建築現場が目の前に見えてきた。なんと砦はイギリス軍に奪取などされておらず、アメリカ軍による建築作業は着々と進行中だったのだ。場所は対岸の崖の上。大勢の男が働いているのが見えた。我々は四つん這いになって静かに進み、草をかき分け、川の土手付近に到達した。

そこには確かに切り倒された木があった。中には大きな蛇がいた。蛇は鎌首をもたげて川の向こうを睨みつけていた。私は慎重に体を起こし見てみると、二人の指揮官が武器も持たず、手と手を取り合って歩いてくるのが目に入った。夢で聞いたお告げ通りだ。

彼らは歩いてきたかと思うと引き返し、砦の建築現場に戻っていった。しばらくすると、なぜかまたこちらにやってきた。ところが、先ほどのように我々が身を隠していた場所近くまでは来なかった。もし近づいてきたら、こちらはいいライフルを携えていたので確実に命を奪うことができただろう。

我々はそっと川を渡り、草むらまで這って行き、静かに体を起こし、彼らがまた近くまでやって来ないか確認した。しかし、彼らは砦の中に入ったきりで二度と姿を現さなかった。命拾いしたというわけだ。

我々は引き返し、川を渡り、私は一人で元いた崖の上へと登っていった。仲間は川を少し下り、私が目指した崖の左側にある丘の上へ向かった。崖の上からも砦の建築現場を見ることができた。川の近くの、窪地のあたりを歩哨が歩いているのが見えた。歩哨の動きに私は注視した。丘の上に向かった仲間が、草むらの中、この歩哨に近づいていく。このままでは歩哨に見つかってしまうに違いない。歩哨が動きを止め、仲間が隠れている方角をじっと見ている。仲間も静止し、草一本動かない。やがて歩哨が再び歩き出した途端、仲間は発砲し、歩哨は倒れた。砦へ目を移すと、砦の中は大混乱。皆右往左往し、なかには慌てて土手の急斜面を滑り降り、船に跳び乗ろうとする者もいた。

発砲した仲間は私のところにきて、残りの者たちとも合流し、我々はロック川の我が家に急いで帰った。その後は何事もなく、我々は無事に家に帰り着いた。

私はメディスンバッグを身につけ、銃と槍は身から遠ざけた。武器を使う気にならなくなっていたのだ。我々を憤激させるようなことでもない限り、白人に対して戦士たちを招集し、部隊を派遣する気持ちもこの時点では失せていた。

それから春が来るまでは特に何も起きなかった。ただ一つだけ知らせが届いた。我々がイギリスの兵たちと共に急流沿いに作った陣地は放棄され、アメリカ軍に燃やされてしまったらしい。

春になり、冬の狩りから村に戻った我々の元に、イギリスとアメリカとの間で和平が成立したという情報が伝わってきた。*25 そして、我々インディアンの側もその和平に加わるよう要請され、招集がかけられた。場所は、ミシシッピー川とミズーリ川の間にある「スー族の水路間通路」と呼ばれるところ。招集に応じそこに行くべきだと言う者もいれば、そんな必要はないと言う者もいた。

村の政《まつりごと》を司る長の代表格であるノミテは、フォックス族の者たちがやってくると、「私が行こう」と言った。そこでフォックス族の者たちと共に我々はロック川を出発することとなった。

村を出てしばらくするとノミテは病にかかってしまった。我々はヘンダーソン川沿いにある別の村にとどまることにした。フォックス族の者たちはそのまま先に進み、我々はノミテの調子が良くなり次第、彼らを追うことにした。だが、ノミテの病状は悪くなるばかりで、とうとう彼は死んでしまった。ノミテの代わりに彼の弟が長となったが、新しい長はこのまま目的地に向かうことを拒絶した。もしこのまま旅を続ければ今度は自分が病に倒れ、命を奪われてしまうに違いないと新しい長は言った。それはもっともだ。我々は新しい長の考えに賛同し、その時は和平の場に出席することを取りやめた。*26

フォックス族の者たちが戻ってきた。彼らはこう我々に伝えた。

「和平の場で、自分たちはアメリカ軍の者たちと友好のパイプをふかした。お前たちは和平の席につかなかったので、アメリカ軍が部隊を差し向けるそうだ」

私はこの話をにわかに信じる気にはなれなかった。皆我々に立ち向かってきたアメリカ軍は敗れているではないか。

秋になると、ラガトリーやイギリスの交易商たちがロック川の我らの村にやってきた。ラガトリーは我々に川を下って和平条約を結ぶよう強く求めた。それがイギリスの〈父〉の願いでもあるという。さらには、冬になったらトゥーリバーの狩場に行ってほしいとも言った。このところその狩場が使用されていないため、獲物がふんだんに見つかるに違いないというのがその理由だ。

アメリカ軍の司令官が大部隊を引き連れて現れ、デモイン川で砦を建築し始めたと聞いた我々は、イギリスの交易商らと一緒に川を下り、アメリカ軍の司令官に会うことにした。会って、なぜ我々が和平調印の場に遅れたのか、説明するつもりだった。

デモイン川近くに着くと、イギリスの交易商たちは物資や船をある場所に留め置き、一隻だけで我々をアメリカ軍が駐留している場所に連れて行った。

我々はアメリカ軍の司令官と面会した。彼は船の上での面会を望んだ。なぜこの和平の場に遅れたかなど、話すべきことをすべて我々は話した。司令官は大変ご立腹のようで、ラガトリーに何やら話しかけている。私はラガトリーに司令官が何と言ったのか訊いた。司令官は彼を脅し、自分の船の帆桁で絞首刑にしてやると言ったそうだ。ラガトリーは私にこう続けた。

「だが、私は彼の言ったことなどまったく恐れていない。彼に刑を執行できるはずはない。なぜなら、私はイギリスの国民としてすべきことを遂行しているにすぎないのだから」

私は司令官に話しかけてみた。そして、我々とメノモニー族の者たちがトゥーリバーの狩場で狩りをすることを許してほしいと頼んだ。司令官の答えはこうだった。

「狩りをしてもいいが、氷が張り始める前に戻れ。砦の周囲で冬を越すことは許さない」

彼はこう続けた。

「なぜメノモニー族の分まで、お前が面倒を見るようなことを言うのだ？」

どう答えていいのか分からなかったので、こう答えることにした。

「メノモニー族には見目麗しい女たちが数多くいるのだ。そういう美しい女たちと行動を共にしたいとは思わないかね」

彼の許可を得、我々は狩場へと向かった。そして、冬の間中ずっと狩場を離れずにいた。氷が張り始めたら出ていけという指示に従わなかったわけだ。狩りは成功のうちに終わり、交易商たちには船に満載の毛皮を渡すことができた。交易商たちはマキノーへと向かい、我々は村に戻ることにした。

ここで一つ、私や我々の部族に関する話から脇道にそれることにしよう。話し忘れたことがあったことに気づいたのだ。これから話題にするのは我が友ゴモ、そうポタワトミー族の長のことだ。彼がロック川の我らの村を訪れた際、こういう話を私にしてくれた。

「ペオリアに駐屯しているアメリカ軍の司令官は非常に良い男だ。嘘は言わないし、我が部族の者に対してもいつも親切だ。ある日、彼が私を呼び出した。行ってみると、食料が尽きかけているので助けてほしいということだった。私は砦に食料を運び入れてやる約束をし、すぐに村に戻り、若者たちに砦の窮状と司令官の要望について伝えた。彼らは喜んで同意してくれ、狩りに行ってくれることになった。

狩りの成果は約二〇頭のシカ。彼らは獲物を砦まで運び、その入口に置いて、村に戻った。二、三日してから、まだ肉が必要かどうか、私は砦に行って聞いてみることにした。すると司令官は私に火薬と弾丸を渡し、もう一度狩りに出てほしいと依頼してきた。

私は村に戻り、司令官がもっと肉を必要としていると若者たちに伝えた。マタターという若者の代表格が、それならば一隊を引き連れ、イリノイ川の向こうまで足をのばそうと申し出た。そこに行けば、一日がかりになるとはいえ獲物はいっぱいいるし、我らの友人であるアメリカ軍の司令官も大喜びだろう。

彼は八人の男、そして妻など女たちも連れて狩場へと向かった。出発して半日が過ぎた頃、彼らの行く手に牛の群れを引き連れた白人たちの一行が見えてきた。マタターたちはまずいことに巻き込まれるとは考えなかったようだ。白人たちは彼らに気づいていなかったし、少しでも嫌な予感がしていれば彼らは白人たちとは離れて行動したはずだ。だが、マタターはわざわざ進路を変え、白人たちに会って話をしようと考えたのだ。

白人たちはマタターたちの存在に気づくと、猛スピードでこちらに突っ込んできた。マタターは銃を投げ捨て、自分は友好的なインディアンであること、アメリカ軍の司令官のために狩りに行こうとしていることなどを伝えようとした。だが、無駄だった。

白人たちは発砲し、マタターは傷を負った。マタターは倒木の枝の下に潜り込み、襲いかかってくる馬から身を守ろうとした。彼に向かって再び何発か銃弾が浴びせられ、満身創痍となった彼は死を覚悟したのだと思う。彼はこの時点で初めて一番近くにいた白人に跳びかかり、銃を奪い、彼を撃った。だが、それも束の間、血まみれになった彼は地に倒れ、絶命した。

マタターの後ろにいた仲間たちは彼が殺されたのを見て、慌てて脱出を図った。ところが追いつかれた彼らは、ほとんど全員殺害されてしまった。運良く生き残った私の一番下の弟が夜、この知らせを私に届けた。弟の傷は幸い軽かった。彼の話では、白人どもは牛の群れを放棄し、入植地に逃げ帰ってしまったそうだ。その夜、仲間たちの死に村中の者が悲嘆に暮れたことは言うまでもない。

夜が明けると、私は顔を黒く塗り、司令官と会うために砦に向かった。門のところで彼と面会した私は昨夜の出来事を彼に伝えた。彼の表情が一変した。我が部族の者たちの死について心から悔やんでいる気持ちが、彼の顔に見て取れた。

最初は、何かの間違いではないか、白人がそんな残酷なことをするはずがないと言っていた司令官も最後は、我が部族の者たちを虐殺した臆病者どもは厳しく罰せられることになるだろうと言ってくれた。

だが、私もこう言わざるを得なかった。

『我が部族の者たちは復讐するだろう。ただし、砦にいる者たちには一切手出しをしない。戦士たちはウォバシュ川に向けて出発し、友や縁者のために復讐を遂げる予定だ』

翌日、仲間を数名集め、狩りを行い、仕留めたシカを数頭砦の門のところに置いて、我々は復讐の旅へ向かった」

これがゴモの話だ。これと似たような話は何度も見聞きしてきたので、いくらでも紹介できる。しかしだ。この手の話をして悲しみや悔しさを思い起こすのは、もうごめんだ。私自身の話に戻るとしようか。

和平条約へのサイン

セントルイスにいたアメリカの長が我々に対して連絡してきた。[*27] セントルイスに来て、和平を結べという指示だった。我々はすぐに出発し、アメリカの長と一緒に友好のためのパイプをふかすことにした。

我々がセントルイスに到着すると早速集まりが開かれた。会場にはアメリカ側のお偉方がぎっしり坐っていた。彼らは口々にワシントンにいる〈偉大なる父〉の言葉を伝えると言って、我々を激しく攻撃してきた。卑劣な罪を次から次へと起こし、非道極まりないと言い募り、特に最初の和平を結ぶ場を用意した時に我々が現れなかったのは最低の行いだと糾弾した。

我々としては、嘘をつき、我々を騙したのはアメリカ合衆国の〈偉大なる父〉の方だと考えていたわけで、だからこそイギリス軍の味方をするしかなかったのだと反論した。そして、ここに坐っているお歴々がアメリカ合衆国の〈偉大なる父〉のメッセージをきちんと正しく我々に伝えているかどうかも疑わしいと述べた。

私は政《まつりごと》を司る長ではなかったので、ずっと黙っていたが、他の長たちはまくしたてた。

「お前たちが言っていることはでたらめだ。〈偉大なる父〉が我々を批判するようなことを口にできるはずがない。こういう状況に立ち至ったのは、アメリカの交易商がイギリスの交易商同様、我らに掛け売りで物資を提供してくれるという嘘を〈偉大なる父〉が口にしたがゆえのことだろう。原因は彼にあるのだ」

白人の長たちは大変怒っているように見えた。そして、こう言ってきた。

「ならば、和平条約締結の話はおしまいだ。侮辱されたまま引き下がるつもりはない。戦争を開始することとする」

我々の長たちは、相手を侮辱するために発言をしているわけではないことを説明しようとした。

「お前たちが嘘をついたという事実をきちんと指摘しておきたい。ただそれだけだ。お前たちを怒らせるのが目的ではない。お前たちだって、相手の話を信用できなくなったら、我々と同じように行動するに違いないではないか」

話し合いは続いたが、ようやく合意に達し、友好のためのパイプをふかすことになった。

さて、ここで和平条約の調印は白人流の儀式となった。私にとって初めての体験だ。羽ペンを持たされ、何やら紙の上に印をつけさせられた。まさか、この行為によって我が村、我が大地すべてを譲渡することに承諾を与えたことになるとは、この時点ではまったく知らなかったのである。[*28]この儀式の意味についての説明がきちんとあったのなら、私は当然調印の内容に反対し、条約にサインすることなど絶対にしなかった。それは、今に至る私の戦いの一生を見ればお分かりになることだと思う。

白人たちの法や慣習について、我々がどれだけのことを知っていたと思うのだ。例えば白人たちならやりかねないことだが、彼らが我々を人身売買しようと考えたら、我々はただおとなしく羽ペンで紙に何か印をつけさせられてしまうかもしれない。もちろん、我々の方は、羽ペンで紙に印をつけることの意味、つまりその行為によって自らを売買の対象とする契約に承諾を与えたことになる西洋流の交渉手続きについて、理解しているはずもない。それでも、結果、我々は白人たちに売られてしまうことになる。もう一度確認しておくが、この和平条約の調印とやらで、私及び我が部族の者たちは生まれて初めて羽ペンなるものを使用したのだ。

事の善悪について、我々は心の中の基準に基づいて判断する。この点、現時点での私の判断が間違いでなければ、我々と白人の間には考え方に大きな相違があるようだ。

もし仮にある人間が一生悪いことをし続けたとする。白人の社会では、その男が死に際してそのことを悔やむ気持ちになれば、それで許されるらしい。これは驚きだ。我々の社会では違う。我々は一生を通して善だと思ったことをやり遂げる。もし自分たちの家族にトウモロコシと肉がふんだんにあり、よその家族にないと知れば、すぐに自分たちの食糧を分け与えるだろう。自分たちに必要以上に毛布があり、誰か毛布が不足している者がいれば、もちろんその者に分け与えるだろう。後でまた、我々の慣習、生活の仕方についてはあらためてお話ししよう。

ともかく、条約へのサインを終わらせた我々は白人の司令官たちから丁重にもてなされ、ロック川の我が村へ帰ることとなった。帰宅してみると、ロック川に浮かぶロックアイランドに砦を建設するための部隊が駐屯していた。[*29] セントルイスで我々が話し合いをしてきたことと、この砦の建設という事態がどう結びつくのか、どう考えてもおかしいと私は思った。和平がなったのに、なぜ戦争の準備が始まるのだ。

だが、我々は砦の建設に反対する姿勢をいきなり示すことは、あえてしないことにした。ただ、非常に残念な気持ちになったのは確かだ。なぜなら、この島はミシシッピー川に数多くある島々の中でも最良の島で、特に若者たちにとっては夏を過ごす楽園のような場所だったのだから。そう、白人が言うまさに楽園、理想の公園。白人たちは巨大な村の近くに公園なるものを作っているというではないか。イチゴやブラックベリー、スグリの実、そしてモモにリンゴと、実に様々な種類の木の実をその島では手に入れることができる。急流の中に位置したこの島の近くでは旨い魚もよく獲れるのだ。私も若い頃、よくこの島で充実した楽しい日々を過ごしたものだ。おそらく良き〈精霊〉がこの島を守っているのだ。

その〈精霊〉が暮らしている島の洞窟のちょうど真上で砦の建設は進められていた。建設の模様は我々の村からもよく見えた。島の守り神である〈精霊〉は巨大な白鳥が羽を広げたような姿をしていると信じられている。大きさは普通の白鳥の十倍ほど。多くの者たちがこの〈精霊〉の姿を目にしている。〈精霊〉が暮らしている世界では我々は決して音を出さないようにしていたものだ。〈精霊〉の世界を乱してはならない。しかし、今や砦の建設が始まり、その騒音で〈精霊〉は姿を消し、〈悪しき霊〉がこの島を支配するようになってしまったのだ。

我々の土地、我々の暮らし

我々の村ソーケナクのことについて、あらためて説明しておこう。我々の村はロック川の北岸にあった。急流沿いだ。ちょうどロック川がミシシッピー川に流れ込む地点でもある。村の正面にはミシシッピー川の川沿いまで草原が広がり、村の背後には崖が連なっている。草原から崖にかけての斜面はさほどきつくはない。崖のすぐ脇に我々はトウモロコシ畑を作っていた。ミシシッピー川の流れとほぼ平行に四キロ弱は続く畑だ。

フォックス族の者たちの畑ともつながっていた。フォックス族の者たちの村はミシシッピー川沿いにあり、ちょうどロックアイランドの川下方向、島の先端の対岸に位置していた。我々の村との距離は五キロほどといったところだ。我々はロック川にある島々にも畑を作っていて、全部合わせると約八百エーカー(約三・二平方キロ)を耕していた。村の周りは畑にはしなかった。そこにはナガハグサという草が一面に生えていて、我々が飼っている馬たちの格好の牧草地になっていたのだ。

崖の周辺にはいくつかのきれいな湧き水の出るところがあり、飲み水には困らなかった。ロック川の速い流れには旨い魚が群れ、大地にはトウモロコシ、マメ、カボチャなどがなり、自然の恵みに満ち溢れていた。お腹の空いた子供がうるさく泣き始めることもなく、どの家族も食料に困ることはなかった。何もかもふんだんにあったのだ。

こうした自然の恵み豊かな土地に我々は百年以上住み続けてきた。誰がなんと言おうと、我々こそがミシシッピー川流域のこの地域の所有者なのだ。我々の土地は、ウィスコンシンからミシシッピー川とミズーリ川の間にある「スー族の水路間通路」と呼ばれるところまで広がっていて、全長四四〇キロほどとなる。

この楽園のような村で、しばらくの間、我々は白人たちとは接点を持たずに暮らしていた。つきあっていたのは交易商たちだけだ。誰もが元気いっぱいで、豊かな資源にも恵まれ、狩場は最高だった。あの当時、誰かよそから予言者が現れ、これから我々の身に降りかかることを口にしたとしても、誰一人信じなかったことだろう。まさか、我々が近い将来村や狩場から追い出されてしまうとは。父祖や親類縁者、友人たちの墓参りをすることすら許されない未来を誰が予測できたろう。

墓参りができないことの辛さをご理解いただけるだろうか。どうも白人の皆さんは我々のことをよく理解しておられない。我々にとって、身内や友たちの墓を訪れ、何年もの長きにわたって修繕を加えていくことが基本的な生活習慣となっている。我が子を失った母親であれば、その子の墓の前で一人静かに涙に暮れるし、勇敢な戦士であれば、戦さで勝利した時に父親の墓を訪れ、墓標を塗り直すものだ。父祖や縁者たちの骨が横たわっている場所でしか、こういった行いや勤めはできない。墓という場所で〈大いなる神秘〉は我々に憐れみを施してくださるのだ。

しかしだ。あの楽園のような日々はなぜ一変してしまい、我々はなぜ今こんな状況に追い込まれてしまったのか。あの頃は大平原を疾駆するバッファローのように生き生きとしていたのに、今では飢え、唸り声をあげるオオカミのような姿に我々は落ちぶれてしまった。

まあ、このくらいにしておこう。話が横道にそれすぎた。苦々しい記憶が頭の中に次から次へと甦ってくるので、どうしても愚痴っぽくなってしまうのだ。

ロックアイランドで砦の建設が始まった翌年の春、冬の狩場から戻った我々は、村にやってくる交易商たちと取引を行うことにした。その際、品質の良い毛皮を交易商に渡すのに反対する者もいた。特に強く反対していたのが、実際にその良質の獲物を獲った者たちだった。自分たちが持ち込んだ毛皮などが買い叩かれているというのが、彼らの反対理由だった。

その時の交易ではラム酒を数樽手に入れた。これは前の年の秋に交易商たちと約束していた物資で、この約束があったからこそ我々は張り切って狩りに向かったし、戦争も行わないことにしたのだ。交易商たちは我々から受け取った毛皮を満載して帰っていった[*30]。

取引終了後、年配の者たちは大宴会を開いた。当時、若者たちは酒を飲むことを許されていなかった。宴会が終わると、その冬に死んだ者たちの埋葬を行った。これは聖なる儀式だ。死んだ者の縁者たちは、自分たちが買い求めた品々すべてを友人たちに贈る。もちろん、そのようなことをすれば貧しくなってしまうわけだが、そうすることで自分たちが慎ましやかに暮らしていることを〈大いなる神秘〉に伝えることができる。その結果、〈大いなる神秘〉はこの者たちに憐れみを施すことになるのだ。

次に食料倉庫を開け、トウモロコシなど秋に収穫した食料を取り出して、倉庫の修繕を行う。その修繕が終わったら、次は畑作業だ。まずは畑を囲う柵を修理し、畑を手入れし、トウモロコシを植える準備をする。この畑仕事は女たちの仕事だ。女たちが畑仕事をしている間、男たちは宴会を楽しんでいる。宴会に出てくる食事はシカやクマ、鳥の干し肉にトウモロコシ。調理の仕方はいろいろだ。宴会の話題は冬の狩りの話が中心となる。

女たちによるトウモロコシの植え付け作業が終わると、大切な宴会が始まる。「ツルのダンス」と呼ばれる踊りから始まる儀式だ。男たちが集まっているところに、羽飾りで鮮やかに着飾った女たちが後から加わり、みんなで踊るのだ。

この祭典の最中、若き戦士たちは、自分が妻としたい女を選ぶことになる。まず最初に男が自分の伴侶としたい女のことを母親に報告する。男の母親は相手の女の母親のところを訪ねる。そして男が相手の女と会う時間のことなどが整えられ、その情報が男に伝えられる。決められた時間、それは夜中なのだが、皆寝静まっている頃（寝たふりをしているだけの時もある）に男は相手の女が住むテントに忍んでいく。暗闇の中、相手のテントを探すためにマッチを擦ることは許されている。やがて目的の場所を見つけた男は相手の女を起こし、相手に自分の顔が見えるようマッチを擦って火をともす。続いてそのマッチの火は女の顔の近くまで寄せられ、もし女がその火を吹き消した場合、このお見合いの儀式は終了だ。翌朝、男は女のテントに出かけていき、結婚が成立するのだ。

もし女がその火を吹き消すことをせず、マッチの火がそのまま静かに消えてしまった時にはどうなるか。まず、男は静かにその場を去る。翌日、男はみんなに丸見えのところで笛を吹き始める。若い女たちが一人、二人と自分のテントから出てきて、彼が誰のために笛を吹いているのか耳をそばだてる。笛の音色が変わる。お前たちのために笛を吹いているのではないぞと知らせるためだ。やがて、彼の意中の女がテントの入口に姿を現す。彼は求愛の笛を吹き続ける。女が再びテントの中に戻ると演奏はおしまいだ。そして、夜になると再度彼女の住まいに忍んで行くことになる。たいていの場合、この二度目の求愛で二人は結ばれることになる。

結婚することになった二人の男女は最初の一年間、相手が自分にふさわしい伴侶であるか、自分たちが幸せになれるかどうか確認することが許されている。もし一緒にやっていけないことが分かれば、二人は別れても構わない。別の相手を探すことも問題ない。一緒にやっていけないことが分かっているのに離婚できないなどという白人のやり方は馬鹿げていると思う。もちろん、二人が別れる場合、女が実家から追い出されるという無分別なことは行われない。女が既に何人子供を産んでいようが、それも関係ない。戻って来た娘は歓迎され、子供たちを養うために、まずは火の上にやかんがかけられる。

こうして男と女を結ぶ「ツルのダンス」は二日か三日続けられることになる。そして、この儀式が終了すると、今度は部族全体が関わる踊りの儀式が執り行われる。

村にある大きな広場は掃き清められ、広場の上座に敷物が用意され、長や年配の戦士たちがそこに腰を下ろすと儀式の始まりだ。太鼓を叩く者や歌を歌う者たちが登場し、一般の戦士や女たちは広場の両脇の席につく。真ん中は広く空けられたままだ。いよいよ太鼓が叩かれ、歌が始まる。太鼓の音や歌声に合わせて一人の戦士が広場の真ん中に入ってきて踊り始める。彼の踊りがなぞっているのは、戦士が戦いに向かう部隊を率い、敵に近づき、敵を打ち倒すという一連の場面だ。彼の所作にみんなが歓声を上げる。彼が広場を出ていくと、また別の男が入ってきて、同じような踊りを踊る。

まだ一度も戦いに加わったことがなく、一人も敵を手にかけたことのない若者たちは広場に入ることができず、恥ずかしげに後ろの方で立って見ている。私自身、戦士の一人として広場に入ることが許される前は、踊る戦士たちに熱い視線を送る若い女たちをただじっと見守るだけだった。心に恥ずかしい想いが湧き起こったことをよく覚えている。

この儀式は年老いた戦士にとっても喜びの多いものだった。息子が広場に入ってきて、手柄話をみんなにするのを見れば、心も踊る。自分自身も若返った気分で踊りに参加し、自分がかつて体験した戦いの場面を再現したくなるのだ。

この儀式には強い戦士を育てるという意味合いもある。昨年の夏、ニューヨークからオルバニーまで蒸気船に乗って大きな川を移動した時、アメリカ軍の兵たちが我々の儀式と似たようなことを行っているところ（ウェストポイントにある陸軍士官学校）を見させてもらった。そこでは年配の兵たちが若い兵たちに自分たちの経験を語り、自分たちと同じように戦えと指導していた。これには驚いた。白人たちが我々の戦士育成方法と同様のことを行っているとは思わなかった。

さて、儀式がすべて済んだら農作業だ。トウモロコシ畑に鍬を入れたり、除草したりし、やがてトウモロコシの高さが膝の丈まで伸びてきたら、男たちは狩りに出る。目指すは日が沈む西の方角。獲物はシカにバッファロー。そして、我々の狩場にスー族の者が姿を現した時に、その者の命を奪うための準備も怠らなかった。[*31] 年配者たちの一部は鉛を手に入れるために鉛鉱山に向かう。残りの者たちは魚を獲りに行くか、敷物を作るための材料集めだ。およそ四〇日間、男も女も含め全員が村を離れる。

そして全員が村に帰ってくる。狩りに行った者たちはバッファローやシカの干し肉を携えている。狩場に侵入したスー族の者の頭皮を持ってくることも時にはある。

もちろん、出会ってしまったスー族の者たちの数が多く、手の出しようがない時もある。場合によっては我らソーク族の者がスー族の者に殺められることもあるにはあるが、その時は復讐あるのみだ。逆もまた然り。我々は互いに復讐する権利があることを了解している。相手の部族を手にかけた者の命は敵の手の中にあると言ってよい。お互い、ただ戦いたいわけではないのだ。親族が殺されたら復讐する。それが戦いの理由だ。我々が戦う時はいつもそうだ。理由は二つ。身内の者が殺されたら戦う。自分たちの狩場を侵されたら戦う。そういうことだ。

鉛鉱山に向かった者たちは鉛を携えて村に帰ってくる。魚獲りに向かった者たちは干し魚を完成させている。敷物の材料集めを行っていた者たちは冬用の敷物をちゃんと完成させている。全員集まったら、物資の交換だ。まず最初にバッファローやシカの干し肉が提供され、それぞれが鉛、干し魚、敷物と交換していく。

こういった物々交換を行う季節は一年でも最も幸せな気持ちになれる時期だ。豆やカボチャ、干し肉や干し魚など、食料をふんだんに手に入れることができるからだ。トウモロコシが大きくなるまで我々は宴会を続け、仲間の家を訪問しあう。毎日〈大いなる神秘〉を喜ばせるために宴会を続ける家族もある。

このあたりは、白人に理解してもらえるように説明するのは少々難しい。なぜなら、我々部族間でも、宴会の仕方など、特に決まったルールはないからだ。それぞれの者たちが、これが一番と考えるやり方で宴会を行っている。万物を創造し、万物を慈しんでくださる〈大いなる神秘〉を喜ばすことを目的として宴会を行っている者たちもいる。また、善と悪、二つの精霊の存在を信じ、特に悪の精霊におとなしくしてもらうために宴会を行う者たちもいる。悪の精霊と穏やかな関係を結んでいる者には善の精霊は害をなさないからだ。

私はこう考えている。我々には考える頭がある。頭を使って考える権利を持っている。善悪を判断し、これが正しいと思う道を進むのみだ。だがもし、〈大いなる神秘〉あるいは善の精霊が我々に対して白人たちと同じように考え、行動するように言うのなら、我々は仰せのままにする。白人たちと同じような見方をし、同じような考え方をし、同じように行動することに異は唱えない。〈大いなる神秘〉の力の前では我々は何物でもないからだ。そのことを我々はいつも感じているし、頭でも理解している。

我々の仲間の中にも、善なる生き方についてよく知っているという顔をし、そのくせ何か見返りがなければその生き方を人には教えないという白人のような者もいる。だが、そのような者が信じている善など偽りだ。私は信じない。自分が進むべき道を進んでいけばそれでいいのだ。

さて、トウモロコシの話に戻ろう。トウモロコシが大きくなってくると、いつ実を収穫すべきか確認するために、若者たちは毎日丹念に観察を行う。ちょうどいい時期が来るまで、トウモロコシに直接手を触れて調べる者はいない。そして、とうとう収穫可能になったら、またもやお祭りだ。宴会を開き、トウモロコシというご褒美をくださった〈大いなる神秘〉に感謝の意を捧げるのだ。

このあたりで、どうやってトウモロコシが我々の世界に現れたのか、少し話しておくことにしよう。我々の部族に伝わる話によれば、ある時、一人の美しい女が雲間に現れ、地上に降り立ったそうだ。その近くには我々の先祖の者が二人いた。二人はちょうどシカを狩っていたところで、たき火をし、シカの肉を焼きながら坐っていた。天から降りてきた女を見て、もちろん二人は大変驚いた。そして、あの女は腹を空かせているに違いない、肉を焼くにおいを嗅ぎつけたに違いないと考え、焼いたシカ肉を一切れ、彼女のところに持っていった。彼女にシカ肉を渡すとそれを口にし、そしてこう言った。

「一年経ったら、私が坐っているこの場所に来なさい。そうすれば、親切にしてくださったあなたたちへのお礼の品を見つけることができるだろう」

彼女はそう言うと、再び天に上り、雲間に消えた。二人の男は村に戻り、部族中の者たちに自分が体験した不思議な話をした。だが、誰も信じず、二人は笑われるばかりだった。やがて一年が過ぎ、約束の時が来た。笑っていた者たちも含め、大勢の者たちが二人についていった。目指すは雲間から現れた美しい女に二人が親切な行いをし、そのお礼をもらえるはずの聖なる場所。そして、見つけた。女が右手を置いていた土の上にはトウモロコシが伸び、左手を置いていた土の上には豆があり、腰を下ろしていた場所にはタバコがあった。

その時以来、トウモロコシと豆は大事に育てられ、我々の貴重な食料源となり、タバコも使用するようになった。白人もまたタバコを見つけ、我々と同じようにたしなむようになったらしいが、やり方が違う。彼らはタバコをふかし、吸うだけでなく、食べるというではないか。

ともかく、我々にありとあらゆる恵みを施してくださった〈大いなる神秘〉に対して、我々はいつも感謝の念を抱いている。例えば泉の水を口にする時、〈大いなる神秘〉に感謝しつつ、私は水を飲み込むことにしている。

トウモロコシの収穫にまつわる村の儀式について、さらに話をしよう。我々はボールを使った大規模な試合を執り行う。参加者は三百人から四百人。賞品は馬、銃、毛布など。勝ったチームは商品を総取りし、試合が終われば、勝者も敗者も仲良く家に戻る。

馬に乗って速さを競うレースも行う。スポーツを楽しんだり、宴会に興じたりして、トウモロコシを収穫し、倉庫への収蔵作業が済むまで楽しい日々が続く。そして、トウモロコシ関連の作業がすべて完了したら、我々は狩場へ向かう準備を始めるわけだ。ちょうどその頃、交易商がやってくる。我々は彼から家族に着せる着物や狩りに必要な衣類などを掛け売りしてもらう。

掛け売りにあたってはきちんと話し合いを行い、我々が引き渡す毛皮の値段、我々が支払うべき金額などについて取り決める。さらには我々がどこで狩りを行うのかを伝え、交易商が村に家を建てるならどこにすべきなのかも教える。この時点で、我々は自分たちが収穫したトウモロコシの一部を保証として交易商に渡し、年配の者たちを人質代わりに村に残す。人質代わりとはいっても、交易商たちは村に残された者たちにいつも親切にしてくれたものだ。狩りの人手が足りない時にはその者たちを狩りに参加させてくれたりもした。我々は皆交易商たちを尊敬していたし、交易商の誰かが我々仲間の手によって殺されたことなど一度もない。

次は狩りの話だ。狩りに出る時、我々は少人数のグループに分かれる。十分に獲物を手に入れたらすぐに交易商のところに行き、毛皮を渡し、あとは宴会をしたりカード遊びをしたりして、もうすぐ冬が終わる時期まで自由に過ごす。春になる直前、若者たちはビーバー狩りに出かける。アライグマやマスクラットを獲りに行く者もいる。

この時期に狩りに出ない者たちは、砂糖造りに精を出す。砂糖を造る場所は村から離れていて、結局、部族の者全員が村を離れることになる。そして、狩りに出る者も砂糖造りを行う者も、春になって村に帰る時はミシシッピー川沿いのある地点で全員合流してから帰ることにしていた。

砂糖を造る場所の生活も心地よいものだった。鳥が獲れる時期でもあったので、食料に事欠くことはまったくなく、たまに狩りに出かけていた者が現れると宴会を楽しんだ。砂糖造りが終われば村に戻るのだが、交易商が一緒にいることもあった。このようにして毎年楽しく暮らしていた我々だったが、その懐かしき日々はもはや過去のものだ。

再びの試練

ロックアイランドで砦の建設が始まった翌年の春、狩りから戻った私は古くからの友人であるペオリアの交易商[*32]とロックアイランドで再会した。彼はセントルイスからボートに乗ってやってきたが、彼が言うには、彼はもう交易商ではなく「管理官」という立場の人間になったという。我々は彼との再会を大変うれしく思った。イギリスとアメリカが戦っている時、イギリス軍のディクソンが彼に罠を仕掛け捕えようとしたこともあったが、辛うじて逃げおおせたらしい。しばらくの間、彼は我々の村に滞在し、いろいろと助言をしてくれ、そしてセントルイスに戻っていった。

その夏、スー族の略奪行為が激しくなったので、我々は部隊を派遣し、一四人のスー族を殺害した。私はアームストロング砦にも何度か足を運び、いつも歓迎してもらえた。だが、村での生活に影が差し始めていたのは事実だ。

特に酒に溺れる者が増えてきてしまったのが悔やまれる。私はなんとかしてこれ以上酒に溺れる者が増えないよう努力したが、無駄だった。白人入植者たちの家々が増え、我々の村に近づくにつれ、我々の暮らし向きは悪くなり、幸せな生活とは言い難い状況になってきてしまった。獲物が数多く獲れる馴染みの狩場に行かず、多くの者たちが入植者たちの生活圏内で狩りをするようになった。そして、秋を待って毛皮と生活物資を交易商と取引するかわりに、入植者からウイスキーを手に入れるためだけに狩りをする者が増えてきたのだ。そういう者たちは狩りの季節である冬が終わり春になっても、生活に必要な物資を何一つ手に入れておらず、手ぶらで村に帰ってくる始末だった。

ちょうどその頃、我が長男が病にかかり死んでしまった。責任感の強い子だった。大人になりかけていた年齢だった。さらには、一番下の娘までもが死んでしまった。何事にも関心を抱く、愛に溢れた女の子だった。

私は打ちのめされた。子供たちを愛していたからだ。私は村の喧騒を逃れ、自分のトウモロコシ畑の中の小山に住まいを設け、引きこもることにした。周りにはトウモロコシと豆を植え、柵がわりとした。家族の者たちもこの住まいで暮らすことにし、あらゆる家財を人にやり、貧困生活に身を投じることとした。唯一手元に残しておいたのはバッファローの皮でできた衣類のみだった。

二年間、顔を黒く塗り、断食を行う、これが二人の子供を失った私の決意だった。もちろん何も口にしないというわけではなく、昼頃水を飲み、日暮れ時にゆでたトウモロコシをほんの少しだけ食べた。私は心の中で〈大いなる神秘〉が哀れみを施してくれることを祈りつつ、この断食を最後までやり遂げた。

その頃、我々の部族はアイオワ族の者たちとあまりうまくいかなくなっていた。我々としては友好的な関係を維持したかったのだが、若者たちがアイオワ族の者たちを手にかけてしまう事件が頻発した。事件が起きるたびに相手の遺族に対してお詫びの品々を送った。だが、事件が止まらないため、アイオワ族と最終的な話し合いの場を持ち、今後我が部族の若い者がアイオワ族の者を殺害した場合には物品を渡すのではなく、犯人を相手方に引き渡すことを取り決めた。我々はこの取り決めについて部族の者たちに周知したが、残念なことに次の冬、一人の若者がアイオワ族の者を殺してしまった。

取り決め通り犯人をアイオワ族に引き渡すため、我々は彼らの村に向かう準備を始めた。私も同行することとした。出発直前、私は犯人の若者のところを訪れた。彼は病にかかっていたが、それでも行くと言っていた。だが、彼の兄が彼の口をさえぎり、お前が行くのは無理だから私が代わりに行って死ぬことにすると言い始めた。我々はその兄の意思を尊重し、彼を連れてアイオワ族の村に向かった。

出発して七日目、ようやく目的地が見えてきた。村のすぐ近くまで進んだところでいったん停止し、馬から降り、我々は勇気ある若者に別れを告げた。彼は死の歌を口ずさみながら、一人でアイオワ族の村の中に入っていき、村の真ん中にある広場に腰を下ろした。

アイオワ族の長の一人が村から出てきたので、我々は彼に約束を果たすためにやってきたこと、罪を犯した者の兄を連れてきたこと、罪を犯した張本人である弟が病のためにここまで来ることができないと判断した兄が、自分の意志で身代わりを務めるつもりだということなどを伝えた。これ以上の話は必要あるまいと考え、我々は馬に乗り、その場を離れることにした。去り際にアイオワ族の村の方をちらっと見たが、槍や棍棒を持った者たちがぞろぞろとテントから出てくるところだった。

我々は道を戻り、あたりが暗くなってきたので野営することにし、たき火をたいた。すると馬が駆けてくる足音が聞こえてきた。我々はすぐに武器を手にし身構えたが、やってきたのは敵ではなく、先ほど別れたばかりの勇気ある若者だった。彼は馬を二頭引き連れていた。

彼の説明によると、我々がアイオワ族の村を出た後、初めのうちはアイオワ族の者たちは彼のことを殺してやると脅し続けたそうだ。しかし、しばらくすると食べ物をくれ、一緒にパイプをふかし、最後は二頭の馬といくらかの物品を手渡してくれ、仲間のところに戻れと言ってくれたという。

我々がこの勇気ある若者と共に村に帰ると、皆大いに喜んだ。もちろん、今回のような寛大な処置をしてくれたアイオワ族の者たちに対しても大いに称讃の声を上げた。その後、我々の部族の者がアイオワ族を手にかけたことは一度もない。

それからしばらくして、ある年の秋、デトロイトの近く、デトロイト川がエリー湖に流れ込む河口近くに建てられたモルデン砦まで、何人かの仲間を連れて出かけることにした。[*33]これはイギリスとアメリカの戦争後も毎年続けられていた行事で、その年もいつも通り、イギリスの〈父〉は我々を手厚くもてなしてくれた。様々な物品を手渡してくれたし、メダルもくれた。また彼は、イギリスとアメリカの間で二度と戦争が起こることはないだろうとも話していた。そして、先だっての戦争の際に我々がイギリス軍に忠実に従ってくれたお礼として、毎年仲間と一緒にここに来て、贈り物を受け取ってほしいと言ってくれた。これはロバート・ディクソンが約束してくれたことでもあった。

村に戻った私は、その冬、トゥーリバーの狩場で狩りをした。その頃、白人たちの入植者の数は増すばかりだった。私はある日、川の入り江の奥で狩りをしていると、三人の白人に出くわした。彼らは突然家畜の豚を殺しただろうと、私を責め立てた。もちろん私は否定したが、彼らは聞く耳を持たない。一人が私の銃を取り上げ一発発射すると、撃鉄の先端に取り付ける火打石を取り外し、私に銃を投げ返した。さらには、私のことを棒切れで打ち据え、ここから出ていけと命令してきた。その時受けた傷がうずき、私はしばらく眠ることすらできなかった。

このことがあってからしばらくして、ミツバチが巣作りをしている木を仲間の一人が切り倒し、蜜を持ち帰ろうとした。すると、何人かの白人が彼を追いかけてきて、あの木は自分たちのもので、お前に切り倒す権利などないと言ってきた。彼は蜜を見せて、それならばこの蜜を持ってけと返事をしたのだが、白人たちは納得しない。するとなんと、彼が冬の狩りで獲ってきた毛皮をすべて持っていってしまったというのだ。その毛皮はもちろん春に交易商に渡す予定のもので、彼はそれと引き換えに家族の衣類を手に入れるつもりだったのだ*34。

このようなことをしでかす人間たちのことを好きになれるわけがないだろう。我々を人間扱いせず、不当なことばかり繰り返す人間たちに、どうやったら好意を持てるというのか。白人入植者たちの行為が増長していくのを恐れ、我々はその時野営していた場所を引き払うことにした。春になり、各地に散っていた仲間たちが村に戻って来ると、何人もの者たちが同様の経験をした話をした。

夏になると、我々が世話になっている管理官がロックアイランドにやってきて、そこに住みつくことになった。彼は親切だったし、いろいろと的確な助言もしてくれた。夏の間中、私はこの男ともう一人の交易商[35]のところを何度も訪ねた。そしてその折初めて、我々がこの地を捨て、村を離れなければならないことを聞かされたのだった。

交易商の説明によると、我々がセントルイスに呼び出され、羽ペンなるものを持たされて調印した和平条約には以下のような項目があるというのだ。すなわち、我々はミシシッピー川の東側にいてはならず、西側に移住しなければいけない。交易商はさらに、ミシシッピー川の西側で新しい村にふさわしい場所を見つけ、春になったら移住すべきだとも言った。そして、我々がロック川沿いにある今の村にとどまり続ければ大変なことになると話した。

交易商はフォックス族の長の代表と義兄弟の契りを結んでいて、影響力も強かった。そのため、フォックス族の者たちは現在住んでいる村を離れミシシッピー川の西側に移住し、新しい村を造れという交易商の指示に従い、翌年の春、住み慣れた村を放棄した。

村を捨てるべきか否か、我々の間でも話題はそれだけになった。ケオククは移住することを承諾すべきだとみんなを説得し続けた。自分も精いっぱいのことをするし、アームストロング砦にいるアメリカ軍の司令官も、ロックアイランドに住みついた管理官も交易商も支援してくれるはずだから、自分についてきてほしいと説いてまわった。

村中の者たちに使いを送り、ミシシッピー川の西側に我々が移住することがアメリカ合衆国の〈偉大なる父〉の望みであることを伝え、アイオワ川沿いに新しい村を建設する格好の場所があると提案した。そして、冬の狩りの季節が始まる前に自分の同志たちに準備を開始させてほしい、そうすれば春になって今住んでいるこの村に戻って来る必要はなくなるとも説明した[36]。

一方移住に反対する勢力もいて、彼らは私に意見を求めてきた。私はミシシッピー川東側の土地をめぐって一八〇四年にアメリカとの間で結ばれた条約交渉に加わっていたクァシュクァミーにあらためて質問し、その上で思うところを述べた。

クァシュクァミーは、彼は決して我々の村を売ることに同意したわけではないと言った。私は彼らの代表になることを了承し、ケオククとは反対の立場をとることを明確にした。つまり、絶対に村を離れない決意を固めたということだ。

私はケオククと面談した。アメリカ合衆国の〈偉大なる父〉との交渉がうまくいくとは思えないことを伝え、別の土地を引き渡す提案をすべきだと言った。我々が大切にしてきた鉛鉱山も含め、アメリカ合衆国の〈偉大なる父〉に欲しいと思う土地を自由に選んでもらうという提案だ。そして、我々の村と畑がある、全体から見たらごく狭い土地については平和裏に現状のまま我々のものにしてもらうべきだと、ケオククに意見した。私の考えでは、白人たちは既に十分すぎるほどの土地を獲得しているのであって、我々の村まで奪う必要はないはずだ。

ケオククは白人たちと交渉してみると言ってくれた。彼は管理官、そしてセントルイスですべての管理官を束ねていた責任者にかけあい、ワシントンに出かけ、アメリカ合衆国の〈偉大なる父〉と直接話し合う許可をもらった。その話を聞き、しばらくの間我々は喜んでいたが、その期待は裏切られることになる。[*37]

状況はいい方向に向かっているだろうと思い狩場に向かっていた我々の元に、以下のような知らせが届いた。白人の三家族が我々の村にやってきて、我々の住み処をいくつか壊し、さらには我々のトウモロコシ畑と彼らのトウモロコシ畑の間に柵を作ってしまったというのだ。なおかつ、三つの家族の間で、土地の線引きをめぐって喧嘩をしているという。*38

故郷を占拠する白人入植者

私はすぐにロック川へと向かい、十日ほどかけて我々の村ソーケナクに戻った。私に届いた知らせは本当だった。自分の家に行ってみると、白人の家族が占拠しているではないか。彼らと話をしようとしても、まったく耳を貸さない。仕方なくロックアイランドに行き、管理官は不在だったが、通訳の人間にあの家族たちに対して伝えたいことを話した。*39

「我々の土地に住みつくな。我々の家や柵に手を触れるな。住みつく場所ならいくらでもあるだろう。春になって我々が戻る前に全員我々の村から退去せよ」

通訳は私の言葉を英語にしたものを紙に書き取ってくれた。私は村に引き返し、その紙を侵入者たちに見せたが、彼らの返事を理解することはむろんできなかった。だが当然、私の要求通りここから出ていってくれるものとばかり思っていた。私はロックアイランドにもう一度足を運び、交易商と長い時間話をした。交易商は今の村のことはもう諦めて、ケオククと共にアイオワ川で新しい村づくりをすべきだと言った。私の答えはもちろんノーだ。

翌朝、氷の張ったミシシッピー川を徒歩で渡った。氷の状態は悪かったが、〈大いなる神秘〉

は安全に渡河するだけの氷の強度を保ってくれたのだ。私はさらに三日歩き続け、ウィネバゴ族との交渉役を務めている副管理官と会い、我々が巻き込まれている困難な問題について意見を求めた。ただ、彼の意見はロックアイランドの交易商と同じだった。

私はロック川方向にさらに足を進め、ある預言者[*40]のところに行くことにした。彼は並外れた知識の持ち主だから、必ずや良い助言を与えてくれるに違いないと私は信じていた。預言者に会った私は、細部にわたって我々が追い込まれた苦境について説明した。預言者はすぐに私が正しいと言い、村を放棄してはならぬと説いた。白人はインディアンの先祖たちが埋葬されている大地を耕してはならないとも言った。彼の言葉は続いた。

「お前たちが村にとどまっていても、白人たちは何もできはしない。春になったらアイオワ川に行くと言っているケオククとその仲間のところに行き、今の村にとどまるよう言うべきだ」

私は狩場に戻った。一ヶ月ほど狩りを休んだことになる。仲間たちには自分が話し合ってきたことについて報告した。

すぐに狩りの季節は終了し、春を迎え、我々は村に戻ったが、白人たちはまだそこに居坐っていた。それどころか、別の白人たちが入植を始めていた。我々のトウモロコシ畑のかなりの部分が彼らの柵で囲い込まれ、我々が姿を見せると白人たちはあからさまに不快な顔をした。

我々は住み処を修繕し、完全に壊されてしまっていた小屋を建て直した。そこにケオククがやってきて、アイオワ川の新しい村に来るよう我々を説得し始めた。ワシントンでアメリカ合衆国の〈偉大なる父〉と直接交渉してきたはずの彼は、我々が村にとどまれるようにしてくれたわけでもなく、我々の村ではなく別の土地を白人側に引き渡すという提案についても、何の回答も引き出すことができなかったのだ。彼と我々の間にあったはずの友情の念は消え失せてしまった。私にとって、彼はただの臆病者だ。勇気など持ち合わせておらず、平気で見知らぬ連中に村を引き渡してしまう男だ。〈大いなる神秘〉がここで生きよと授けてくださった我々の村や畑を奪う権利が、一体誰にあるというのか。

我が理性の教えるところによれば、土地は売り買いできるものではない。〈大いなる神秘〉は自らの子らに土地を与えた。子らはその土地を生活の場とし、耕し、必要最低限の作物を作った。そこに住み、耕している間、その土地はそこで暮らす者たちのものだ。しかし、その者たちが自分の意志でその土地を離れた場合、別の者たちがその土地で暮らし始めても構わない。持ち運べるようなものでない限り、売り買いの対象にできないというのが我々の考え方だ。

侵入者たちが畑を作り変えてしまったため、少しばかりのトウモロコシを植えるのも大変なことになってしまった。何人かの白人たちは自分たちが勝手に柵をめぐらした畑の片隅で育てることを許可してくれたが、トウモロコシが育ちやすい場所は決して譲ってくれなかった。白人たちが作る柵は特殊な構造になっているので、我が部族の女たちはそれを乗り越えるのも一苦労だ。柵に使われている木を壊そうものなら、こっぴどく叱られた。

仲間の一人は、自分の畑は大丈夫だとたかをくくっていた。なぜなら彼の畑はロック川の小さな島にあったからだ。彼の家族はいつも通りそこにトウモロコシを植え、いつも通りトウモロコシはよく育った。しかし、その様子を見ていた白人がいた。その白人はその島の畑を欲しがり、仲間たちを引き連れ島に上陸し、勝手にトウモロコシを植え替えてしまった。畑を奪われた男は涙に暮れた。トウモロコシを育てられなかったら、家族の者たちの生活をどうやって支えていけばいいのだ。

白人どもはウイスキーまで利用した。彼らはウイスキーを我々の村に持ち込み、皆を酔わせ、馬や銃、罠などを掠め取っていった。このまま白人たちに詐欺的行為を許し続けたらとんでもないことになってしまう。そう危惧し、私は白人たちの家々を訪ね、仲間の者たちにウイスキーを売らないよう頼み込んだ。だが、一人の白人が公然とウイスキーを売り続けたので、私は若者たちを集め彼の家に出かけ、酒樽を運び出し蓋を割り、中身をぶちまけた。理由はこうだ。酔っぱらった仲間が白人を殺してしまう事件を防ぐためだ。

これだけではない。何かにつけ、白人どもは我々にひどいことをし続けた。空腹に耐えかね、白人たちが育てているトウモロコシの茎を抜き水分をとろうとした若い娘を、いつまでもむごたらしく殴り続ける白人もいた。自分の家への道に柵を造られてしまった若者が柵を壊したところ、それを理由に棒で殴り続けられたこともあった。この若者は肩の骨を折られ、全身に打撲傷を負い、まもなく死んでしまったのだ。

ここではっきりさせておこう。我々は村に侵入してきた白人たちから理不尽かつ残酷な仕打ちを受け続けたが、我々が白人たちにひどいことをしたり、傷を負わせたりしたことなど一度もない。我々は基本的に平和を愛しているのだ。我々はトウモロコシ畑を奪われても許した。自分たちがトウモロコシを育てるのを邪魔されても許した。家を壊され、焼かれても許した。若い女が殴られても許した。若者が殴り殺されても許した。目を覆いたくなるような残虐な仕打ちに対して抗議し、抵抗することもしなかった。白人たちも我々の生き方を見習ってほしい。傷つけられても耐えよ。

我々は日々繰り返される白人たちの非道について管理官に訴えた。彼を通してセントルイスにいるアメリカの知事にも話は伝わっているはずだった。そして、なにかきっと便宜を図ってくれるものと期待していた。ところが驚いたことに、知事の元には白人入植者たちからの不平不満が集中しているというのだ。そしてなんと、我々が侵入者で、白人入植者たちの権利を侵しているというのだ。自分たちは傷つき被害を受けていて、我々が侵略の罪を犯しているというわけだ。もちろん彼らの要求は、アメリカ軍に自分たちの財産を守ってほしいということだった。

白人たちというのはまことに口八丁。正しい行いを悪いことであるかのように言い募り、あるいは悪辣非道を正義であるかのように言いつくろう。

この夏、私はロックアイランドにいた。そこにイリノイの知事コールズ[*41]がやってきた。彼と一緒にいたのは、偉大な書き手だというジェームズ・ホール判事[*42]。私は二人のところに出かけ、我々が不満に思っていることを伝え、なんとか助けてほしいと頼み込んだ。ところが、知事は私と話をすること自体嫌なようなのだ。

彼の話では、彼はもはやイリノイの知事ではなく、代わりの人間が知事に選ばれていて、自分には力が託されていないという。こう話す彼に私は驚くしかなかった。私が耳にしていた話によれば、彼はいい人であり、勇敢な男であり、立派な知事ということだったからだ。

このようなことに白人たちも決して納得しているわけではないだろう。良き代表者を得ておきながら、その良き人物を代表者の地位から引きずり落とそうと画策する悪しき野心多き人物の影響下、集会が開かれ、新たな代表者が選ばれてしまう。その新しい代表者は、その集会が開かれるよう仕向けた人物自身だったり、あるいは彼同様野心旺盛な人物だったりするので、以前よりましな人物が代表者になることは十中八九ない。

私は元知事ら二人の者たちに、我が部族が置かれた状況について説明させてくれと懇願した。二人が話を聞いてくれるというので、私は立ち上がり、一八〇四年の条約締結とされる場に出席していたクァシュクァミーら四人の我が部族の者たちの話、そしてその後交易商などの白人たちから説明された内容について話した。そして、クァシュクァミーらは絶対に自分たちの村を売っていないと言っていること、私はクァシュクァミーらが嘘をついているとは思えないこと、ソーケナクを譲るつもりは決してないことなどを伝えた。さらに、白人たちが既に我々の村に入り込んできていて、家々を燃やし、柵を破壊し、トウモロコシ畑を掘り起こし、仲間に暴行を加えていること、ウイスキーを持ち込み仲間を酩酊状態にさせ、馬や銃、罠などを取り上げてしまうことなどについても話した。また、白人たちのひどい仕打ちに対して我々はじっと耐えながら、誰か仲間の者が暴走して白人に手を出すことは厳に戒めているという話もした。

以上のような話を二人の白人にした私の目的は、彼らの意見も聞きながら、これから進むべき道について考えるためだった。今まで何度も管理官たちを通じて、セントルイスにいる知事にこちらの主張を伝えてもらっているつもりだった。知事という立場にいる長なら、我々に対して公正な処置がとられるよう、ワシントンにいる〈偉大なる父〉に話を伝えるのが彼の義務であると考えたからだ。だが、私の願いが叶えられることは一度もなかった。管理官経由で返ってくる返事はいつもこうだった。

「お前たちの土地は我々のものだから、譲り渡していただきたい」

私には、我々が村を離れることが〈偉大なる父〉の望みだとは到底思えなかった。長い年月、我々はこの村を住まいとしてきたのだし、我々の祖先たちが数多くここに眠っているのだ。元知事は、自分にはもはや力がないこと、我々のために何もしてやれないことを心苦しく思っていること、そもそもどう助け舟を出していいかも分からないことなどを口にした。事実、元知事も判事も何もしてくれなかった。だが、二人とも大変申し訳ない様子ではあったので、今後お会いすることがあれば私は喜んで握手したいと考えている。

秋、狩場へ向かう前に、私は管理官のところに出かけた。何かいい知らせがありはしないかと考えたからだ。新しい知らせはあった。いい知らせではなかった。我々の村ソーケナク周辺の土地が売りに出される決定がついになされたというのだ。そして、売却先が決定すれば、条約に則り、我々がソーケナクで生活し続ける権利は完全に失われるということだった。ゆえに、翌年の春に我々が村に戻ったら、強制的に村から排除されることになるだろうというのだ。

冬、我々の土地が何名かの白人に売却された。売りに出された土地のかなりの部分を手に入れたのは、前の年の夏にロックアイランドに住みついた交易商だった。なるほど、私が相談に行くたびにあれほど強くアイオワ川への移住を勧めたのも、このためだったのだ。あの男自身が我々の土地を欲していたのだ。

狩りの合間を縫って我々は何回か集会を開き、今後どうすべきかを話し合った。そして、いつも通り春になったら村に戻ることとした。もし我々が強制的に排除されるのなら、その原因を作ったのはあの交易商や管理官たちだ。実際に村から我々を追い出すような行為に及んだら、奴らには死をもって贖ってもらう。真っ先に死すべきはあの交易商だ。あの男は我が家と我々の墓地がある土地を買い取ったのだ。

ニアポーピーという者が名乗り出て、誓った。

「交易商、管理官、通訳、セントルイスの知事、ロックアイランドのアームストロング砦にいる司令官、そして奴らと組んで我々を村から追い出そうとした張本人であるケオククをこの手で殺す」

女たちも、ミシシッピー川の西側の新しい土地に移住し、新たにトウモロコシ畑を作った女たちから悪い知らせを受け取っていた。新たな草原は土が固く、鍬で耕すのも大変で、わずかしかトウモロコシを育てることができなかったという。手に入れるトウモロコシが減ってしまったのは我々も同じだ。食料欠乏という事態に、我々は初めて直面することになったのだ。

私は移住したケオククの仲間たちに春になったらロック川に戻ってくるよう説得したのだが、ケオククたちは戻ってこなかった。私としてはワシントンに出向き、〈偉大なる父〉と直接交渉する許可を得たいと考えていたのだ。仕方なく、私はロックアイランドにいる管理官のところに出かけた。

彼はひどく不機嫌だった。我々が村に戻ってきたからだ。お前たちはミシシッピー川の西側に行かなければいけないと彼はあらためて強く言ってきたが、そんなことをするつもりはないときっぱりと伝えた。次に通訳のところにも行ってみたが、管理官と同じことしか言わなかった。

かの交易商のところにも行った。そして我々の土地を買い取ったことについて詰問した。彼は、自分が買い取らなければ他の誰かが買い取っただけだろうし、もし我々と〈偉大なる父〉との間で交渉が成立するのなら買い取った土地を喜んでアメリカ合衆国の政府に売り渡すと言った。この返事を聞いて、それもそうだ、彼の行為が悪辣なわけでもないと思い始めたのは確かだ。

我々の村の家々は大半が燃やされたり、破壊されたりしていたので、我々は村の再建に取り組むことにした。女たちは、まだ白人たちが柵で囲い込んでいない小さな土地を見つけては、トウモロコシを植え付けた。トウモロコシを育てなければ子供たちを育てていくことはできないわけで、一心不乱に作業に励んだ。

我々が締結したとされる条約について、私はこういうことを聞かされていた。今回白人たちが買い取った土地に我々が住むことは禁止されている。この場合、政府は我々を強制的に排除することができる。しかし、とうの昔に我々が売り渡したことになっている土地がわずかながら残っている。所有権はその土地の買い手である政府にあり、その土地が政府のものである限り、我々にはその土地で生活したり、狩りをしたりする権利があるのだという。もちろん条件付きだ。その土地もあらたに売却されてしまえば、我々は立ち退かなければならない。しかし、売却されるまではその土地の上で我々は生活したいと願っているし、生活する権利もあるはずだと考えたのだ。

ちょうどその頃、ウォバシュ川に話のわかる白人がいるという噂を耳にしたので、助言を求めに仲間を派遣した。仲間たちは彼に自分たちが村を売り渡していないことを伝えると、彼はそれでいいと言ってくれたらしい。我々の村がある土地をまだ売っていないのであれば、アメリカ合衆国の〈偉大なる父〉は我々からその土地を取り上げはしないだろうとのことだった。

私自身はモルデン砦に出かけ、イギリスの長に会い、自分たちが陥っている苦境について話した。彼の返事もウォバシュ川の白人の返事と同じだった。このイギリスの長は間違った助言をするような人物では決してない。今回も、アメリカ合衆国の〈偉大なる父〉は正しいことをしてくれるはずだから、彼に直接申し入れをすべきだと助言してくれた。

次に私はデトロイトにいる知事[*43]の元を訪ねた。私は彼にも同様の話をしたのだが、彼の返事もまた他の者たちと同じだった。我々が土地を売っていないというのなら、そして我々が友好的な態度で暮らすというのであれば、誰からも邪魔されることなく、今のまま村で暮らし続けることができる、そう彼は言ってくれた。この言葉に力を得た私は、仲間たちに約束した通り、自分たちの土地を守り続ける決意を新たにした。

秋も深まり、私は村へと戻った。部族の者たちはちょうど狩場へ出かけるところで、私も仲間に加わった。仲間たちの話によれば、夏の間中、白人入植者たちにひどい目に遭わされたようだ。その上、プレーリー・デュ・シエンで何やら条約が結ばれたというのだ。

その条約締結の場に出席したのはケオクク及び部族の者数名。条約締結の眼目は以下の通り。

一八〇四年の条約とやらでクァシュクァミーらが割譲したことになっている我々の土地の一部の区画（細長い、狭い区画だが）について、アメリカ合衆国の〈偉大なる父〉がポタワトミー族の土地（シカゴ近くの土地）と交換という形でポタワトミー族に既に引き渡していたことが判明し、このたび、その土地をポタワトミー族から取り戻し、アメリカのものとし、ポタワトミー族の者たちには一年に一万六千ドル支払うということにしたというのだ。

問題となった区画は、我々が取り上げられた土地の二〇分の一にも満たない狭い土地だ。そして、我々は取り上げられた土地全体に対して、年に千ドル受け取るという取り決めがなされていたらしい。

この違いは何なのだ。私にはもはや理解不能だ。その狭い土地はそもそもとっくにアメリカのものに正式になっていたのだという。だが、後になって一年に一万六千ドルも支払うような貴重な土地を、なぜあっさりとポタワトミー族に引き渡すことをしてしまっていたのか。貴重な土地であるなら、ずっと手放さなければよかったのではないか。

もし、ポタワトミー族との取引が大間違いであったと後で気づいたというなら、我々に対する支払い条件と釣り合いが取れるような形でポタワトミー族と取引すべきではないか。我々に対して毎年千ドル支払う条件で買い上げた土地の二〇分の一の広さの土地を、ポタワトミー族の者たちに対しては毎年一万六千ドル支払う条件で新たに買い上げるというのであれば、今我々からいよいよ完全に取り上げようとしている広大な土地に関しては、ポタワトミー族に対して提示した支払い額の二十倍を支払うべきだ。

こういう話を聞くと私はまたもや困惑せざるを得ない。白人たちの物事に対する理屈付けがまったく理解できないのだ。白人たちには正しいことと間違ったことを区別する基準がないのだろうか。

ロック川沿いに住んでいたウィネバゴ族の預言者とは連絡をとり続けていた。そして、相談した結果、使いの者たちをアーカンソーやテキサス、レッド川に派遣することにした。我々の土地の問題について各地域のインディアン部族に伝えることが直接の目的ではなかったとは言っておくが、使いの者たちに託された秘密の使命について今はこれ以上の説明は差し控えたい。*44

まもなく、以下のような話が私の元に届いた。フォックス族の長たちがプレーリー・デュ・シエンに集まるように指示を受けた。そして、そこでフォックス族とスー族の間に起こっている摩擦について話し合いを行うことになった。出かけていったフォックス族の者は九名で、他に一名女を連れていった。彼らは目的地の近く、ウィスコンシン川あたりまで来たところでメノモニー族とスー族の者たちと出くわした。そして一人の男をのぞいて全員殺されてしまった。この事件はすぐ公にされたし、白人たちもご存じのことであろうから、これ以上この件については触れない。

この時点で、もう二年間も、我々は余暇やスポーツを楽しむことができなくなっていた。我々の部族は二つに分断されてしまったのだ。片方のグループのリーダーはケオクク。彼らは白人たちの都合のいい話だけを頼りに我々の権利を平気で譲り渡してしまう連中だ。躊躇なく村を見捨て、白人たちに提供してしまう連中だ。もう片方のグループのリーダーは私だ。村を放棄しろと白人たちから命じられても、言いなりにはならないグループだ。我々の土地を売り渡すような交渉事を行った者は我々の部族の中にはいないのだし、また我々とアメリカの政府との間で条約なるものが締結されているのだとしても、その条約には、我々の土地が政府のものである限り我々は村を離れる必要はなく、我々を強制的に排除することはできないという項目があるそうではないか。だからこそ、村を諦めろという要求を私ははねつけたのだ。

この村に、この大地に、私は生を享けた。既に死した多くの友や親族たちが眠っているのもこの場所なのだ。崇敬の念をもってこの聖なる大地と共に暮らしてきた私だ。無理やり追い出されるのであればやむを得ないが、自らの意志でこの土地を離れるわけにはいかない。

若かりし頃に思いを馳せ、つい最近起きていることをみるのなら、すべて一つの舞台の上で繰り広げられている劇か何かのようだ。しかし、この舞台を囲い込んでいる丘陵には我が父祖たちが静かに眠っている。この舞台は長きにわたって彼らのものでもあるのだ。父祖たちの息遣いが感じられるこの大地を、どうして俗世の都合で白人に引き渡さなければいけないのか。

すっかり気持ちも沈み込んだまま、冬は過ぎていった。狩りの成果もひどいものだった。何しろ銃や罠が足りなかった。全部ウイスキーと引き換えに白人たちが持っていってしまったのだ。この先どうなることか、暗い見通ししか立たなかった。私は断食を行い、〈大いなる神秘〉に祈りを捧げ、私が進むべき正しい道は何なのか教えを乞うた。

私は途方に暮れていた。友情を感じていた白人たちすべてが、私の意志とは反対のことを私にすべきだと言う。もはや白人の中には誰一人友人と呼べる者はいないと思い始めていた。

一方、口のうまいケオククは、私の考えと行動は間違っていると仲間たちを説得し続けていた。その結果、何人もの仲間たちが私に不満を持ち始めるようになった。一つだけ私の心を慰めてくれたのは、女たちが皆私の考えを支持してくれたことだ。トウモロコシ畑の問題があったからだ。

春になり、我々が村に戻ってみると、仲間たちの数は増えていたが、状況は悪化するばかりだった。私はロックアイランドに行き、管理官と話をしたが、彼は村を放棄しろと命じるだけだった。出ていかなければ軍隊がやってきて、お前たちを強制的に排除することになるとも言った。彼は私を説得し続けた。

「ケオククらと行動を共にするのが最善の道であり、そうすればこれ以上何も問題は起きないし、静かに暮らしていくことができる」

通訳も話に加わり、実に様々な理由をあげて、私の考えを変えようとした。いろいろなことを言われ、私自身、勇気ある仲間たちのために自分自身に課していた責任、すなわち、絶対に村を守り続けるというあまりに過酷な使命は打ち捨ててしまった方がいいのかもしれないとの思いが芽生えてきたのも事実だ。

微妙な心持ちを抱えつつ、今度は交易商のところを訪れた。彼は話好きで、かつては良き友であった。むろん今では我々は村を放棄すべきとの考え方を持つ典型的な一人だ。彼は親しげに私を迎え入れ、まずはケオククの弁護を始めた。そして、私がやっていることは我が部族の女や子供たちを悩ませる元凶になっていると、あれやこれや例をあげながら話し始めた。

さらに、もし私の名誉が守られ、私の勇気ある仲間たちも納得可能な条件が提案されれば、ミシシッピー川の西側への移住を認めるつもりはないかと、交易商は私に聞いてきた。もし〈偉大なる父〉が我々を公正に取り扱い、ちゃんとした条件を提示してくれるのならば、潔く提案を受け入れようと私は返事した。すると、彼は以下のような条件を提示してきた。

もし我々が平和裡に村を明け渡し、粛々とミシシッピー川の西側に移り住んだのなら、セントルイスにいる知事が食料などの物資購入のために六千ドル提供しようというのが、彼の提案だった。

私はしばらく考え、新提案を受け入れると答えた。正しく対価を支払ってもらえるなら要求されたものを渡すというのが、我々の慣習であるからだ。ただし、彼にはこうも付け加えておいた。こういった重要なことを自分の一存で決めることは仲間に対する義理に反することになるだろうと。

彼はセントルイスにいる知事に対して、自分が私に出した提案を実現してもらえれば、我々はおとなしくミシシッピー川の西側に移住するつもりがあることを早速伝えると話した。すぐに蒸気船がやってきた。蒸気船が出航する前に彼は私にこう説明してくれた。

「軍の司令官がこの船に乗っているので、彼に今日の話をセントルイスにいる知事に伝えてほしいと頼んでおいた。すぐに彼はここに戻ってきて、知事の返事を聞かせてくれるだろう」

私自身は今日の話を仲間に伝える勇気はなかった。このような話をすれば、皆ひどく落ち込んでしまうことだろう。自らが決意し、受け入れてしまった話ではあるものの、本意ではなかった。今日の話のことはできれば忘れてしまいたいと心密かに思った。

数日して、司令官が戻ってきた。返事はこうだった。

「セントルイスにいる知事は我々に対価を支払うつもりはない。さっさと出ていかないのであれば、軍隊を派遣し、お前たちを排除する」

私はいささかほっとした。対価を支払ってもらって退去するよりも、戦い、父祖たちが眠るこの土地に自らの屍をさらす方がましというのが、私の本当の願いだったからだ。白人の側から誠意ある申し出があれば受け入れるのも一つの道だと考えたにすぎない。今回初めて誠意ある提案がなされたと考えたのは事実だし、女や子供たちのためにその提案を受け入れ、静かに移住することも致し方ないというのが私の苦渋の決断であったのだ。

だが結局、誠意ある姿勢を示してもらうことにはならなかった。私の決意は固まった。もしアメリカ軍がやってきても抵抗はしない。運命を従容として受け入れるのみだ。私はこの方針を仲間たち全員に伝えた。そして、きつく命令した。軍が押し寄せてきても、武器を持って戦うようなことは決してしてはならないと。

ちょうどこの時期、我々の面倒を見てくれていた管理官が辞めさせられた。理由は定かではない。[*45]ただ、私はこう考えてみた。我々に対して村を離れるように言い続けてきた彼のことだ。私もいい加減彼の話にはうんざりしていたが、我々に退去要望を出したことが彼の解任の理由なら、それは正しい。しかし、通訳もまた、彼同様のことを言い続けていたが、こちらは職にとどまっている。また、管理官の後任となった若い男も、前任者同様村を出ていくよう言っている。ということは、我々への退去要求が解任の理由ではないのだろう。

女たちはほんのわずかな区画でトウモロコシを育てた。幸い順調に育ち、子供たちにやれる分だけの収穫は得られそうだった。ところが、またしても白人たちは我々の畑を掘り起こしたのだ。私は決意した。もはや我慢ならぬ。そのような蛮行はやめさせなければならない。我々の土地への侵入者こそ、排除されるべき者たちだ。私は我々の畑を荒らした首謀者たちのところに出かけ、こう伝えた。

「ただちに我々の土地から出ていけ。明日の正午まで待ってやる」

一番性質の悪いことをした者たちは期限までに立ち退いた。ただ一名だけ居残っていて、彼が言うには、自分は大家族を抱えていて、このまま自分たちの畑を立ち退いてしまえば食料がなくなってしまうということだった。もう悪さはしない、少なくともトウモロコシが実る秋までは待ってほしいと懇願するので、それはもっともだと思い、了承することにした。

さて、ロック川沿いに住んでいたウィネバゴ族の預言者にあらためて話を聞いてみた。すると我々は移住しなくてもいいということだったので、我々は余暇を楽しむことも少しできるようになった。だが、安心したのも束の間、ゲインズ将軍というアメリカ軍の有名な司令官が、大勢の兵士を連れてロック川方面に向かったという知らせが届いた。*46 私は再びウィネバゴ族の預言者のところに出かけた。少しだけ考える時間がほしいと、彼は言った。

翌朝彼はやってきて、夢を見たと話し始めた。その夢によると、ロック川に近づきつつあるゲインズ将軍は決して悪人ではない。彼に託された使命は我々を脅かして、立ち退きを迫ること。そして、白人たちは何の代償も支払わずに、我々の土地の獲得を目指している。ともかく、ゲインズ将軍は我々を直接攻撃し傷つけるつもりはない。アメリカはイギリスと和平を結んだのであり、その和平の場で、抵抗せずおとなしく暮らしているインディアンたちの生活には関与しないでほしいというイギリス側の要望に対して、アメリカは同意したはずなのだ。それゆえ、我々がなすべきことは一つ。村にとどまっていればよい。ゲインズ将軍がどんな要求をしてこようが、拒んでいればいい。これが預言者の返事だった。

とうとうゲインズ将軍が到着し、話し合いが行われることになり、インディアン側に召集がかけられた。まずはケオククやワペルロなど移住を受け入れたグループの長たちが呼び出された。話し合いが行われる建物の扉は大きく開かれており、全員が入室できた。次に我々のグループの者たちに声がかかった。我々は戦闘の歌を歌いながら話し合いの場所に向かった。槍や棍棒、弓矢などを手にし、これから始まるのは戦いそのものなのだという勢いで、我々は話し合いに臨んだ。

私は建物の入口で立ち止まると、入室を拒否した。既に招き入れられた人間たちでいっぱいになっている建物に入るにあたって礼儀も何もないだろう。もし、話し合いの主たる対象が我々のグループであるのなら、ケオククらのグループの者が数多くここにいる必要はないのではないか。私の要求は容れられ、ケオクク、ワペルロら少数の長たちをのぞいて、ケオククたちのグループの者たちは外に出た。そして、我々は武装したまま建物に入り、我々がまったく恐れの気持ちなど抱いていないことを、ゲインズ将軍に見せつけてやった。彼は立ち上がり、話し始めた。「問題がこじれ、とうの昔にアメリカ合衆国に割譲されたはずの土地からお前たちを排除するために大部隊を派遣せざるを得なくなったことについて、大統領は非常に遺憾に思っておられる。大統領は管理官を通してお前たちにこの土地を去るように繰り返し要求してきた。しかしながら、誠に残念なことにお前たちは大統領の命令に従わない。大統領はお前たちの将来がよかれと望んでおられる。理性と正義に基づいた行為が選択されることのみを願っておられる。事の重要性をよく考え、お前たちが占拠している土地から離れ、ミシシッピー川の西へ行くべきである」

そこまで話すと彼は腰を下ろした。

私は答えた。

「我々はこの土地を売った覚えはまったくない。この土地を譲り渡していたとしてもその対価をアメリカ合衆国の〈父〉から受け取ったこともない。我々はこの村を死守するつもりだ[*47]」

ゲインズは怒り出し、再び立ち上がってわめいた。

「誰がしゃべった？　どいつがブラック・ホークだ？」

私は答えた。

「私だ。我はソークの者。我が父祖もソークの者。仲間たちは皆私のことをソークの男と呼んでいる」

ゲインズは言った。

「私がここに来たのは、お前たちに村を出ていってくださいとお願いするためでもなければ、土地の対価を支払うためでもない。私の仕事はお前たちを追い出すこと、ただそれだけだ。できることなら武力を行使したくはない。だが、やむを得ない場合は容赦なく武力を行使する。二日だけ猶予をやろう。その間にミシシッピー川の向こうに行かないのであれば、あらゆる手段を講じてお前たちをここから排除する」

私はゲインズにそのような提案には同意できないし、村を離れるつもりは毛頭ないことを伝えた。

こうして話し合いは決裂し、ゲインズは砦に戻っていった。私は預言者に再び相談した。彼は別の夢を見たという。その夢の中で〈大いなる神秘〉は、こう指示したらしい。村の長老であるマッタタスの娘に杖を持たせ、アメリカ軍の司令官のところに行かせよ。そして、こう告げさせるのだ。

「自分はマッタタスの娘である。マッタタスはずっと白人の友人であった。白人の味方をして戦い、傷も負ったが、白人のことをいつも高く評価していた。そのマッタタスが村を売ったなどという話をしたことなど一度もない。白人は数も多く、ほしいものは何でも我々から奪うことができる。しかし、もうこれ以上非友好的なことはしないでいただきたい。願いを聞き届けていただけるなら、自分は村の者たちに頼んでみる。畑で実りつつある作物を収穫するまでは村にとどまっていていいという期限をつけてくれないか。自分は女であり、子供たちを育てるために必要な分をどうしても手に入れたい。この願いを聞き届けていただけないと、十分なトウモロコシを蓄えることもできないまま村を追われ、多くの小さい子供たちが飢え死にしてしまうに違いない」

我々は預言者の言葉に従い、マッタタスの娘が砦に行くことになった。若い男たちも何人か同伴した。彼女は面会を許され、ゲインズと会い、預言者に言われた通りの話をした。ゲインズはこう答えたそうだ。

「我らの大統領が自分をここに派遣したのは女たちと条約を結ぶためではない。話し合いを行うためでもない。そこにいる若い男たちはただちに砦を退去せよ。女はいたいのならここにいても構わない」

我々の希望はすべて失われた。もはや、ミシシッピー川の向こう側に行くか、村にとどまりゲインズが兵を引き連れてやってくるのを待ち構えるか、いずれかしかなかった。

とりあえず我々は村にとどまることにした。だが、管理官、通訳、交易商、そして私が果たしている長の役割をつぶすよう命じられたケオククたちが、我々の仲間の戦士たちにひそかに接触し、ミシシッピー川の西側に移住するよう説得していることが判明した。[*48] 仲間たちの中に動揺が走り、彼らの要請もあり、私は管理官に使いの者たちをやった。今実りつつあるトウモロコシを育てるためにもう少しここに残っていいという許しが得られるなら、秋以降、村を離れるつもりであると伝えさせたのだ。今ただちに村を追い出されてしまうと食料が足りず、生活が成り立たないからだ。

使いの者たちが帰ってきて、ゲインズの言葉を伝えた。

「私が指定した二日後という期限より先に時間はないと思え。期限になっても村に居残っていたら、強制的に排除する」

私は村中の者に触れを出し、命じた。

「もしアメリカ軍の司令官が我々を排除するために兵を引き連れてやってきても、銃を使ってはならない。一切抵抗するな。アメリカ軍が戦闘行為に及んでも、家の中でじっとしていろ。我々を殺したいというのなら、殺させてやれ」

ゲインズが我々の仲間を傷つけることはしないだろうとの感触はあった。何しろ、私は戦争をしたいと言っているわけではないのだ。もし戦うことが最大の目的であるのなら、最初に彼と話し合いを持った場所で我々はゲインズらに襲いかかり、仕留めることもできたはずなのだ。あの時、彼らを生かすも殺すも我々次第だったのだ。しかし、彼が男らしく、いかにも戦人のようにふるまい、柔らかい中にも情熱的な物言いをするので、我々は彼を勇者と認め、命を奪うことはやめたのだ。

仲間の若者たち何名かが偵察に出ていて、すぐに報告があった。馬にまたがった白人たちが多数我々の村めがけて進んでくるとのことで、彼らの身なりから判断するとただの一般人ではなく、軍隊が進軍しているようにも見えるという。[*49]

この素人くさい兵士たちはロック川沿いまでやってくると、陣を張った。ゲインズも兵士と大砲を積み込んだ蒸気船で乗り込んできた。アメリカ軍の兵たちはこれ見よがしに我々の村の目前に姿を見せ、そして陣地に戻っていった。だが、そのようなことをしても、我が戦士たちに動揺を与えられはしないのだ。小さな子供たちですらこの蒸気船に気を留めもしなかった。子供たちはいつも通り水辺で遊びに興じていた。

川の浅瀬でアメリカ軍の蒸気船が座礁するのが見えた。厄介なことになっているようだ。もし我々に力を貸してほしいと頼んできたら、喜んでというわけではないにせよ、船を元に戻すのに協力した仲間は一人や二人ではなかったはずだ。兵士たちが我々の村の近くを通り過ぎることに難癖をつけていた者はいなかったし、我々は友好的な態度は崩していないつもりだった。

故郷を離れる

ゲインズが指定した期限が翌日と迫った。ゲインズ率いる正規兵の手に落ちるのであれば、このまま村に居残り、彼らの捕虜となるのもやむなしと考えていた。しかし、川の向こうにいる兵たちの多くは馬にまたがってやってきた、例の顔色の悪い素人たちだ。統制がとれているようにも見えず、彼らに捕えられるのはまずいとの予感があった。

そこで、夜の間にミシシッピー川を渡ることにした。[*50] そして、ロックアイランドから少し下ったところでとりあえず野営した。ゲインズは再び我々に召集をかけ、話し合いを行うことになった。新たな取り決めをするのが目的だった。この取り決めにおいて、我々がやむなく放棄したトウモロコシ畑で収穫できたはずの分を提供してくれると、ゲインズは約束してくれた。この取り決めに関しても、私は羽ペンを持たされ、書面に印をつけさせられた。むろん、私自身の思いとして今後静かに生活していきたいと強く願っていたのは事実だ。

やがてトウモロコシが引き渡されたが、十分な量ではまったくなかった。仲間の者たちが大声で嘆いているのが、そこかしこから聞こえてきた。焼いたヤングコーンや豆、カボチャなども、女や子供たちにとって必要不可欠な食料なのだ。数名の仲間が夜陰に乗じて我々の畑に向かい、トウモロコシを収穫してこようとしたのだが、あえなく見つかり、銃撃を受けた。我々としては、自分たちの畑にトウモロコシを取りに行っただけなのだが、結果的に白人たちからは、略奪行為が行われようとしたとの指摘を受けることになってしまった。

私は管理官から以下のようなことを聞かされていた。今回新たに取り決められた項目の一つに、我々は畑を耕すにあたって支援を受ける権利がある、そして、必要に応じて畑を持つこともできる。

そこで、私は管理官のところを訪ね、秋になったら小さな小屋と畑を所有していいかと聞いた。私はもう隠居するつもりだったのだ。管理官は私の望みがかなうよう努力すると約束してくれた。次に私は交易商のところに出かけた。彼に頼み込んだのは、私が死んだらソーケナクの村の墓場に埋葬してほしいということだった。私はかつての友や戦士たちと共に永久の眠りにつきたかったのだ。この願いについても交易商は喜んで認めてくれた。私は満足し、仲間たちのところに戻った。

それからしばらくして、フォックス族の一団がプレーリー・デュ・シエン方面に向かい、前年の夏に長や親族たちを殺害したメノモニー族とスー族に復讐を試みた。フォックス族の者たちがメノモニー族の村の近くまで来た時、一人のウィネバゴ族の男に出くわした。彼らはこの男にメノモニー族の村に行って、もしウィネバゴ族の者がそこにいるのなら自分たちの村に戻った方が身のためだと告げてこいと命じた。この男は言われた通りのことをしたが、ついでにメノモニー族の者たちにもフォックス族の来襲に備えよと伝えた。すると、フォックス族の者たちはすぐにやってきて、メノモニー族の者たちを二八人殺害し、自分たちの村に戻った。

こういった報復行為は我々にとってはごくごく当たり前の理にかなった正しい行いなのだが、白人たちは恐慌をきたした。殺害行為を行ったフォックス族の者たちは投降し、白人の手による裁きを受けなければならないと言い出したのだ。秋、フォックス族の中心メンバーが私のところに相談にやってきた。

私は彼らに自分の考えを伝えた。

「彼らのしたことはまったく間違っていない。間違っているのはアメリカ合衆国の〈偉大なる父〉だ。フォックス族の長たちが誘い出されメノモニー族の者たちに殺害された時、〈偉大なる父〉はメノモニー族の者たちに投降するように求めたか。何もしていないではないか。にもかかわらず、今回はフォックス族の者たちに投降を命じる。一回目の時に何もする気がなかったのだから、今回も何もする必要はないはずだ。彼ら白人たちと我々との間には越えがたい溝があり、正義に対する考え方も違う。白人たちが主張する法や正義も私にとってはきわめて疑わしいもので、今回〈偉大なる父〉が介入してくること自体おかしなことだ」

この件をきっかけとして、フォックス族の者たちは我々に合流し、一緒に狩りに行くようになった。

時を同じくして、ゲインズたちが我々を排除しにやってきた際にモルデン砦のイギリス人たちに話を聞きに行っていて村にいなかったニアポーピーが戻ってきた。彼はイギリスの長に会い、アメリカ人たちに我々を村から追い出す権利があるのか聞いたそうだ。イギリスの長の返事はこうだった。

「お前たちが村や土地をアメリカの政府に売り渡していないのであれば、彼らがお前たちから村や土地を奪うことはできない。アメリカの政府にはお前たちには権利が与えられており、その権利を行使できるのはお前たち自身の声や意思のみだ。お前たちが土地売却を承認した覚えがまったくないというのであれば、その土地は完全にお前たちのものだ。それゆえ、アメリカの政府にはお前たちを強制的に排除する権利はない。仮に強制排除をきっかけとして戦争状態に入ったとしても、恐れることなど何もない。イギリスはお前たちの味方をし、必ず支援する」[*51]

ニアポーピーは村に帰る途中、預言者の村に立ち寄り、そこで我々がソーケナクから出ていったことを初めて耳にしたようだ。以下、特に私にだけこっそり教えてくれたのだが、預言者は私に会いたがっているらしい。預言者はいろいろと有益な情報を持っているようで、また、春になればイギリスの〈父〉からもいい知らせが届くそうだ。預言者はニアポーピーに対して、様々な情報の詳細を私に伝えるよう求めたらしい。しかし、ニアポーピーは私にこう言った。

「あなた自身が預言者のところに行って話を聞くべきだ。ただ、これだけはお伝えしよう。預言者のところにはイギリスの〈父〉から急使が来ている。その使いによれば、春の早い時期に銃や弾薬、食料、衣類などを送る手はずになっているらしい。積み荷を乗せた船団はミルウォーキー経由でこちらに来る。さらに預言者は、オタワ族、チペワ族、ポタワトミー族、そしてウィネバゴ族の者たちから貝殻玉の貨幣やタバコを贈り物として受け取っていて、皆、預言者の命令で動く手はずになっている。我々は再び幸せな生活に戻れるはずだ」

　私はニアポーピーに言った。

「イギリスの〈父〉が我々に良くしてくれるつもりだという話を聞いて、私はとてもうれしく思う。我々は村から追い出され、それに見合う報酬を受け取ることもできなかった。話を聞いて再び希望が湧いてきた。希望が叶えられれば満足だ。もはや老いさらばえたとはいえ、人生の残りの時間をこの希望に託そう。何よりも仲間の者たちの顔が希望で輝くのを、この目で見ることができるのが一番だ。私がこの世を去っても皆が陽気に楽しく過ごせること、これが私の終生の願いであり、目標だった。我々を覆う天空が雲一つない蒼天となる日を心待ちにできるのは望外の喜びだ」

　ニアポーピーはこう答えた。

「預言者は、もしもの時には、先ほど述べた部族の者たちがこぞって我々のために兵を起こしてくれると言った。イギリスも助けてくれるとのことだ。そして、万が一我々が打ち負かされるような事態に陥った時でも、それでも我々の安全は保障されている。なぜなら、カナダのセルカーク入植地[*52]にいるワッサカミッコという長から、預言者は誠意溢れる知らせを受け取っているからだ。その長は、我々が今の土地でうまくいかなくなったら教えてほしい、必ず力になると言ってくれたそうだ。さらにはイギリスの〈父〉も、我が部族の者たちがアメリカからひどい仕打ちを受けていると言ってくれている。我々はとにかく預言者に会うべきだ。まず私が行くので、あなたは預言者のところに行く仲間をできるだけ多く集めておいてほしい。我々があなたを頼りにしているとは、あなた自身も理解してくれているはずだ。我々の部族内の問題の処理はあなたにお任せしてきた。とにかく明日、私は預言者のところに戻る。あなたは今後のことについてよくよく考え、決断したことを私に知らせてほしい。その決断の内容を私が預言者に伝える。彼は我々を助けるために必死だ。あなたが彼や私と同じ気持ちになってくれることを彼は切望しているし、あなたの仲間たちを幸せにするためなら何でもしてくれるはずだ」

その晩、ニアポーピーが話してくれたことについて、私はあらゆる角度から考え続けた。もうひと踏ん張りすれば私の希望はすべて叶えられると思うと、嬉々とした気分になってきた。私は預言者の助言に従うこととし、ニアポーピーを通じて、現在行動を共にしている勇者たちをすべて集め、自分が聞いた話を伝えること、そして違う村に暮らしている者たちからもできるだけ多くの同志を募るつもりであることなどを預言者に連絡した。

早速、ケオククと一緒にいる仲間たち及びフォックス族の者たちに使者を送り、私の元に届いた良き知らせについて伝えた。だが、彼らは聞く耳すら持たなかった。ケオククの考えでは、私は嘘つきたちに偽情報をつかまされているだけで、今おとなしく身を潜めている土地で静かに暮らすことこそ、私がとるべき最善の選択ということになるらしい。

一方で、私がソーケナクを守りきる決断をしたと聞いたケオククは、彼にとってまずいことになると危機感を募らせ、ただちに動き始めた。部族の長たちがワシントンを訪問し、アメリカ合衆国の〈偉大なる父〉と面会する許可を得るために、セントルイスにいる管理官と知事に申し入れを行ったのだ。そうすれば、我々も友好的に問題に対処するだろうと判断したわけだ。さらには、ワシントンに出かける予定のあった交易商にも接触し、〈偉大なる父〉のところに行って事情説明をし、自分たちが直接彼と面会できるよう許可をもらってほしいと依頼した。

しかしながら、セントルイスの知事からは納得のいくような知らせは届かなかった。そして、そのことを耳にした私は自分たちの仲間の結束を固め、仲間の数をできるだけ増やすこととした。アメリカ合衆国の〈偉大なる父〉からワシントン訪問を許可するメッセージが届かなければ、来春、村を取り戻す手はずを整えるというのが、私の決断だった。

ワシントンに出かけていた交易商が戻ってきた。彼は約束通り〈偉大なる父〉と面会し、我々が陥っている苦境について丁寧に説明し、我々がワシントンを訪問する許可を求めたとのことだった。だが、〈偉大なる父〉からは何の回答も得られなかった。

実は私も、これ以上無駄な抵抗はするなとの友人たちの忠告に耳を傾けるつもりはあったのだ。もし、アメリカ合衆国の〈偉大なる父〉と面会するという要望が叶えられれば、彼が出すはずの裁定に従うつもりでいたのだ。その裁定の内容がどのようなものであれ、受け入れるしかないと考えていたのだ。これ以上の困難が生じないように実際の交渉を進めていたのはケオククだ。私は仲間たちのために良きことがなされるようひたすら願うことしかできなかった。しかし、残念なことにどこかで悪しき思惑が働き、悪しき操作が行われたのだろう。でなければ、事態があのようなおぞましき結末に至ることはなかったはずだ。

ワシントン訪問の許可が得られないことがはっきりした時点で、私の決意は固まった。仲間を増やす試みを再開し、ケオククのグループにいる戦士たちにも声をかけたが、誰も仲間に加わってくれなかった。

ケオククや彼の仲間たちは基本的に平和志向で、彼らの弱腰な姿勢が我々の足を引っ張ることとなり、結果的に我々は村から放逐されることになったと私は思うのだが、今こうして私の呼びかけに応じないのも彼らの平和志向がゆえのことなのだろう。秋から冬にかけて、私は自分の仲間たちをかき集め、戦士を招集し、ロック川を遡る準備を着々と進めた。ニアポーピーの話を信じるなら、ロック川上流域で多くの仲間たちと合流し、支援物資をたっぷり受け取れるはずだったからだ。ミシシッピー川沿い、マディソン砦近くを野営地点とし、仲間たちの集合場所とした。また、各地に戦士を派遣し、同志を募り、一方ですべての準備が整う前に事が漏れないように見張りを配置した。*53

ミシシッピー川を再び渡る

春になった。仲間が全員集まり、準備が整ったところで我々は出発し、ミシシッピー川を越え、川沿いを進んだ。女や子供たちはカヌーに乗り込み、野営に必要な物資などもカヌーで輸送した。戦士たちは馬にまたがり、攻撃を受けた場合に備えて武装していた。*54

ロック川の下流で預言者と合流し、ロック川の上流域にある彼の村を目指すことにした。彼は我々と合流する前にロックアイランドを訪ねていて、アメリカ軍の司令官や管理官、交易商と話し合いをしてきたそうだ。白人側は彼に対して我々と行動を共にしないように何度も言い、また、我々がおとなしく引き上げるよう説得してほしいと依頼してきたとのことだった。さらには、新たに軍の司令官が大部隊を引き連れてロックアイランドに向かって進軍中という情報も、彼らは預言者に伝えた。

預言者は私にこう言った。

「私はこういった戯言に耳を貸すつもりはないし、そもそも司令官たる者、戦闘的な姿勢を示していない人々に向かってあえて攻撃を仕掛けてくるものだろうか。友好的な姿勢さえ示していれば、我々はどこに行こうが自由のはずだ。ただ、夜になって野営するまでは、この話は血気盛んな戦士たちには伝えない方がいい」

我々は先へと進み、前年ゲインズ司令官が駐留していた場所に着き、そこで野営した。預言者は戦士たちにこう告げた。

「我々を信じて従ってほしい。真の勇者としてふるまってほしい。恐れることなどなく、必ずや目的は達せられる。アメリカ軍の司令官がやってくるとしても、我々が戦闘的な姿勢を示さない限り、アメリカ軍がいきなり我々を邪魔立てしてくるはずはない。早まって戦闘的な姿勢を示すことだけは控えよ。ロック川を遡り、仲間たちの増援が来ることがはっきりしたところで、一気呵成に敵に立ち向かうことにしよう」

その夜、白いビーバーことアトキンソン将軍が部隊を引き連れ、蒸気船数隻に乗って姿を現した。ミシシッピー川からロック川に入ったところで我々を待ち構え、我々がそれ以上先に進むのを阻止するのが彼らの狙いなのだろうと、我々は不安を覚えた。

　ロック川との合流地点まで来てみると、蒸気船はさらに先へと進んでいた。だが、一安心ということにはならない。アメリカ軍の司令官が絶壁の上や谷間などに人員を配置し、不意打ちを仕掛けてくるかもしれないので、私は不安な気持ちを払拭できないでいた。そこで、ロック川を進むにあたっては、太鼓を叩いたり、大声で歌を歌ったりすることにした。我々が恐れなどまったく抱いていないことをアメリカ人たちに見せつけてやるためだ。

　敵と出会うこともなく、我々はしばらくの間ロック川沿いをゆっくり進んでいった。そこへ白いビーバーことアトキンソンから急使がやってきた。アトキンソンは私に対して、仲間を連れて引き返し、ミシシッピー川の西岸にもう一度戻るよう命じてきた。私は使いの者を通じてこう返答した。

「この命令に従うつもりはない。そもそも、このような要求をしてくる権利がお前にあるとは思っていない。私は戦闘行為を行っているのではなく、平和的な姿勢を崩していない。我々はロック川沿いにある預言者の村に行くために川を上っているだけだ。預言者からの依頼もあり、トウモロコシ作りを手伝うのが目的だ」

　使いの者は戻っていった。我々はさらに進み続け、預言者の村から少し離れたところで野営した。すると、アトキンソンから再び急使が送られてきた。今度の使いは、もし我々がおとなしく引き返さないのであれば武力を行使して我々を追い返すと脅迫してきた。この態度に私の仲間たちは反発し、一気に戦闘への機運が高まった。全員が私と行動を共にすることを決意し、もしアトキンソンが兵を引き連れやってきて我々を駆逐しようとするのであれば、彼と雌雄を決しようということになった。そこで、私は使いの者に、帰ってアトキンソンにこう伝えるよう言った。

「戦いたいのであれば、来るがいい」

我々は負け犬としてただただ排除されるつもりなど毛頭ない。ただし、こちらから仕掛けるつもりもまったくない。我々が今回とるべき行動原理はただ一つ。身を守るのが第一ということだ。自らの身を守る、これは我々の基本的な権利であると思う。

二人目の使いの者が去った後、ウィネバゴ族との交渉にあたっていた副管理官のグラシオット*55というアメリカ人が、ウィネバゴ族の長たちと共に我々のところにやってきた。彼は通訳を連れてこなかったので、自分が連れてきたウィネバゴ族の長たちを介して我々と話した。長たちは、自分たちの表向きの使命は我々がミシシッピー川の西側に戻るよう我々を説得することだと言った。だが、長たちは我々にこう話を続けた。

「このまま進み続けることだ。ロック川を上っていけば、お前たちに味方する友人たちの数も増えていくだろう。状況は必ず良くなる。我々も本当はお前たちの味方なのだ。我々の部族の者たちも皆お前たちの友人だ。絶対に諦めてはならない。ロック川をどんどん上っていけ。そうすれば、どんな敵とも立ち向かえるだけの援軍を仲間に引き入れることができるはずだ。我々はこのままグラシオットと先に進む。敵の力のほどを確かめるためだ。確かめ次第、お前たちのところに戻って、情報を伝えよう。お前たちを助けるためには、我々としても何らかの方策を用いてグラシオットの目を欺かねばならないのだ」

この会見が行われている最中、我が部族の戦士たちの何人もがイギリスの旗を掲げ、馬にまたがり、会見場を取り囲んだ。するとグラシオットはすっかり怯えきってしまった。私はウィネバゴ族の長の一人に、グラシオットに怯える必要はないと伝えてほしいと言い、外に出て、仲間たちを制止した。どの戦士もすぐに馬を下り、自分たちのテントに戻っていった。

会見の休み時間の間にも、私はグラシオットのテントの前に見張りを置き、彼を守ることにした。仲間の戦士が彼を脅すのを恐れたからだ。彼のことはいい人間だとずっと思っていた。彼に危害を加えてはならない。やがて、彼はウィネバゴ族の長たちを連れロック川を下り、ロックアイランドに向かった。

我々がここにとどまることをアトキンソンが認めるつもりはないことをグラシオット経由で知った私は、これからなすべきことに思いを巡らせた。そして、このままロック川沿いを進み、ポタワトミー族の者たちと会い助力を求め、話し合うことにした。

我々の集団にはウィネバゴ族の長が数名同行していたので、彼らの意見も聞いてみた。このところ彼らの様子を見ていると、我々を支援する気持ちがなくなっているようにも思えたので、ニアポーピーが語ったウィネバゴ族との間の約束事について確認しようと考えたのだ。冬に貝殻玉を送ってくれた事実があったのかどうか、いざという時にはウィネバゴ族の村に行ってもよいのか、我々がもしウィネバゴ族の者たちと共に暮らすようになった場合、我々は彼らと同じ権利を持つことができるというのは本当なのかどうか、私は彼らに聞いてみた。

彼らは以上の件について否定はしなかった。そして、白人たちが介入してこないのであれば、自分たちの村で、我らの友人である預言者ワボキーシークと一緒に我々がトウモロコシを育てることに異議を唱えるつもりはないと話した。ただし、我々がさらに先に進むことについては賛成できないというのが彼らの考えだった。[*56]

翌日、私はウィネバゴ族の長たちの話を無視し、キシュウォーキー川がロック川に合流する地点を目指すことにした。預言者の村から少し離れたところで野営した。野営の準備が終わり、あたりが静かになったところで、私は仲間のうち主だった長たちを集め、こう告げた。

「我々はニアポーピーに欺かれたようだ」

私は話を続け、ニアポーピーが我々にもたらした都合の良い約束事はすべてでたらめだったと説明した。とはいえ、このことを今仲間たち全員に伝えるのはまずい、ここだけの話にしようと長たちに言った。とにかくキシュウォーキー川流域まで行くこと、それまでは万事うまくいっているふりをし、仲間たちを励まして進み続けることが大事というのが私の思いだった。キシュウォーキー川に着いたら、私はポタワトミー族の者たちのところに出かけ、彼らが我々の行動についてどう思い、どう協力してくれるのか確認してこようと考えていた。

翌朝、ニアポーピーから私だけが聞いていた話、すなわちミルウォーキーから新たな知らせが届いた話を仲間の者たちにし、全員を鼓舞した私は、彼らを引き連れ出発した。新たな知らせというのは、まもなくイギリスの〈父〉が派遣した支援部隊がミルウォーキーに到着するというものだ。

しかしながら心中、我々の計画はすべて破綻したことを悟り始めていた私は、預言者に一緒に来てほしいと伝えた。ポタワトミー族との交渉で何か事態を覆す糸口を見出せないか、一緒に考えてほしかったのだ。

キシュウォーキー川に到着したところで、私はポタワトミー族の村に急使を送った。翌日、ポタワトミー族の代表の者たちがやってきた。私は彼らに村にトウモロコシはあるかどうか尋ねた。彼らの返答はこうだった。トウモロコシの備蓄はきわめて少なく、他人に分け与えることはできない。その他いくつか質問をしたが、思わしい回答は得られなかった。

一連のやり取りは、仲間たち全員が見ている前で行われた。一段落ついたところで私はポタワトミー族の者たちにそっと話しかけ、仲間たちが眠りについた頃合を見計らって私のテントに来てほしいと頼んだ。

夜になって、ポタワトミー族の者たちが私のテントにやってきて、腰を下ろした。五大湖周辺にいるイギリス人たちから何か知らせを受け取っていないか、私は彼らに聞いた。何の知らせも届いていないということだった。次に、イギリスの〈父〉が派遣した司令官がミルウォーキーにやってきて、銃や弾薬などの物資を我々に提供してくれるという話を耳にしたことがあるかどうか聞いてみた。この質問に対しても、彼らは「聞いていない」ということだった。私は自分の元に届いた情報について彼らに教え、村に戻って、ポタワトミー族の長たちに私が会って話をしたがっていると伝えてほしいと頼んだ。

ポタワトミー族の者たちが村に戻った後、私は仲間たち全員に事の真相を伝えることにした。

「もしアトキンソンが我々を追うという動きを示したならば、我々はミシシッピー川の西側に引き返そう。イギリスなどから物資の補給が得られない以上、ここにとどまっても先に進んでも無意味だ。ウィネバゴ族もポタワトミー族の者たちも我々を積極的に支援する気はないようだ」

翌日、ポタワトミー族の長たちがやってきた。私は犬を生け贄とし、宴を催すことにした。準備が整ったところで、私はメディスンバッグの中身を広げ、そしてポタワトミー族の長たちは宴の食事に手をつけ始めた。宴が終わりに近づいたころに知らせが届いた。ここから一三キロほどの地点で三百人から四百人ほどの白人が馬にまたがって進んでくるのが目撃されたという。

スティルマンズ・ランの戦い

私はただちに白旗を持たせた若者を三名、この白人たちのところに派遣した。若者たちには彼らと面会し、我々の野営地点に招待するように言った。彼らと話し合いを行い、その上でロック川を引き返すつもりだったのだ。そして、もし白人たちが既に野営の準備を完了させていたならば、すぐに戻ってくるようにと若者たちに言った。その場合は私自身が彼らのところに赴くつもりだった。

この三名が出かけた後、私はさらに五名の若者を呼び、きちんと事が進むかどうか見届けてくるように言った。しかし、最初に白人たちのところに向かった三名は白人たちが野営している場所に到着するも、捕虜となった。一方、残り五名は出発してほどなく、約二〇名の白人が馬に乗って全速力でやってくるのと出くわした。五名は立ち止まったが、白人たちが戦闘開始の勢いで迫ってくるので、退却すべく引き返した。しかし、彼らは執拗に追われ、二名の者が追いつかれ殺害された。三名はなんとか逃げ延びることができた。

こういった話を逃げ延びた者たちから聞いた私はすぐさま旗を掲げ、戦さを司る長たちを招集した。厳戒態勢に入ったが、たまたまその時、ほとんどの若者たちは約一六キロ離れたところにいて戦力にならなかった。

私は残された戦士四〇名ほどを引き連れて出発した。ほどなく、白人兵たちの姿が目に入ってきた。私は大声で叫び声をあげ、仲間たちに言った。

「我が部族の者たちが数名殺された。何の理由もなく、無慈悲に殺されたのだ。絶対に復讐しなければならない」

白人たちは馬にまたがり、全速力でやってきた。この様子では最初に派遣した三名の若者たちも殺されたに違いない、そう私は判断した。私は仲間の者たちを茂みの前に配置し、白人たちが間近に迫ってきたら、すぐさま我々の方から銃撃する手筈をとった。

我々の姿を見た白人たちは馬を止めた。私は再び大声で叫んだ。勇敢なる我が戦士たちに突撃を命じたのだ。我々全員の討ち死にを覚悟の上だ。仲間たちは突撃を敢行した。全力で駆け、銃を発射した。すると驚いたことに、我々の方が数も少なく不利なはずなのに、白人たちは恐慌をきたし、混乱を極め、ほうほうの体で逃げていったのだ。

しばらく敵を追跡したものの彼らの逃げ足が速いため、これ以上追いかけても無駄だと悟り、私は数名の仲間を従え野営地点に戻った。二五名ほどの者はそのまま敵を追いかけていった。

私はパイプに火をつけ、腰を下ろし、〈大いなる神秘〉に今日の出来事について感謝した。そのまま瞑想にふけようとすると、白旗を持たせて最初に派遣した三名の若者のうち二名が私のテントに入ってきた。とても驚き、彼らが無事だったことはこの上ない喜びだった。何があったのか、二人を急き立て話を聞いた。

「僕らが白人たちの野営地点近くまで行くと、大勢の男たちが駆け寄ってきた。手には銃を持っていた。彼らは僕らを連れていき、僕らの言葉を少しだけ話せるアメリカ人に引き合わせた。この男によれば、彼の司令官は僕らの様子や僕らがどこに向かおうとしているのか、どこに野営しているのか、そしてブラック・ホークがどこにいるのか知りたがっているということだった。

僕らは次のように答えた。自分たちは司令官に会いに来た。僕らの長は司令官を招き話がしたい。司令官がここにいないのであれば、僕らの長が自ら出向き、司令官に会う意志があることを伝えよという指示も受けている。僕らの長の希望は司令官と話し合いを行いたいということだ。戦いを挑む気持ちは完全に捨てたと言っている。

話を伝え終わる頃、別の白人たちが馬にまたがってその場に現れた。彼らの様子から、何かが起こったことがすぐに分かった。白人たちは騒然となり、新たにやってきた白人たちは怒りの目で僕らを見た。白人たちはしばらく話をしていたが、突然数名の白人が撃鉄を起こし、発砲してきた。一緒にいた一人は撃ち殺され、僕らは白人たちの間を駆け抜け逃げ出した。

少し離れたところでしばらく身を潜め待ち伏せしているところに、叫び声が近づいてくるのが聞こえてきた。仲間たちが敵を追いかける時の叫び声のように聞こえた。すぐに数名の白人が全速力で逃げていくのが目に入った。一人がすぐ脇まで来たので、僕はそいつの頭を狙ってトマホークを投げつけた。そいつは馬から落ち、僕は走り寄って奴のナイフを奪い、頭皮を剝いでやった。この男を仕留めた後、僕は銃を奪い、そいつの馬にまたがり友だちを後ろに乗せた。そして、敵を追跡している仲間たちの姿がはっきりと見えたので、追いかけることにした。

すぐに一人の白人に追いついた。そいつの馬が沼地のぬかるみにはまっていたのだ。後ろに乗っていた友だちは馬から降り、トマホークでその白人を倒した。見事な手並みだった。彼はその白人の頭皮を剝ぎ、銃と馬を奪った。

仲間たちは先の方までどんどん行ってしまったので、僕らも慌てて追いかけた。途中で何人かの白人の死体が転がっているのが見えた。一〇キロほど馬を走らせたところで、仲間たちが引き返してくるのと会うことができた。仲間たちに何人白人を倒したのかと聞いてみた。よく分からないが、帰り道、倒した奴の頭皮を剝いでいくからすぐ分かるさと、仲間たちは言っていた。

実際頭皮を剝ぎながら数えていくと、僕らが殺した二人以外に一〇人やっつけたことが分かった。あたりは既に暗くなっていて、顔もよく見えず、僕らが誰か仲間たちはきちんと分かっていないようだった。仲間たちと行動を共にしてきたわけではない僕らは、仲間たちは何人死んだのか再び尋ねた。五人命を落としたという。死んだ者たちの名前を聞いてみると、真っ先に、アメリカ軍の司令官のところに出かけた三名の者たちが捕虜となり、白人たちの野営地点で殺されたという答えが返ってきた。さらに、その三名の様子を見に行った五名のうち二名が殺されたというではないか。

仲間たちが僕たちのことを分かっていないことははっきりしたが、野営地点に戻るまでは正体を明かさないことにした。そして、僕らが死んだという情報が届いていたところに僕らが帰ってきたものだから、みんなとてもびっくりした」

翌朝、触れ役を通じ、この戦いで死んだ仲間たちの遺体を収容し埋葬しなければならないと、部族の者たちに伝えた。すぐに準備が整った。白人たちの遺体を収容し埋葬しなければならない戦士たちへ伝令を送り、残りの者たちは野営地点を出発した。仲間たちの遺体を見つけ、丁重に埋葬した後、戦利品を手に入れるため敵が引き上げた野営地点を調べた。銃や弾薬、それから食料などが見つかった。何しろ、すべての物資が不足していて、特に食料などは枯渇しかかっていたのだ。馬の鞍に括りつける袋もいろいろ見つかり、仲間たちで分け合うことにした。

量は少なかったがウイスキーもあった。この悪しき飲み物を詰めるための小さな酒樽も見つかったが、すべて飲み干された後だった。兵たちがウイスキーを携えているとは驚きだった。白人たちは禁酒を社会のルールとしていると聞いていたからだ。

敵が野営していたのは小川沿いの森の縁だった。ディクソンズ・フェリーから半日くらいの行程だ。[*57] 我々が彼らに襲いかかったのは草原の真っただ中だった。戦い始めの時には数も少ない我々の方が全滅するだろうと私は感じていた。彼我の間にはこちらの身を隠すことのできる茂みがあり、日が沈む頃合で我々の姿がよく見えなかったのかもしれないが、我々が大軍だと勘違いしたのか、戦いの最中私が目にしたのは想像だにしないアメリカ兵たちの弱兵ぶりだった。

心底驚いた。経験上、アメリカの兵士たちは一般に銃撃がうまい。ところが今回対峙したアメリカ兵たちは、戦闘開始直後ろくに戦いもせず、慌てふためいて退却していった。そして野営地点まで退却し、体勢を立て直し、反撃してくるだろうとの私の予想も裏切られた。数も少ない我々が圧倒的な勢いで攻め立てられる状況では決してなかったのだ。仮に敵の数が我々の半分だったとしても、彼らは森の中、我々は草原に身をさらしたままという不利な状態で我々は戦う羽目になっていたのだ。森に陣取っていれば木々の蔭に身を隠し、我々が放つ銃弾から身を守ることもできたではないか。ともかく、私の無数の戦闘歴の中でも、今回の戦いほど驚きを感じた戦闘はない。敵の数は三百から四百。

我々が和平を求めているにもかかわらず、白旗を掲げた和平の使者を殺そうとしたのはなぜか。この使者たちは武装もしていなかった。図らずも相対してしまった双方のリーダー同士の面会を求めに行っただけではないか。私はこの時点でミシシッピー川の西岸に戻るつもりになっていたのだ。そして、私のこの最終的な決心に抗う可能性のある勇者たちも多少はいたはずなので、私の苦難の旅につきあってくれた勇者たちをなんとか説得しようと決心を固めつつあったのだ。

私は多くの白人たちと出会ってきたが、今回遭遇した連中はどの白人たちとも違うようだ。イギリス軍と戦っていた時のアメリカ軍兵士たちは本当に勇敢で、この連中もあの兵士たちと同じような戦いをするとばかり思っていたが、そんな勇敢な者など一人もいなかった。

もう一度言う。私は、戦闘行為に及ぶことは断念していたのだ。私があの時アメリカ軍の司令官に送ったのは白旗を掲げた和平の使者だ。我々の白旗は当然尊重されるべきものとばかり考えていた。このように考えるのは間違っているのだろうか。我々がとった行為は理性に則った正当なるものではないのか。白人たちが行う戦争の最中、白旗を掲げた者に危害を加えず、その者を冷静に迎え入れる様子を私は何度もこの目にしてきた。

会議が開かれれば、自分たちが抱えている不満について我々は説明するつもりだった。一年前に村を追われたこと、女たちが汗水流して育てたトウモロコシなどの作物を収穫することすら許されなかったこと、ミシシッピー川の西岸に戻るために移動することを許してほしいこと。そして、結論として、白人に対して戦いを挑む考えは完全に放棄したと伝える用意があったのだ。

戦争を行う際には守るべきルールがあり、そのルールに則って行動したつもりの私は、しかしながら、無理やり絶望的な戦争に引きずり込まれたのだ。我が方で戦える者はせいぜい五百名。敵は三千から四千名。

それに、ここまで来てはみたものの、ニアポーピーや預言者ワボキーシークが言っていた支援物資や援軍のことなどは、誰に聞いてもそんな話は知らないと言う。ただ、イギリスの〈父〉に対してはこう言っておくべきだろう。そんな約束などそもそもなかったのだ。我々にもたらされたのはうその約束だったが、イギリスの司令官はそのような甘言ではなく、「戦さは控えるべきだ。戦闘状態に突入すれば、お前たちは破滅するしかない」という忠告を与えてくれていたようなのだ。

さて、万策尽きた我々は途方に暮れるしかなかった。このまま来た道を引き返しても敵とぶつかるだけで、圧倒的多数の敵と対峙しても勝ち目などなかったし、あえて戦って妻子などを犠牲にするのは愚かとしか言いようがない。何しろ敵兵たちは怒り心頭に発しているはずだ。その上奴らは、戦士のみならず、和平交渉に訪れた非武装の者まで殺害するような連中だ。

私が野営地に戻ると、若者たちは全員そこに戻っていた。私は数名の者を偵察に送り、敵軍の動きを調べ、残りの者たちを引き連れてキシュウォーキー川の方へ向かった。どこに行けば我が妻子たちを安全にかくまえる場所を見つけられるか、もはや分からなくなっていた。ただ、ほんのわずかな期待として、ロック川の水源近くまで行けば身を潜める場所があるかもしれないと考え、キシュウォーキー川の水源をぐるりとまわってロック川の水源を目指すのが一番いい道だと判断し、キシュウォーキー川に向かったのだ。この道を辿れば、アメリカ軍の者たちも我々を追跡するのに相当苦労するはずだという考えもあった。

キシュウォーキー川の水源でウィネバゴ族の者たちと出くわした。先日我々がアメリカ軍の兵士たちを蹴散らしたことを彼らは喜んでいる様子だった。そして、自分たちは手助けをするためにここまで来た、仲間に入れてほしいと執拗に迫ってきた。そこで、まず我々の妻子たちをかくまう場所がどこかにないか聞いてみると、二人年長者を手配してくれ、この者たちに安全な場所まで案内させようと言ってくれた。

この場所から先に進むにあたって、戦闘に参加する者たちを分け、別々の進路をとらせることにした。合流したウィネバゴ族の戦士たちには単独で行動してもらうことにした。すべての準備が整い、戦士たちは出発した。我々の一団はフォー・レイクス[*58]方面に向かった。我々の妻子が身を潜めるのに最適な場所としてウィネバゴ族の者二名が案内してくれるのがそこだった。

ほどなく六名のウィネバゴ族の者たちがやってきて、一人の白人の頭皮を見せてくれた。ディクソンズ・フェリーと鉛鉱山の間の道でこの男を殺害したということだった。

それから四日後、今度はキシュウォーキー川の水源で出会ったウィネバゴ族の者たちが我々のところにやってきて、四人の白人を殺し、頭皮を剝ぎとったと報告した。この四人の白人のうち一人はケオククの保護者のような存在であった管理官のセント・ブレインだった。*59 ウィネバゴ族の者たちは勝利のダンスを行おうと提案してきたが、我が方でも先の小競り合いで三名の若き戦士を失っているので、我々が野営している場所でダンスをするわけにはいかないと答えた。ただし、ウィネバゴ族の者たちの野営地点でダンスをするのは自由だと答え、彼らは自分たちのテントのところでダンスを踊った。

二日経った。ようやく、ウィネバゴ族の者二名が案内してくれた場所に辿り着いた。それから二、三日のうちに多くの仲間たちがそこにやってきた。私は彼らを周りに集め、こう話しかけた。「時が来た。名を成したい者よ、我がメディスンバッグに秘められし魂にふさわしい者となれ。今こそ誇りと勇気を示せ。三人の仲間たちの虐殺に報復するのだ」

仲間たちは少人数のグループで食料などを求めて野営場所から出かけていき、二、三日すると何らかの手土産を持って帰ってきた。しばらくすると偵察に出ていた仲間たちも戻ってきて、先日の戦いで叩きのめしてやった白人兵たちがディクソンズ・フェリーに逃げ帰っているという報告をもたらした。さらには別の偵察部隊も帰ってきて、騎馬民兵たちが野営場所を引き払い解散し、引き上げているとの報告も入ってきた。

なんとか安全が確保されそうな状況になったので、犬を生け贄とし、宴を開くことにした。敵が駐留しているのは遠方であったし、これを機に大勢を引き連れ、現在潜んでいる場所から移動する準備を整えようと思ったからだ。我が勇者たちが宴を始めるにあたって、私はメディスンバッグを取り出し、以下のように演説した。

「勇敢なる戦士たちよ。これが我らの父祖ムカタキートのメディスンバッグだ。ムカタキートこそ、我らソーク族の始祖だ。そしてここにあるメディスンバッグは代々偉大なる戦さの長の手によって守られてきた。我が祖父ナナマキーもまた、五大湖周辺の諸部族、大平原の諸部族と事を構えた時、後れを取ったことなど一度もない。このたびも皆がこのメディスンバッグを守り通してくれることを切に願う」

一通りの儀式を済ませると宴は終わった。私は二百名ほどの戦士を引き連れ、神聖なるメディスンバッグの命じるままに新たなる場所を目指して出発した。目ざしたのは日が沈む方角。

出発して二日目の晩、私は夢を見た。もう一日先へ進んだところで大規模な宴を催すことになるという夢だ。翌朝、この夢のことを仲間たちに伝え、我々はモスコホコイナック川（アップル川）に向かって出発した。目的地の近くには白人たちが建てた砦、アップル川砦があり、砦の周辺まで来たところで、四人の白人が馬にまたがっているのを発見した。

仲間の一人が銃を発射し、一人に傷を負わせた。敵の残りの三名は大声を上げ、自分たちの味方が大勢近くにいて、すぐにでも我々に襲いかかるかのようなふりをした。我々は身を隠し、敵が現れるのを待ち受けた。だが一人も敵は現れなかった。そうこうするうちに四人の白人は砦に向かって馬を走らせ、自分たちの仲間に警告を発した。我々は四人を追跡し、砦を急襲した。敵方にも勇敢な兵士はいたようで、見張り台から頭を出し我々に向かって銃撃しようとする者もいたが、仲間の一人がこの男にぴたりと狙いを定め、撃ち殺した。

しかし、砦にいる兵たちを全員殺害するのは無理だ。やるとしたら、砦全体に火をかけるしかない。だがそんなことをするよりも、小麦粉などの食糧、牛や馬などを奪った方が今後のことを考えれば賢明であろう。それに、砦に火をかけてしまえば遠くからも目につくし、我々がこのあたりにいることがばれて、アメリカ軍が大軍をもって押し寄せてくる危険性があった。そこで一軒の建物に押し入り、袋に小麦粉などの食糧を詰め込み、馬や牛を数頭奪った。[*60]

砦を離れた我々は、今度は日が昇る方角を目指した。かなり進んだところで、またしても白人たちがこちらに向かってくるのが見えた。私は仲間たちに森に隠れ、彼らが近づいてきたら殺害するように命じた。

彼らが目の前に迫ったところで、我々は喚声を上げ銃撃を開始し、襲いかかった。この時、一団の兵士たちを率いる一人の指揮官が、銃撃を受けた味方を救うべく全速力でやってきた。しかし、合流したアメリカ兵たちはすぐに退却を開始し、そこに残されたのは一人の指揮官と数名の兵だけとなった。残された兵たちは戦う気満々だった。まさしく勇者そのものだったが、私が仲間を引き連れ押し寄せていくと、しだいしだいに後退していった。

すぐに別のアメリカ軍指揮官が、先ほどの軍勢より多い部隊を率いてこちらに向かってきた。彼もまた威勢よく戦いを挑んできた。彼らが接近したところで私は大きな叫び声をあげ、双方から銃撃が開始された。この指揮官は小男に見えたが、実に勇ましく全軍を鼓舞していた。だが、敵部隊はすぐに退却してしまい、またしてもこの指揮官と若干名の勇敢なる者が戦場に残るだけとなった。我々の仲間たちの大半は退却し始めた部隊を追跡し、彼らが乗ってきた馬を多数撃ち殺した。一方、残された敵士官と兵たちはいささかも逃げ出すそぶりを見せなかった。私は仲間たちに彼らに襲いかかるよう命じた。すると、なんとも屈辱的なことに、我が方のリーダー格が二名殺されてしまう結果となった。やがて、この勇気ある指揮官たちも退却していった。*61

この若き白人指揮官が示した勇気や誇りは称讃に値する。我々にとって誠に幸運だったのは、彼の指揮下にあった兵たち全員が、戦場に残り続けた兵たちほどの勇気を持ち合わせていなかったことだ。

今回の戦闘では数名の白人兵士と約四〇頭の馬を殺した。我が方では二名の若き戦さの長と七名の戦士の命が失われた。犠牲者が出たこともあって、仲間たちは敵を追いかけ砦を襲い焼き打ちにしてやると息巻いたが、弾薬を無駄にするだけだと私は彼らを抑えた。それに、この戦力で砦に向かっても勝利することはきわめて難しいと踏んでいた。クマを巣穴まで追い込んだら、あとはそのままにしておいてやり村に戻る、それが我々の流儀だろうと仲間たちを説得したのだ。

我々はさらに先へと進み、野営する場所を見つけた。そこでは我々の偵察部隊が既に我々を探して待機していた。彼らの報告によれば、敵軍も移動を開始しているらしい。そこに五人組の偵察部隊が戻ってきて、次のような報告をした。

この五人組は数時間にわたって敵兵たちに追跡されたらしい。森の中に隠れ身を潜めていたところに、二五名から三〇名ほどの敵部隊がやってきた。この敵部隊に対して待ち伏せ攻撃を仕掛け、見事成功した。五人組が弾丸を再装塡していると、敵兵たちはすぐに少し後ろへ退却し、しばらくすると森の中に再び入ってきたので銃撃を加えてやった。敵兵たちはまたしても少し退却し、またすぐに森に戻ってきて銃撃を仕掛けてくるので、五人組も応戦した。そして、敵兵二名と仲間一名が直接格闘を行い、仲間は喉をかき切られ命を落とした。この小競り合いで犠牲となった者はこの一名だけだ。敵兵の犠牲者は三名で、結局彼らは退却していったという。

さて、別の事件についても話をしておこう。その頃、我々と別行動をとっていた三人のソーク族の者たちが我々のところにやってきた。彼らは白人の娘を二人連れていた。彼らは、この白人の娘たちはウィネバゴ族に引き取ってもらい、白人たちに返す予定だという。事の始まりはこうだ。

三人の仲間たちはポタワトミー族の一団に加わり、イリノイに入植してきた白人たちに攻撃を加えるのを助力することにした。このポタワトミー族の一団を率いるリーダーは、白人入植者に激しく鞭で打たれたことがあり、その時に受けた屈辱と傷の恨みを晴らすために復讐を企てたのだ。

ポタワトミー族の者たちが襲撃の準備を進めている最中、一人のポタワトミー族の若者が同情の念を持ったのか、復讐の対象となっていた白人一家のところへ行き、仲間たちがお前たちを殺しにやってくるから逃げた方がよいと忠告した。その家族の者たちは、いったんは家を離れたものの、すぐに戻ってきてしまった。ポタワトミー族の者たちが襲いかかった時、一家は全員家の中にいたようなのだ。

ポタワトミー族の者たちはその白人一家を皆殺しにした。ただし、同行していた我がソーク族の三人が十代の娘二名を捕え、馬に乗せ、命を助けた。そして三人は、この娘たちを我々の野営場所に連れてきたわけだ。

すぐにウィネバゴ族の者たちに使者を送った。ウィネバゴ族の中にはインディアン側、白人側双方と友好関係を保っている者たちもいて、その者たちに来てもらい、娘たちを白人たちに返す仲立ちをしてもらう段取りを整えようとした。もし、我がソーク族の若者たちがポタワトミー族の者たちに同行していなかったならば、この娘たちも家族の者たちと同じ運命を辿ることになっていただろう。[*62]

惨劇への道

点々と野営を繰り返す我々は、食料が枯渇し、いかんともしがたい苦境に追い込まれていった。あたりはぬかるんだ湿地帯で、ここに逃げ込んでくるのも大変苦労したわけだが、獲物となるような動物の姿は見えず、魚もほとんど獲れなかった。人間の生活圏から切り離された場所のため、どこからも支援物資を受け取れるような場所でもなかった。しかるに、若い仲間たちがこの危機的状況を打破する新たな行動を試みようとしても、何一つ取るべき行動がない状況に立ち至ってしまった。窮した我々は木の根を掘り樹皮を剝ぎ、飢えをしのぎ、生きのびようとした。年老いた者たちはやつれ果て、飢え死にする者も出てきた。

敵軍が移動中という報告があり、敵軍に追いつかれ包囲されることを恐れた私は、女や子供だけはミシシッピー川の西側に向かい、我々にあてがわれた土地に戻すことにした。翌日、五名のウィネバゴ族の者を案内役とし移動を開始し、ウィスコンシン川を下っていくことにした。

この移動に際し、ニアポーピーは二〇名の仲間を連れてしんがりを務め、敵軍の接近に備えた。[*63] 我々は女や子供たちを連れてウィスコンシン川に向かい、川に到着すると、女子供たちを川の中の島に渡し始めた。

ちょうどその時、敵兵の大軍が押し寄せてくるのが目に入った。もはや戦うしかあるまい。戦わなければ、愛する妻子たちの命が無残に奪われてしまうに違いない。

私は五〇名の戦士を率い、戦いを挑んだ。残りの戦士は女や子供たちが島まで渡りきるのを護衛した。戦いが行われたのは一二キロほど川から離れた地点。私は駿馬にまたがり、仲間たちを見渡した。全員見事な戦士ぶりだった。私は彼らに叫んだ。

「一歩も引くな。敵に後れを取ってはならない」

戦闘開始の時点において、私は小高い丘への上り坂にさしかかっていた。この丘を占拠すれば有利に戦闘を進めることができるととっさに判断したものの、丘は敵兵たちに奪われてしまった。我々は深い谷間に追い込まれることになった。互いに銃撃を繰り返し、あたりはしだいに闇に包まれていった。

私が騎乗していた馬は二発銃撃を受けていた。このままでは出血多量で力尽きてしまう恐れがある。一方、日暮れ後の闇の中での戦闘を恐れたのか、敵兵たちもこちらに接近してこなくなった。ウィスコンシン川で島に渡ろうとしていた者たちも、もう渡りきった頃合だろう。私は仲間たちに引き上げるよう命令した。仲間たちは別々の道を辿り、ウィスコンシン川の川沿いで合流することとした。驚いたことに敵兵たちは我々のことを追跡してこなかった。

この戦闘において、我々は部族の者たちがウィスコンシン川へ逃れていく道筋を守りきることに成功した。圧倒的多数の騎馬民兵たちを向こうにまわして、我が方の戦死者は六名だけだった。*64

だが、そもそもあの場所で白人たちの大軍に襲われなかったら、私が戦闘を指揮する必要もなかったのだ。妻子たちがウィスコンシン川の島に逃げおおせるまでの時間を稼ぐために、私は戦うしかなかった。本当にどうしようもなかったということを、仲間たちは分かってくれていたと思う。白人たちがあの戦いをどう評価しているのかは知らないが、今や敗れ去った我が部族の者たちは、あの時の私のことを勇敢なる指導者として称えてくれるはずだ。

この戦いで死亡した敵の数を突き止めることはできなかったが、私の個人的な推測では、我が方より遥かに甚大な数の犠牲者を出していたに違いない。それはともかく、戦いが一段落し、我々はウィスコンシン川の川沿いに戻り、妻子たちがいる島に向かった。

この時点で、私と行動を共にしてきた仲間たちから脱落者が出た。彼らは一気にウィスコンシン川を下り、ミシシッピー川の西側へ逃亡し、我々にあてがわれた第二の故郷へ戻ろうと考えた。だが私は、私とは別の道を選ぶ彼らの動きを阻止しなかった。我々は全員絶望の淵にいた。長い旅路の末、我々は疲れ切り、飢えも深刻な問題となっていた。もはや望みはただ一つ。なんとしてでも生きのび、ミシシッピー川を渡りきること。

しかしながら、私と袂を分かった者たちのほとんどは目的を達成することができなかった。不幸にも、ウィスコンシン川がミシシッピー川に流れ込む合流地点付近にはプレーリー・デュ・シエンからやってきていたアメリカ軍部隊が駐屯していたため、ウィスコンシン川沿いに逃げていった仲間たちは彼らと遭遇し、銃撃を受けた。ある者は命を落とし、ある者は川に沈み、ある者は敵に捕らわれた。森に逃げ込むことのできた者たちもいたが、多くは飢え死にしたらしい。哀れなことにこの仲間たちの中には、かなり多くの女子供がいたのだ。

一方で、先の戦闘の際にしんがりを務めていたはずのニアポーピーたちは一向に戻ってこなかった。彼らは偵察部隊であって、敵が現れたら我々に知らせる段取りになっていたはずなのだ。あの者たちは一体どこに行ってしまったのだろうと訝しく思っていたものの、ようやく事情が分かってきた。どうやら、しんがりで偵察にあたっていたニアポーピーたちは、我々が敵軍を最初に見かけた地点近くで敵軍に道をふさがれる形となり、我々本隊に合流することができなくなってしまったようなのだ。そして、我々が敵軍と激突している最中、ニアポーピーたちはウィネバゴ族の村に逃亡し、身を潜めていたという。ただし、彼と一緒にいた勇敢な者たちは、我々と行動を共にしたいとの意思を持ち、我々同志の元に戻ってきた。

さて、ウィスコンシン川を進んでいった仲間たちを見送った我々は、起伏の多い陸路を辿ってミシシッピー川を目指した。なんとか川を渡り、村に戻りたいとの一念あるのみだった。馬が不足していたため、多くの仲間が徒歩だった。馬に食べさせるものもなく、十分な馬を確保することができなくなっていたのだ。当然、我々はのろのろ進むしかなかった。それでも、どうにかこうにかミシシッピー川に辿り着くことができたが、老人や幼少の子供など何名かが道中で命を落とした。皆、そこまでの道のりの中で飢え死にしたのだ。

ミシシッピー川に着いてすぐ、蒸気船ウォリアー（戦士）がやってくるのが見えた。私は仲間たちに銃撃しないように命じた。あの船に乗り込み、交渉し、女子供たちの命を助けてほしいと頼み込むつもりだった。あの船の船長であるスロックモートン[*65]のことは知っていたし、彼に身を委ねようと決心したわけだ。私は白旗を持たせた使者をまず送った。次に白い木綿の切れ端を棒に括りつけ私用の白旗とし、スロックモートンにこう呼びかけた。

「小さなカヌーでいいので、こちらによこしてほしい。そのカヌーに乗って、そちらに行きたいのだ」

蒸気船に乗っていた者たちが「お前たちはソーク族か、それともウィネバゴ族か」と聞いてきた。ウィネバゴ族の者が蒸気船に乗っているのが見えたので、私は彼を通して「我々はソーク族の者で、降伏したいと考えている」と伝えた。ところが、そのウィネバゴ族の者はすぐにこう答えを返してきた。

「走れ、身を伏せろ。白人たちはお前たちを攻撃するつもりだ」

この時点で、我が方の戦士が一人、白旗を持って川に飛び込み、蒸気船に向かおうとしていた。すぐに別の仲間が川に飛び込み、彼を追いかけ、岸に連れ帰った。と同時に蒸気船からの銃撃が開始された。我々もしばらくの間応戦した。傷ついた仲間はほとんどおらず、皆無事に木々の陰に身を隠し、敵の銃撃を防ぐことができた。

この事態についてつらつら考えてみるに、蒸気船に乗っていたウィネバゴ族の者が我々の言葉を聞き間違えたか、船長のスロックモートンに我々の言葉を正確に伝えなかったか、どちらかに違いない。スロックモートンという男は、私の話を理解した上で私に向かって銃を向けるような者では決してない。私は彼のことを常に良い人間だと考えていたし、降伏するから寛大な処置をお願いしたいと懇願している敵兵にいきなり銃撃を加えるような者を、真の勇者と呼ぶことができようか。[*66]

ようやく蒸気船は引き上げていった。そこで、私は仲間たちにこう言った。

「ミシシッピー川をこのまま渡りたいと考え、渡りきれる自信のある者は思い通りにするがいい。私はこれからチペワ族のところに行ってみるつもりだ」

何人かの者たちは早速渡河を開始した。彼らの後を追って川を渡る決断をした者たちもいた。私と行動を共にしたのは三家族だけだった。我々はチペワ族の元に向かい、残りの者たちは川を渡る準備を始めた。

翌朝明け方、我々のところに若い仲間の一人が息を切らせてやってきた。全員一致してミシシッピー川を渡る決断をし、既に何人もの仲間たちが無事に渡ったのだが、昨晩、すぐ近くまで白人たちの軍勢が迫ってきているのが分かったというのだ。

一気に不安が私を包み込んだ。このままでは白人たちは仲間に追いつき、みんなが渡りきる前に皆殺しにしてしまうのではないか。前日までは、チペワ族のところに行き、彼らと合流するというのが私の決意だったが、このままでは助かるのは我々少数の者のみになりかねない。私は引き返して仲間たちと共に死んでやろうと、すぐに決断した。〈大いなる神秘〉がもはや我々に新たなる勝利を約束してくれなくても、それが私の務めだ。ちょうどその時、我々が潜んでいた林のすぐ近くを白人の部隊が進んでいったが、我々に気づくことはなかった。

この朝早く、大部隊に先行して進んでいた白人の軍勢が仲間たちに追いついた。仲間たちはちょうどミシシッピー川を渡り始めているところだった。諦めて降伏の意志を示そうとした者たちもいたようだが、白人たちは彼らの嘆願を一顧だにせず、虐殺を開始した。

まもなくアメリカ軍の本隊もやってきた。もうすっかり数は減っていたが、仲間たちの中には戦士も残っていて、勇気ある彼らは白人たちが年齢や性別も無視し、力なき哀れな女や子供たちにまで無慈悲に殺戮を繰り返すのを見て、命を捨てて戦おうとした。また、泳げる女たちは子供を背中に背負い、川を渡ろうとしたらしい。しかし、多くの女たちは対岸に辿り着く前に力尽き、溺れた。白人の銃弾を受け、水底に沈んでいった者もいた。[*67]

この殺戮の地獄から逃げ出してきた仲間の戦士が一人私の元にやってきて、いろいろと情報を伝えてくれた。彼は鞍をいくつか奪ってきており、目の前に積み上げた。戦闘が始まった際には激しく浴びせかけられる敵の銃火から身を隠しつつ、三人敵を倒したのだそうだ。しかし、どんどん敵が迫ってきたので川沿いの土手まで這って進み、なんとか敵の目を逃れ、敵たちが姿を消すまでじっとしていたという。

難を逃れて私のところに辿り着いた彼から惨劇のすべてを聞き、私は自分についてきたわずかな仲間たちと共に、ミシシッピー川の少し上流域に位置するプレーリー・ラ・クロスにあるウィネバゴ族の村に向かうことにした。

村に着いた私は一人の長のところに行き、自分を彼が世話になっている白人のところへ連れていってほしいと頼んだ。もはやこれまで。私は降伏し、アメリカ軍の司令官に身を委ねようと決意したのだ。そして我が身を敵に預けた結果、もし〈大いなる神秘〉が私には死こそふさわしいとお考えになるのであれば、敵の手によって命を奪われてもよいという覚悟をしていた。[*68]

ウィネバゴ族の長は私の希望通りにしてくれると言った。私はメディスンバッグを取り出し、彼に手渡した。私は彼に言った。

「このメディスンバッグはソークの民の魂だ。戦いの最中でも汚されたことなど一度もない。これは我が命だ。いや、我が命より遥かに尊いものだ。これをアメリカ軍の司令官に渡してくれ」

長は、私から預かったこのメディスンバッグを大事にし、もし私が死を免れ生きのびることができた暁には、私に送り届けるようにすると言ってくれた。

この村に滞在している間に、ウィネバゴ族の女たちが私のために白い衣服を用意してくれた。シカの皮で縫い上げた衣服だ。その白い衣服を身にまとい、私は何人かのウィネバゴ族の者たちと一緒にプレーリー・デュ・シエンにいる管理官の元に出向き、降伏した。[*69]

捕われたブラック・ホーク

降伏した後で知ったのだが、ミシシッピー川での惨劇を逃れ、無事に西岸に辿り着いた女子供たちに対して、大勢のスー族が襲いかかり殺戮してまわったそうだ。おぞましい話ではないか。白人たちはこういう蛮行を許してはならなかったはずだ。力なき者たちの命を奪うような罪を犯す者たちは臆病者の誇りを免れない。スー族の連中は我がソーク族の土地でこのような残虐な行為をずっと続けているのだ。[*70]

我々の戦いに終止符を打ったミシシッピー川での虐殺は二時間続いたそうだ。殺された者は六〇名くらいということだったが、それ以外に多数の者が川に逃げ込み、川を渡ろうとして溺れ死んだ。敵側の死傷者の数については我が方ではきちんと把握できていなかったが、一六名ほどは殺害したと現場にいた仲間は考えていた。

さて、ウィネバゴ族の管理官に降伏を申し入れた私は、プレーリー・デュ・シエンにあるクロフォード砦所属の指揮官に身を委ねることになった。[*71]敵軍の総指揮をとっていたホワイト・ビーバーことアトキンソンは、既にミシシッピー川の下流に下っていた。私はクロフォード砦に少しの間抑留された後、蒸気船に乗せられて、セントルイス近くにあるジェファソン・バラックス駐屯地に連れていかれることになった。[*72]我々を連行したのは若き指揮官ジェファソン・デイヴィス[*73]

で、彼は我々のことを非常に丁重に扱ってくれた。彼は若いにもかかわらず良き指揮官であり、勇敢な指揮官であると私は思うし、実際彼の行いには感銘を受けた。

途中、イリノイのガリーナ[*74]に立ち寄り、短期間そこに滞在することになった。街の人々が我々を見に蒸気船にまでやってきた。だが、我々を護送していた若き指揮官は、我々が入室する部屋へ人々が近づくのを許さなかった。おそらく、我々と同じ立場に落とされたならば自分がどのように感じるか、そのあたりのことを彼は考えてくれたのだろう。物珍しげに寄ってくる人々の好奇の視線にさらされるのをよしとする者などいるはずがない。

蒸気船が出航し、ロックアイランドも通り過ぎたが、そこに停泊することはなかった。アームストロング砦に滞在していた司令官スコット[*75]が小さなボートに乗って我々に会いに来たが、蒸気船を指揮していたデイヴィスは、アームストロング砦に所属する者を一人たりとも蒸気船へ乗り込むことを許可しなかった。ちょうどその頃、アームストロング砦でコレラが蔓延していたからだ。

だが、私としては、私に会いに来た司令官を是非船に乗せてほしかった。なぜなら、司令官から我々にコレラが感染するとは思えなかったからだ。遠目に見た司令官の様子はいたって健康そうだったし、聞くところによれば、コレラで苦しみ、場合によっては死を迎えつつある兵士たちと司令官はずっと行動を共にし、病人たちが必要とする物資の手配などにも奔走していたにもかかわらず、彼自身はコレラに感染していないというではないか。この蒸気船に乗っている者たちにそういう健康な人間から病がうつるというのは、少々考え過ぎなのではないか。しかしこの時、蒸気船に乗っていた者たちは、真の勇者なら身に備えているはずの度胸というものを持ち合わせてはいなかったようだ。

川を下っていく最中、私はずっと白人たちの国について観察を続けた。我々に対して苦難をもたらし、底知れぬ不安感を心に植えつけ、さらには多くの流血をもたらし、私を捕われの身へと落としたこの白人たちの国とは、一体どんな国なのか。見た目も立派な家々、実り豊かな畑、その他実に快適そうな道具や物品を目の当たりにするにつれ、頭に浮かんでくるのは、白人たちが我々に示した恩知らずな行為の数々だ。白人たちが豊かで、理想的な生活を営んでいるこの大地は元々我々のものだったはずだ。それなのに、白人たちはびた一文払うことなく我々の土地を奪い、さらには我々に残されていた村や墓地までをも取り上げ、我々をミシシッピー川の西側へ追いやった。[*76]

蒸気船がジェファソン・バラックス駐屯地に着くと、アメリカ合衆国軍の司令官アトキンソンが現れ、我々と面会した。[*77]彼はほんのわずかな戦力しか保持していなかった我々と正面衝突したアメリカ陸軍の総大将だ。私の心を支配したのは屈辱以外の何物でもなかった。つい先だってまで私は我が勇者たちを率いていた部族の長だったのだ。だが今や、自ら降伏を申し入れ、捕われの身となったただの捕虜。アトキンソンはしかし、基本的には我々に対して丁重な姿勢を見せてくれた。

ただ、以下のような扱いに関してはいかがなものかと思う。我々は駐屯地の中の兵舎に収容されることになったのだが、体に鉄球と鎖をつながれてしまった。アトキンソン司令官は我々が兵舎から脱走するとでも思ったのだろうか。それとも、これは私に対する刑罰だったのだろうか。もし、私が逆の立場で彼を捕虜にしたとしても、このような行為で捕虜の気持ちをずたずたにするようなことは決してしないだろう。勇敢なる指揮官たる者、不名誉にまみれるくらいなら死を望むものだと知り尽くしているからだ。だが、アトキンソンが行ったことについて責めることはすまい。これは白人たちの軍の世界では当たり前のことで、このような辱めを行うこともまた彼の義務ということになっているのだろう。

秋から冬にかけて時はだらだらとゆっくり流れ、陰鬱な日々が続いた。我々が少しでも快適に過ごせるよう、アトキンソンは彼なりにいろいろ工夫をしてくれた。しかし、長年森や野山を自由に駆け巡ってきた者として、捕虜として一部屋に閉じ込められるということは拷問に等しい苦痛だったのだ。

我々はパイプを作るなどしながら時間を過ごし、やがて春を迎えた。この間、ロックアイランドからは管理官や交易商、通訳など、我々と関わりのあった者たちが面会に現れた。ケオククを始め、部族の長や戦士たち、そして我が妻、我が娘なども来てくれた。特に妻子がやってきた時だけは気持ちも明るくなり、家族がそろって過ごせる間はずっと非常に和やかな気分でいられた。

交易商の男は、我が部族の者たちが狩りをし、燻製にしたシカ肉を持ってきてくれた。食べ慣れたその燻製は我々にとってなんともありがたい品だ。彼からは何度も贈り物を受け取っていたが、今回の土産が私にとって一番心を打つものとなった。長年に渡ってシカ肉を食し続けてきたが、シカ肉を口にして古き良き日々を思い起こすというのは生まれて初めての体験だった。シカ肉を味わっているうちに様々な思い出が浮かんでは消えた。我が家での楽しい日々。家の中にはいつもシカ肉が豊富に蓄えられていた。

ケオククや長たちは駐屯地に滞在中、アメリカ合衆国の〈偉大なる父〉に対して我々を解放するように求めた。また、我々に行動を慎ませることも誓約した。自由の身になれるかもしれない、そして家族や友人たちと共に暮らす日常生活を取り戻せるかもしれないという望みが少しずつ出てきた。ケオククという男は今やアメリカ合衆国の〈偉大なる父〉の覚えもめでたいと聞いているし、なんといってもケオククは今回の戦いで私の側につかなかった男だ。彼の頼みならば白人たちも聞いてくれるのではないか。しかし、すぐに私の希望は失望へと変わった。アメリカ合衆国の〈偉大なる父〉からアトキンソンに命令が届いたのだ。我々はワシントンに連れていかれることになった。

ほどなく準備も整い、再び蒸気船に乗せられて我々はジェファソン・バラックス駐屯地を出発した。[*78]今回我々が乗船した蒸気船の指揮官となったのは、ワシントンへの付き添い役としてアトキンソンが指名した若い軍人だった。彼に同行したのは通訳と兵士が一名ずつ。オハイオ川に入り東へ進んでいくと、いくつか大きな村が目に入ってきた。同行していた白人たちがそれぞれの村の名前を教えてくれた。

最初に目にした村の名はルイヴィル。[*79]オハイオ川の川沿いに位置し、こぎれいな街並みがとても素敵だった。次に通過したのがシンシナティ。[*80]この村もオハイオ川沿いにあったが、より大きく美しい村だった。今まさに発展の真っ最中といった印象を受けた。我々が船で通り過ぎる時、多くの住人たちが土手に集まってきて、我々に好奇の視線を向けた。
やはりオハイオ川沿いにあるウィーリング[*81]に着いた時も、街や川沿いの土手は多くの人だかりだった。そこら中から人々が集まってきて、我々を見ようとしていた。実際、ここに停泊している間、多くの訪問客がやってきて親切にしてくれた。我々に対して悪戯や意地悪をしようとする者は一人もいなかった。この村はルイヴィルやシンシナティほど大きくはなかったが、気持ちの落ち着く村だったと思う。

このウィーリングで蒸気船の旅は終わった。ずいぶんと長い距離、オハイオ川を船で旅してきたわけだが、川の風景は実に美しかった。むろん、我々が慣れ親しんできたミシシッピー川の風景の美しさには及ばないが。

ウィーリングから先は馬車に乗せられて進むことになった。馬車の旅などというものは生まれて初めての体験で、我々はすぐに言いようもない疲労感にさいなまれるようになった。そこで、我々が故郷の川で使っていたカヌーを馬車に据え付けてもらい、カヌーの中に坐って旅を続けたいと申し入れた。我々の希望は叶ったが、座席用カヌーはすぐにひっくり返ってしまった。私は軽傷を負い、アメリカ人の兵士が腕を骨折してしまった。この件については本当に申し訳なく思っている。怪我をした若い兵士は本当に我々によくしてくれた。

我々は数日の間ごつごつした山岳地域の道を進んだ。だが、山道はよく整備されていて、馬車の通行にはまったく支障がなかった。この道を建設するために白人たちはずいぶんと苦労し痛みをこらえたはずで、驚くべき行為と言わざるを得ない。この道は岩石や木々に覆われた無数の山を越え延びているのだが、とても通行しやすい道なのだ。

こんなに岩だらけの山岳地帯であるにもかかわらず、道沿いには多くの家が建てられ、小さな集落がいくつもあった。私からすれば、このような土地に生活したいと思わせるようなものは何一つ見出せないのだが、なぜこれほど多くの白人たちは山の上で暮らしているのだろう。

後に私は解放され、仲間たちのところに戻ることができたわけだが、その時からずっとあの山岳地帯に住んでいた白人たちのことについてはよく思い出すのだ。彼らは自分たちが居を構えている山岳地帯での生活に満足しており、他の白人たちの多くがしでかしてきたようなこと、すなわち我々インディアンの土地にやってきて、我々を追い出し、自分たちの生活圏を築くといった行いには興味がないのではないかと思われるのだ。

そういう彼らのことを思い起こすと、私の気持ちも少しは晴れる。〈大いなる神秘〉が各々の人間に対して用意してくれた土地での生活に満足し、感謝の気持ちを持つことこそ肝要なのだ。たとえ〈大いなる神秘〉が他人に与えた土地の方が自分たちの土地より良いものに思えたとしても、だからといってその良さそうな土地から本来の土地所有者を追い出すなどというのは論外だ。白人たちと長年つきあってきて、白人たちが信じる宗教では以下のような言葉が大切な教えになっていると聞いている。

「人にしてもらいたいと思うことは何でも、あなたがたも人にしなさい」

あの山岳地帯に暮らしていた人たちは、この教えに従って生きているのだと思う。だが、我々が生活していた土地、フロンティアにやってきた白人たちは、どう考えてもこの大切な教えのことなど歯牙にもかけない連中なのだろう。

山岳地帯を離れ、旅を続けた我々はヘイガーズタウン[*82]という村に着いた。とても大きな村で、どの川からもずいぶんと距離があるということだった。この村もやはりこぎれいで人々も快適な生活をしているようで、実に楽しげだった。

さらに進んでフレデリックタウン[*83]という村に着く前にいくつかの村を経由したが、名前は忘れてしまった。どの村でも、我々が小休止するたびに丁重に迎え入れてくれた。

別の道に辿り着いた。この道は山岳地域の道よりも遥かに素晴らしい。白人たちはこの道を「鉄道」と呼んでいた。私はこの「鉄道」を丹念に見てまわったが、ここでくどくどと説明することもなかろう。白人たちはこの道についてすべて了解済みのはずだ。

だが、私にとってはとにかく驚くべき光景だった。山岳地域の道など比較にもならない。この道を建設するにあたっては大いなる労苦があったに違いない。通行を楽にするために良い道を建設する。その企図を実現するためには多くの者の勤労及び多大な資金が必要なはずで、なぜこのような事業を遂行しようとするのか、私にはよく分からない。

私などは馬にまたがっているだけで十分で、どんな道を通っていこうが別に問題はない。まあしかし、白人たちが努力して道を造るのは、すいすい進む新式の馬車を利用したいからなのだろう。彼らの勤勉さは賞讃に値する。

ようやくワシントンに着き、我々はアメリカの大統領と面会した。[*84]一見したところ、彼も私同様、幾星霜を重ね、苦労を味わい尽くしたといった顔つきをしており、また、表情からは勇敢な戦士のような雰囲気も滲み出ていた。

交わした言葉はごくわずかだった。彼は大変忙しそうな様子だったし、そもそも我々とあまり話したい気持ちにはなっていなかったようだ。それでも、彼はいい男なのだと私は思う。話した時間は短かったが、我々を丁重にもてなしてくれたのは事実だからだ。彼がいた建物は素敵な品々で飾られており、建物全体も非常に丈夫な作りになっているように見えた。

彼との短いやり取りの中で、私がなぜ白人たちに戦いを挑むようなことをしたのか、彼は知りたがっていた。そのことであれば彼はとっくに知っているべきことだと私は思ったが、この会見の場では一言、二言のみ自分の想いを伝えておいた。私が口にできる程度のことは彼も既に了解済みと判断したからだ。

彼は我々にモンロー砦へ行き、そこの指揮官の下でしばらくの間過ごしてほしいと言ってきた。私はずいぶんと長い間、家族や仲間たちから引き離されて生活してきているので、故郷へ帰してほしいと頼んだ。我々と同様〈偉大なる父〉のところに会いに来たケオククが希望通りすぐに帰還を許されたのだから、私もケオククと同じ扱いを受けてもいいのではないかと考えたのだ。

だが、残念ながら〈偉大なる父〉はモンロー砦に行くようにとの指示を撤回しなかった。通訳が我々の言葉をきちんと理解してくれなかったのかもしれない。それはともかく、ここは〈偉大なる父〉の命令に従うのが賢明だと考え、彼の意志に反することはそれ以上口にしないことにした。

ワシントンに滞在中、我々は多くの人々の訪問を受けた。誰もが我々に対して好意的であったが、特に女性たちが親切にしてくれた。また、アメリカの陸軍省やインディアン部局など政府の建物にも連れていかれた。大砲が据え付けられている建物も中にはあった。

その後、我々はモンロー砦へと出発し、到着後、そこの指揮官と握手を交わした。[*85] 彼は私の顔を見てとても満足げであった。そして、私のことを友人のように扱ってくれ、よく私のところに話しかけに来てくれた。

ようやく私が解放され、モンロー砦を去る時が来た。その際にも砦の指揮官は宴会を催してくれ、お土産を持たせてくれた。このお土産は大事にしたいと思っている。彼は実にいい人間で、またいい軍人でもある。やっと故郷に帰れるというのに、彼の元を去りがたく思う気持ちが私に芽生えたのも事実だ。彼と共に過ごしている間、彼はずっと私のことを血を分けた兄弟のように扱ってくれたのだ。

モンロー砦から解放された我々は、新しい案内役の軍人に連れられて故郷に帰ることになったのだが、今回はあちらこちらに寄り道をしながらの旅となった。[*86] ちょうどその頃、〈偉大なる父〉はアメリカの国民に会うために東にあるいくつかの大きな町へ出かける予定があって、〈偉大なる父〉が我々にも彼の歴訪の様子を見せたいと希望し、案内役の軍人に寄り道を指示したということだった。

ボルティモアに着いた我々は、町が非常に大きいので心底驚いた。[*87] だが、案内役が言うには、この先まだまだ巨大な町があるらしい。信じがたい話だ。ボルティモアに滞在中、公の建物や劇場などの施設に出かけ、また人々からは大歓迎を受けた。〈偉大なる父〉もボルティモアに来ていて、見たところ、人々に愛されているようだった。我々同様、彼もまた多くの人々に取り囲まれ、握手を求められていた。なお、彼は我々より少し早く町を離れたようだった。[88]

我々は蒸気船に乗せられボルティモアを出発し、次の町に向かった。今度の町はフィラデルフィア[89]という名前で、硬貨や紙幣を作る町だという。この町は確かにボルティモアなどの町と比べても巨大な町で、我々は呆然とするしかなかった。だが、案内役が言うには、まだまだ序の口らしい。もっと大きな町の姿をまもなく我々は目撃することになるというのだ。このような巨大な町をいくつも建設し、多くの人々が生活を営んでいることなど、私には想像もつかないことだった。

フィラデルフィアの人々も我々に大層良くしてくれた。公共の施設や蒸気船などを見せてくれたが、どれも素晴らしいものだった。さらに我々は「造幣局」という名の施設、及びそこで仕事に携わっている人たちの姿も見学した。我々は一人一人、造幣局の機械から流れ落ちてくる無数の貨幣を見せてもらった。どれも美しい出来栄えだった。

フィラデルフィアではアメリカ軍の軍事教練の見学も行った。見たこともないような不思議な技の数々が披露された。指揮官も兵士たちも見事に着飾り、訓練といっても実戦さながらに見えた。しかしそれでも、戦士たちの行進の姿としては、白人たちよりもやはり自分たちのやり方の方がはるかに理にかなっているように思える。だが、戦争のこと、戦争の準備のことなど、もう語り尽くしたような気がするし、ここで再びいろいろ語る気持ちにはなれない。

フィラデルフィアの次に連れていかれたのがニューヨークだ。[90]波止場に着いた我々は、キャッスル・ガーデン[*91]という場所に集う多くの群集を目にした。我々はここに来るまで何度も驚くべき光景を見てきた。巨大な町、国家の事業として建設された山岳地帯を突き抜ける道、鉄道、蒸気機関車、蒸気船などだ。だが、我々はこのキャッスル・ガーデンで他のどれを目撃した時よりも驚愕することになる。

人間が大きな風船、気球に乗って空高く舞い上がっていくというのだ。そんなことでまかせに違いないと思っていた我々だが、驚くなかれ、本当に気球に乗った男が、もう目ではとらえられない高さまで空の上に上っていってしまった。開いた口がふさがらなかった。若い仲間が預言者に聞いた。

「あそこまで上れば〈大いなる神秘〉に直接会うこともできるのか?」

船の上からこの奇跡を見せてもらった後、我々は船を下り、馬車を使って町の中に入っていった。目的地は我々を歓迎するための会場だったのだが、あっという間に先に進めなくなった。我々を待ち受けていた人々が想像を絶するほど多かったため、通りに人が溢れてしまい、馬車での通行が不可能になってしまったのだ。我々の案内役は道を変えるように御者に言い、予定していた場所とは違う建物に移動することになったようだ。

我々が歓迎会場に到着すると、位の高そうな人々が数多く我々のことを待っていて、我々に対して歓迎の意を表しているように見えた。我々にあてがわれた部屋はとても立派で、我々が快適に過ごせるように配慮された品々のどれもが見事なものであった。

この町を治める長たちは、人々が我々の姿を目にする機会を作るため巨大な集会場を用意していて、そこで我々は膨大な数の人々と対面することになった。集まってきた人々の様子を見ていると、誰もが友情溢れる表情をし、我々のことを温かい気持ちで受け入れようという人々が数多くいたのだろうと思う。

町の長たちは、我々が見て喜ぶだろうと考えたものすべてを我々に見せてやろうと、事細かに気を使っていたようだ。彼らと一緒に花火を見にキャッスル・ガーデンに出かけたこともあった。確かに面白い見世物だったとは思う。だが、これは白人たちにとっては最高級の見世物なのだろうが、大平原に生きてきた我々にとっては、草原を嘗め尽くす山火事の業火の方がはるかに見応えがあるように感じられたものだ。

ありとあらゆる公の建物や娯楽施設を訪問し、どこへ行っても驚愕するばかりだった。もちろん、大変満足したのも事実だ。我々を迎えてくれる人々は誰も友人をもてなすように我々に対して親切だったし、気前よく贈り物をくれる人も数多くいた。特に女たちは素敵な小物をいくつも我々に持たせてくれた。すべて貴重な物らしい。白人であるがゆえに顔は青白いのだが、どの女も親切で、善良で、美しかった。男たちの中にも絶大なる友情の気持ちを示してくれた者たちもいて、彼らもまた高価な品々を我々に用意してくれた。

古くからの知人であるクルックス[*92]のことに、ここで是非触れたい。彼はアメリカ毛皮会社に勤めており、私とは長い付き合いになる。彼は良きリーダーであり、我が部族の者たちに対してもいつも的確な助言をしてくれ、我々に対する態度も実に公正だった。彼が我が友人であることはこれからも我が誇りであり、彼とならいつでも喜んで握手をしたいと思っている。

さて、この巨大な町ニューヨークの驚異はすべてこの目に焼きつけた。ぼちぼち故郷の仲間たちのところに帰りたい。そう願い始めた我々の気持ちを慮ってか、案内役の男は我々をようやく故郷へと連れ帰してくれることになった。

ニューヨークを出て、まずはオルバニー[*93]という町に着いた。この町でも数多くの人々が我々の顔を一目見ようと集まってきて、通りも波止場も人でぎっしりとなった。おかげで、蒸気船から上陸しホテルまで行くことが非常に困難になってしまった。ホテルでは我々を歓迎する催しが開かれる予定だったのだ。

このオルバニーでの滞在はごく短いもので、我々はすぐにデトロイトに向かった。かつてデトロイトではいつも楽しく過ごし、良い思い出しかなかったので、今回もまた古くからの友人たちに何人も会えると期待していたのだが、誰にも会えずがっかりした。

どうしたというのだ。みんな死んでしまったのだろうか。それとも彼らの身の上に何かただならぬことが起きてしまったのか。以前デトロイトを治めていた長にも会えなかった[*94]。彼もまた以前いつも我々を助けてくれ、友人として扱ってくれていたのだ。

デトロイトを出て二、三日で、プレーリー・デュ・シエンに着いた。砦にいた指揮官も人々も我々に対して親切だったし、寛大だった。私は、ウィネバゴ族の〈父〉である管理官ストリートに会いに行った。ストリートは、バッド・アックスの戦いの後、私が投降した相手である。あの時もストリートは心優しく私に接してくれたものだった。私は彼にこう話した。

「私が投降した時、我が大いなるメディスンバッグをウィネバゴ族の者に預けた。今、私はこうして解放されたので、メディスンバッグを是非取り戻したい。そして、我が故郷に汚れなき状態でそれを持ち帰りたい」

ストリートは、メディスンバッグを大事に保管していると言ってくれた。ウィネバゴ族の者たちからも話を聞いており、すぐに手配し、私の手元に届くようにしてくれるということだった。白人たちは概してそうなのだが、彼らは約束を守らない。だが、彼は良き人間であり、良き〈父〉であるのだから、約束を守ってくれると私は信じている。彼はできない約束はしないに違いない。

我々はさらにミシシッピー川を進んでいった。驚いたことに、ミシシッピー川の西側にある鉱山地域に多くの白人が入り込んでいるではないか。この土地はずいぶん昔にデビューク*95という白人にのみ、仲間と認めて鉛を掘る許可を与えた場所だ。アメリカ合衆国の〈偉大なる父〉の話ではミシシッピー川を境として東側が白人の土地、西側が我々の土地と取り決められているはずなのに、これだけ多くの白人がミシシッピー川の西側で鉛を掘っているというのは衝撃だった。〈偉大なる父〉は白人も我々も双方の領域を侵してもらっては困ると言っていたのだ。

ミシシッピー川を越えてお互いの領域に侵入することは許されないという考え方は現状では大いに満足するべきもので、〈偉大なる父〉がこの点について右のように話してくれたのを聞いた時はうれしく思ったものだ。

しかし、この先、私は白人入植者たちがミシシッピー川を越えて我が部族の者たちの生活圏近くにまでやってきているのを目の当たりにすることになる。もう数年もすれば、我々が今回故郷を追われた時と同様、この白人入植者たちは我々に乱暴をし、我々を駆逐しようとするのではないだろうか。私自身は老い先短いので、その様をこの目で見ることはなかろうとも思うが、そういう日が来るのはごく間近のことだと痛切に感じるのだ。

ようやくロックアイランドの土を再び踏む日がやってきた[*96]。ケオククや他の長たちに呼び出しがかけられた。

翌日、ケオククたちは若者など数多くの仲間たちを連れて私に会いに来てくれた。彼らの姿を見て私は心底ほっとした。みんなもまた私の顔を見て喜んでくれたようだ。来てくれた仲間の中には、前年の戦いで親族を失った者たちの姿もあった。我々と再会したことで身内の死を思い起こしたのか、悲しみの涙で目が濡れている者たちがいることに私は気づいた。それでも彼らの表情はあくまでにこやかで、私が無事に生きて帰ってきたことを喜んでくれているように私には思えた。

翌朝、アームストロング砦で、砦の指揮官と我々をここまで連れてきた案内役が集会を開くというので、ケオククや彼の仲間たちは砦に出かけていった。当初、砦の指揮官は私を集会に参加させるつもりはなかったようだが、私は集会に呼ばれるのを待つことにした。しばらくして、通訳がやってきてこう言った。

「準備ができた。皆お前が砦に来るのを待っている」

準備は済んでいると私は答え、彼と一緒に砦に向かった。我々が砦に到着すると、集会はすぐに始まった。我々をここまで連れてきた案内役の軍人はこう話し始めた。

「この集会の第一の目的はブラック・ホークの身をケオククに預けることだ」

彼は書類を取り出し、私に関するその書類を読み始めた。

「お前は今後ケオククの言葉に従うように。どんな事柄においても、ケオククが主催する会議の決定に従うこと」

その後続く彼の演説の中身は、ことごとく私の感情を逆なでするものばかりだった。さすがに私もかっとなり、憤然と言い返しもした。

なぜあのような屈辱的な口上を多くの仲間たちがいる前で彼が述べたのか、私には理解できない。自分が話している言葉の内容について彼自身きちんと分かっていたのか、それも判然としない。ともかく、あの演説は不当極まりないものであり、彼のような立場にいる人間が口にすべきではなかったと私は思う。

私はこれまで数多くの白人の軍人たちと話をしてきたし、彼らの話を聞いて心が和むこともあったのだ。だが、今回のように私の誇りと尊厳を踏みにじるような発言は聞いたことがない。だが、私自身かっとなってしまったのは事実で、心にもないことをこの男に激しく言い返してしまったことについては謝罪したいと考えている。

この集会の場で、私は古くからの友人でこの砦の指揮官を務めているウィリアム・ダヴェンポート*97と再会することができた。彼とは十八年来の知り合いだ。彼は良き人であり、勇敢な軍人だった。私にはいつも親切にしてくれたし、心のこもった助言をしてくれることも度々だった。

彼もまた、この集会の場で演説をした。しかし、彼の話の内容は先ほどの案内役の話とは完全に異なっており、これこそ真の勇者が口にすべき言葉だと私には思えた。彼はこう言っていた。

「ブラック・ホーク、お前のことはずいぶん昔から知っている。そして、出会った時から今に至るまで、我々は良き友だ。先の戦いでは敵対することになってしまったが、それでも私はお前を友だと思っている。そしてこう願うのだ。このたびの東海岸への旅でお前も十分分かったことだろう。今や、白人を敵にまわすのは愚かな選択となってしまうのだ。静かに身を慎んでいるしかないのだ。これからはいつでも会うことができる。その時は喜んで席を設けるし、聞きたいことがあれば何でも教えてあげよう」

もし、アメリカ合衆国の〈偉大なる父〉がこのような人物を我々の管理官に任命してくれるのならば、我々の権利をきちんと守ってくれるだろうし、白人たちにとっても自分たちの権益を守るために都合がよいはずだ。軍人として立派な男であれば我々のことを直接よく知っているだろうし、我々の方も敬意をもって彼に接することができる。このフロンティアの大地の各地域で軍人である者が管理官という立場でも仕事をしてくれれば、インディアンと白人との間で起こる様々な揉め事を適切に処理してくれるに違いないのだ。

繰り返しになるが、ダヴェンポートのような人物が我々の管理官であったなら、我々もまた白人たちとの衝突を避けることができたはずなのだ。管理官は軍人であるべきだ。このことはアメリカ合衆国の〈偉大なる父〉にも是非提言しておきたい。インディアンを管理するのであれば、現行の体制は取りやめ、新しい仕組み作りをすべきだ。フロンティア各地域において、軍の司令官がインディアン各部族に対応する管理官をも兼務するやり方を検討した方がいいと私は思う。

アメリカ軍の指揮官たちについて、特に私が直接知っている者たちについては、私は基本的に高い評価をしている。特に偉大なる司令官ウィンフィールド・スコット[*98]に関しては、彼と面会したことがある仲間や彼と親しくつきあうようになった仲間たちは皆口をそろえて、彼こそが最高の軍人だと言っている。スコットは、私が抑留されている間に我が部族とアメリカの政府との間で結ばれた条約締結交渉において、イリノイ州知事レイノルズと共に中心的な役割を果たした人物だ。仲間たちにとっても彼は勇敢な軍人であり、同時に善良なる人物であり、自分がした約束は必ず守る人間だと見なされていた。

我が部族の戦士たちが、我々の仲間にも白人たちの中にも、スコットのような立派な人物はなかなかいないと口にするほど、我々は彼に対して尊敬の念を持っている。彼が話したことであれば、どんな話でも信頼に足る。彼がアメリカ合衆国の〈偉大なる父〉であったなら、アメリカとイギリスが争ったあの戦争の時においても、我々がわざわざイギリス側に味方することもなかったのではないかと私は考える。さらに言うなら、アメリカ合衆国の〈偉大なる父〉がもっと短い期間で交代する制度がアメリカにあれば、アメリカの子らはこのスコットこそを〈偉大なる父〉の座に据えるべきではないだろうか。スコットほど〈偉大なる父〉にふさわしい人物はいないと私は思うのだ。

私はアメリカの多くの村をまわってきたわけだが、その村々にいるはずの触れ役たちに以下のようなことをしてもらえると大変嬉しい。すなわち、今述べたような私の希望や意見を村の人々に伝え、スコットという人間の素晴らしさに気づいてほしいのだ。

なお、東へ旅している間、今までお話してきた内容とは性質を異にする問題について意見を求められたこともある。しかしながら、ちゃんとした通訳がいなかったため、私の考えをきちんと伝えることがほとんどできなかった。今この場でそういった問題について私の見解を話しても構わないのであれば、特に重要な問題については考えを公にするのが私の義務であるのかもしれない。

その問題とは黒人を移住させることについてだ。[*99] 黒人との関わりを避けるためにはどうすべきか、そのような問いを与えられた私だったが、その時は事情も分からず、お答えすることなどできようはずもなかった。その後この問題について、私なりにいろいろと調べ、黒人をめぐる問題について状況はつかめてきた。

多くの州では黒人を奴隷にすることは認められていない。一方、残りの州では黒人を奴隷として所有しており、同時に黒人との直接的な関わり合いは避けたいと考えているのだが、どうもうまい方法が思いつかないということのようだ。

この問題に関して今、私は一つの提案ができる。もし私の考えが理解されうるのであれば、是非私の提案を採用していただきたい。

まず自由州の州内にいる男の黒人をすべて奴隷州に移動させるべし。次に〈偉大なる父〉は奴隷州の十二歳から二十歳までの女の奴隷をすべて買い上げ、自由州の人々に期間を定めて売るべし。具体的には十五歳以下の女は二十一歳になるまで、十五歳以上の女は五年間というのが期間のルール。女が十二歳になったら直ちに売買するという形で奴隷州の女奴隷はすべて買い上げ、自由州に売る。とにかくこれを繰り返す。そうすれば近いうちに、黒い皮膚を持った者はこの国から姿を消すに違いない。

聞くところによれば、この黒人問題について白人たちは長い間議論をしており、また、この問題を処理するための費用も莫大な金額になっているとのこと。

〈偉大なる父〉は、白人の子らのために、黒い皮膚を持った者をいなくさせるという目的を必ずや完遂してくれるものと信じている。大統領自身、ほとんど失うものはないし、皆幸せになるだろう。自由州の人々が女奴隷たち全員を使用人として雇うことを欲しないのであれば、我らがインディアンの国で彼女たちを雇い、バランスを取ろう。インディアンの女たちがトウモロコシを栽培するのを彼女たちに手伝ってもらえばいいと考えている。

さて今回、アメリカ合衆国の東へと旅した私の体験についてもうこれ以上いろいろとお話をする時間もなくなってきたし、そもそもお話しを続ける必要もないかもしれない。私の旅のことについては白人たちもとっくにご存じのことであろう。そろそろ仲間たちが狩場に出発する頃合だ。私も彼らと共に狩りをしたい。

皆さんにお別れを言う前に、一言だけどうしても話しておかなければならないことがある。白人の触れ役の中には「ブラック・ホークは白人の婦女子を殺害した」とデマを流している者がいるらしい。これはまったくのでたらめだ。私はそのようなことは決してしていないし、我が部族の中に白人の女子供を手にかけたことがあるという者など一人もいないはずだ。

東を旅している間、私はこのことを言い続け、白人たちも納得してくれた。だから、誰もが我々のことを大層親切にもてなしてくれたのではないか。握手をする時は心を込めて手を握ってくれた。戦士以外の者たちにも襲いかかるような相手だったら、白人たちも手を握るようなことはするはずがない。

平時であれば、村や野営地にやってくる者たちに対しては相手が誰であれ、優しく受け入れるというのが我々にとって長年のしきたりとなっている。我々が所有している最良の物資や食料を彼らに分け与え、助けを必要としているのであれば惜しみなく支援を行うようにしてきた。彼らが旅の途中であったり道に迷ったりしている場合には正しい道を教え、靴が不足しているようだったら、我々の靴を渡してやったものだ。

東を旅している間、私や仲間たちに良くしてくれた白人の方々には心より感謝申し上げる。心の底からこう言おう。

白人の皆様、村でも野営地でもいつでも大歓迎。なぜなら兄弟なのだから。トマホークはもう埋めよう。過去のことは忘れよう。アメリカ人とソーク族、フォックス族、合言葉は「友情」だ。

さて、私の話はこれで終わりだ。もうまもなく私も父祖たちの後を追い、この地上の世界に別れを告げることになる。〈大いなる神秘〉よ、我が部族の者たちと白人たちが永遠に平和共存できるように。これが私の心からの願いだ。

ブラック・ホーク

訳註

＊1　本書『ブラック・ホークの自伝』を世に出した当事者であるアントワーヌ・ルクレール（Antoine LeClair, 1797-1861）については、本書の「解説」を参照のこと。

＊2　ヘンリー・アトキンソン（Henry Atkinson, 1782-1842）は、一八一二年に創設されたアメリカ陸軍第六歩兵連隊を一八一五年から生涯にわたって指揮した軍人。「ブラック・ホーク戦争」では直属の上司が病となったため、事実上の総責任者としてアメリカ軍を指揮した。ただし、軍人としての戦術眼や戦場での実際の采配ぶりについては批判も多く、例えば「ブラック・ホーク戦争」では「スティルマンズ・ランの戦い」で未熟な兵士をいきなり投入して敗れたりもした。また、政府側からすればブラック・ホークらの掃討が遅々として進まないのはアトキンソンの指揮官としての能力の問題ということになり、各方面から不満が続出し、その結果、彼は「ブラック・ホーク戦争」の勝利後、英雄として称讃されるような地位に登りつめることはできなかった。

＊3　〈大いなる神秘〉（Great Spirit）は、アメリカン・インディアンにとって、宇宙のすべてを司る存在。〈偉大なる精霊〉と訳すこともあるが、本書では〈大いなる神秘〉という訳語を使用することにした。人間も人間以外のものもすべて、〈大いなる神秘〉の下につながり、生かされている。近代以降を生きてきた我々はついつい西欧流の知識、哲学で物事を考えてしまうので、インディアンのこうした「宇宙観」についてもシャーマニズム、アニミズムといった言葉遣いを用いて説明をつけ、世

界中の「宗教」の在り様を示す分類図を構成する「宗教」の一形態として理解してしまう。むろん自分流の言葉で説明をつけ、自分流の知の枠組みで整理し、考えるという行為は、他者を理解していくためには欠かせない行為ということになるのであろうが、一方で他者のありのままの姿を感じ取る、あるいは他者と真に共感しあうためには、そういった知的操作を忘れるという意思も時には必要だ。〈大いなる神秘〉についても、これがインディアンの「宇宙観」あるいは「宗教」なのだと、あまりあっさり理解した気になっていただくのはいかがなものかと思う。どういう状況でブラック・ホークがこの言葉を持ち出してくるのか、ブラック・ホークらがどのようにこの存在と向き合っているのか、まずは淡々と読み進め、ブラック・ホークらの心の拠り所について虚心坦懐耳を傾けてみよう。

＊4　ウィリアム・ハリソン（William Henry Harrison, 1773-1841）は後に第九代アメリカ合衆国大統領となる。この一八〇四年の条約については本書の「解説」で少し詳しく触れる。

＊5　「ソーク族の村」という意味を持つソーケナク（Saukenuk）は、ロック川がミシシッピー川へと流れ込む地点、現在のイリノイ州ロックアイランド（Rock Island）にあった。後にこの地にアメリカ合衆国政府がアームストロング砦（Fort Armstrong）を建てたことにより、ソーク族、フォックス族と合衆国政府の間の対立は決定的となっていく。このアームストロング砦は一八一六年に建設が開始され、一八三六年に使用されなくなった。

＊6　この白人はフランス人の探検家サミュエル・ド・シャンプラン（Samuel de Champlain, 1574-1635）と推定されている。シャンプランはフランス王アンリ四世（Henri IV, 1553-1610）の指示を受け、北米大陸を探検し、フランスのカナダ植民地ヌーベルフランスの基礎を築いた。

＊7　アメリカン・インディアンは欧米の政府高官と自分たちの関係を「父－息子」という言葉遣いで言い表すことが多い。本書でもブラック・ホークはイギリス軍の司令官のことを「イギリスの〈父〉」、アメリカ合衆国大統領のことを「偉大なる父」などと呼んでいる。

＊8　メディスンバッグは動物の皮や布、樹皮などでできた物入れで、中には部族の霊的な生活を支える魔除けやお守りのようなものが入っていた。

＊9　一七五四年に起こり一七六三年まで続いた英仏植民地戦争、別名フレンチ・インディアン戦争のこと。当初はフランス側が優勢だったが、最終的にはケベックやモントリオールをイギリス側が占領し、フランスのヌーベルフランス植民地はイギリスのものとなった。

＊10　マキノー（Mackinac）はミシガン湖とヒューロン湖が接続するあたりの地域。交通の要衝として知られ、大規模な砦も建設されることになる。訳註16も参照のこと。

＊11　グリーンベイ（Green Bay）は現在のウィスコンシン州北東部、ミシガン湖西岸のグリーン湾が奥まったところにあり、ソーク川、現在はフォックス川と呼ばれている川の河口にあたる。

＊12　メディスンマンは北米インディアンの部族世界の中で霊的な指導者として部族長の補佐的な役割を果たした。〈大いなる神秘〉と霊的に交わりながら、人々の心や体を癒し、薬草の知識なども豊富だった。

＊13　一八〇三年、ミシシッピー川流域をほとんどすべて含み、北は五大湖、南はメキシコ湾、東はアパラチア山脈、西はロッキー山脈にいたる広大なフランス領ルイジアナをアメリカ合衆国は買収した。一七五六年から一七六三年にかけて起こった七年戦争でフランスが敗れ、フランス領ルイジアナの支配権はスペインが事実上握っていたが、最終的に、一八〇三年、アメリカ合衆国は正式にこの広大な領土を獲得し、領土を二倍にした。

＊14　ゼブロン・パイク（Zebulon Pike, 1779-1813）。パイクは政府の命令でパイク探検隊を編成し、一八〇五年から翌年にかけてルイジアナ買収で得た広大な地域の主に南西部を探検し、地図を作製した。その探検の際、いくつかのインディアン部族と接触し、アメリカ合衆国政府が地域の支配権を得たことを伝えていった。

＊15　一八〇八年九月の終わり頃、アメリカ軍はミシシッピー川を上り、デモイン川との合流地点から二〇数キロ上流の地点で砦の建設を開始した。ブラック・ホークも述べているように、インディアンと白人との間の緊張が高まり、その後三年間ほど小競り合いが続いた。

＊16　一七六三年、ミシガン湖とヒューロン湖が接続するあたり、現在のマキノー市の近くにあった旧名ミシリマキノー砦で、オジブワ族がイギリス人の住民二〇名ほどを殺害した事件のこと。一七五四年から一七六三年にかけて続いた英仏植民地戦争、別名フレンチ・インディアン戦争で勝利したイギリスが五大湖地域で支配権を確立したことにインディアン諸部族はすぐさま反発し、抵抗の姿勢を見せた。結果的に一七六三年から一七六六年、デトロイトをはじめ五大湖沿岸の様々な地域で戦闘が行われることとなる。この戦争は、インディアン側のリーダーの一人、オタワ族のオブワンディヤグ、英語名ポンティアックの名前をとって、ポンティアック戦争とも呼ばれ、マキノー砦の事件もこのポンティアック戦争の中での一つの戦闘行為と考えられている。なお、この事件の後、一七八〇年、イギリス政府は砦をより強固なものにするためにヒューロン湖上にあるマキノー島に砦を移転することとなる。

＊17　テンスクワタワ（Tenskwatawa, 1768-1836）は兄テカムセ（Tecumseh, 1768-1813）と共にアメリカ合衆国の「侵略」に抵抗した。彼らがリーダーの一部となって引き起こした戦争は通称「テカムセの戦争」と呼ばれている。一八一〇年頃からテンスクワタワはミシシッピー川流域に暮らしているインディアン各部族に対して一致団結してアメリカ合衆国と戦うように説得して回り、一八一一年、テカムセらはティッペカヌーの戦いでアメリカ合衆国軍に敗れるも、一八一二年に勃発した米英戦争の中ではイギリス軍と同盟し、アメリカ合衆国との戦いを継続した。米英戦争の最中戦死するテカムセがインディアン各部族を糾合し、戦いの先頭に立った政治的リーダーであったとするならば、テンスクワタワは精神的、宗教的リーダーであり、彼は白人入植者の排斥を訴え続け、多くの部族の心を惹

きつけ、支持を集めた。

＊18　ウィネバゴ族は近年ホーチャンク族と呼ばれることの方が多いようだが、ここでは原文通りウィネバゴ族という名称を使用する。ウィネバゴ族は後に「ブラック・ホーク戦争」でも少なからぬ役割を果たすようになる。

＊19　現在のイリノイ州北西部からウィスコンシン州南部にかけて鉛鉱山地帯があり、ソーク族、フォックス族がミシシッピー川流域にやってくる十八世紀前半以前から、この地域を生活拠点としたインディアン各部族は鉛を交易に利用していて、鉛は重要な経済資源となっていた。この鉛鉱山地帯に目をつけた白人たちが十九世紀以降急増し、一八二五年には二百人程度であった白人入植者の数は一八二七年には四千人を超えた。当然、この鉛鉱山をめぐってもインディアンと白人の対立は激しくなっていくことになる。

＊20　ロバート・ディクソン（Robert Dickson, 1765頃-1823）は元々毛皮商人だったが、後にインディアン省の管理官を務め、特に米英戦争の際には各部族から多くのインディアン兵士を集め、イギリス軍と共に戦わせた。

＊21　一八一二年六月、ソーク族、フォックス族、オセージ族の代表者がワシントンを訪れ、アメリカ合衆国第四代大統領ジェームズ・マディソン（James Madison, 1751-1836）と面会した。ワシントンに向かう途中、一行はイギリスとアメリカ合衆国が戦闘状態に入り、米英戦争が始まったことを知る。

＊22　この交易商はトマス・フォーサイス（Thomas Forsyth, 1771-1833）。フォーサイスは開拓者、交易商として活動した後、一八一二年、アメリカ合衆国政府の代理人としてインディアン各部族と直接交渉などを行う副管理官となり、しばらくして管理官に昇進したフォーサイスは主にソーク族、フォックス族と交渉を行った。フォーサイスは職務上政府の立場を代弁せざるを得なかったが、ブラック・ホークらと白人入植者たちとの間の摩擦が激しくなっていく一八二九年、当時政府のインディア

ン部局の長官に就任していたウィリアム・クラーク（William Clark, 1770-1838、クラークについては訳註27を参照のこと）に手紙を送り、こう書きとめている。「見知らぬ白人たちによってインディアンの土地が盗まれ、家々が破壊され、燃やされ、そしてインディアンの人々が白人たちの侮蔑の対象となっているのをこの目にするのは辛い。今や、この白人たちはお互いにトウモロコシ畑の境界をめぐって激しく言い争い、挙句の果てには大喧嘩をしている始末だ。……政府にはインディアンたちを公正に取り扱い、侵入者たちをこれ以上増長させせないようにしてほしいと私は希望する」

＊23　ラガトリー（La Gutrie, 生没年不明）は主にソーク族と交易を行い、米英戦争の際には、ロバート・ディクソンと共にインディアン各部族をイギリス側に引き入れるための工作を行った。

＊24　ブラック・ホークの政治的ライバルとみなされることの多いケオクク（Keokuk, 1767-1848）は、白人たちに抗うことの無理を悟り、「ブラック・ホーク戦争」が始まる以前にアメリカ合衆国と妥協する道を選び、多くの仲間たちを連れてミシシッピー川の西側に移住した。ブラック・ホーク率いる主戦派を抑えることに奔走した彼ではあったが、結果的にブラック・ホークたちを説得することはできず、ブラック・ホークたちは合衆国政府と戦闘状態に入った。ブラック・ホークたちの敗北後、ケオククたちが居住していたミシシッピー川西岸地域、すなわちソーク族、フォックス族、ウィネバゴ族らのものであった約六〇〇〇万エーカー（約二万四三〇〇平方キロ）の広大な土地も、一八三二年九月、六四万ドルで合衆国政府に売り渡されることになり、ケオククたちもカンザスにある指定保留地に移住させられることになった。ケオククはこのカンザスの地で死を迎えることになる。現在アイオワにはケオククの名前を冠した郡や町があり、マディソン砦から三〇キロほど南にあるケオククという町に彼は葬られた。

＊25　一八一四年十二月、ガン条約が結ばれ、米英戦争は終結した。

＊26　一八一五年の九月、フォックス族及びミズーリ地域に住んでいたソーク族はアメリカ合衆国政

府と和平条約を結んだが、ブラック・ホークの一族はその調印に参加しなかった。

＊27　このアメリカの長というのは、一八一三年から一八二〇年までミズーリ準州の初代知事を務めていたウィリアム・クラークのこと。クラークは、一八〇四年から一八〇五年にかけて行われたメリウェザー・ルイス（Meriwether Lewis, 1774-1809）とウィリアム・クラークの探検隊で一躍有名になった人物。ルイスとクラークの探検隊は、アメリカ合衆国第三代大統領トマス・ジェファソン（Thomas Jefferson, 1743-1826）の指示の下、太平洋に達する陸路を探検し、アメリカ合衆国の白人で初めて陸路で太平洋に到達し、帰還に成功した。ミズーリ準州知事退任後、一八二二年、一八二四年に設立されるインディアン部局の前身となる組織の長官となり、アメリカ合衆国政府によるインディアン移住政策を積極的に推進していく中心人物の一人となる。当初は基本的にインディアン各部族と平和的な関係を結ぶことを模索していたようだが、最終的には政府の方針を遂行すべく、軍事的な行動に出ることもためらわなかった。その結果の一つが「ブラック・ホーク戦争」だ。

＊28　一八一六年五月、ブラック・ホークの一族、つまりロック川を生活圏としていたソーク族は和平条約に調印。この調印により、一八〇四年にソーク族、フォックス族の代表者たちとインディアナ準州知事ウィリアム・ハリソンとの間で結ばれた条約、すなわち、ミシシッピー川の東側の土地すべてをアメリカ合衆国に割譲するという条約の内容が再確認されたことになっている。

＊29　一八一六年、アームストロング砦の建設が始まり、翌年完成した。ミシシッピー川沿岸地域、特にセントルイスからプレーリー・デュ・シエンにかけての軍事的覇権を確立するために建設された砦で、同時にアメリカ人入植者を守り、この地域に暮らしていたソーク族、フォックス族の人々を支配し、最終的には彼らをこの地域から移住させる目的も担っていた。

＊30　当時の記録では、ソーク族、フォックス族との交易で、五人の交易商が一八一九年から一八二〇年にかけての一冬で以下のような毛皮を手に入れていた。ビーバー二七六〇頭、カワウソ九二二頭、

アライグマ一万三四四〇頭、マスクラット一万二九〇〇頭、ミンク五〇〇頭、ヤマネコ二〇〇頭、クマ六八〇頭、シカ二万八六八〇頭。

＊31　十九世紀に入ると、白人入植者の増加、獲物の減少などのため、ソーク族、フォックス族は西側へと狩場を広げ、管理下に置こうとしたため、他の部族との軋轢が深まった。特に米英戦争後はスー族との対立が激しくなり、アメリカ合衆国政府もアメリカン・インディアン各部族の小競りあいが大々的な部族間抗争、ひいては白人をも巻き込む戦争状態になることを恐れ、調停に乗り出すことになる。

＊32　この交易商とはトマス・フォーサイスのこと。訳註22を参照のこと。

＊33　一八一〇年代から一八二〇年代にかけてこのモルデン砦（Fort Malden）及びヒューロン湖上にあるドラモンド島（Drummond Island）にやってきて、イギリス政府から支給される物資を受け取るインディアンたちの数が増加した。一八二〇年頃にはウィネバゴ族、メノモニー族、オタワ族、ポタワトミー族、ソーク族、フォックス族、スー族、オジブワ族ら五六八五人ものインディアンがモルデン砦に集まった。そして、例えば一八二三年、イギリス政府が提供した物資の総額はアメリカドルで換算して一〇万二一二〇ドル相当で、同じ年、アメリカ合衆国政府が提供した物資の総額一万一千ドルを大きく上まわる。当然、インディアン各部族はイギリス側に好感を持ち、反アメリカの機運が高まる一つの要因ともなった。また、イギリス側の管理官が、インディアン各部族への影響力を保つために、イギリスとアメリカ合衆国の間で再び戦争が始まるかもしれない、インディアンがアメリカ合衆国と戦うのであれば軍事物資を提供するつもりだといった曖昧な情報を流し続けていたことも、インディアン各部族の中でアメリカ合衆国に対する反感が継続した原因となっている。

＊34　この一連の出来事は一八二七年から一八二八年にかけて起こった。

＊35　交易商の名はジョージ・ダヴェンポート（George Davenport, 1783-1845）。彼はアメリカ合衆国

の民間人として初めてロックアイランドに住みついた人物。一八一六年にロックアイランドにやってきて、毛皮取引で大成功を収めるようになった。ダヴェンポートは、『ブラック・ホークの自伝』の出版責任者アントワーヌ・ルクレールとは友人関係にあり、彼と共にアイオワのダヴェンポートという町の設立に尽力し、町の名前の由来となった。ブラック・ホークの相談を受けたこの夏の翌年一八二九年、ブラック・ホークらの村ソーケナクを構成する土地すべてを含む二四〇〇エーカー（約九・七平方キロ）以上の土地を買い取ったため、ブラック・ホークらから非常に恨まれることになる。

＊36　ケオククは決してアメリカ合衆国の言いなりであったわけではない。彼もまた、ミシシッピー川の東側の土地をアメリカ合衆国に割譲することになった一八〇四年の条約締結については、アメリカ合衆国政府側が詐欺的なふるまいをしたという認識は持っており、例えば、一八二九年、ミシシッピー川の西側にあった鉛鉱山地帯の獲得を目指した合衆国政府の動きをソーク族、フォックス族の代表として拒絶し、「一八〇四年の時の二の舞を演じるつもりはない、騙されるつもりはない」とコメントしている。また、彼もモルデン砦に出かけ、イギリス政府の管理官と意見交換したり、物資を受け取ったりしており、合衆国政府に対する不信感を持ち続けていた。ただし、抵抗しているだけでは生きのびる道がないということも自覚しており、あえて合衆国政府の意に沿うような方向に部族の者たちを導いていった。

＊37　この時点よりしばらく前の一八二四年の夏、ケオククを含め、ソーク族、フォックス族、その他五部族の代表一〇名はワシントンに向かい、陸軍長官ジョン・カルフーン（John Calhoun, 1782-1850）ら政府関係者と面会した。この時の交渉のアメリカ合衆国政府側の主目的は、ソーク族、フォックス族とスー族の間で激化した紛争の鎮静化にあったが、ケオククの狙いはミシシッピー川の西側の土地の確保であり、鮮やかな弁説を駆使し、ミシシッピー川西側の土地は決して売り渡さないという意思をカルフーンらに伝えた。ブラック・ホークの主張、つまりミシシッピー川の東側の土地、最

低限彼らの村であるソーケナク周辺だけはソーク族のものとしてほしいという提案が、アメリカ合衆国によって受け入れられるものでは到底ないということは、この時点でケオククは重々承知していたはずだ。

＊38　一八二八年、アメリカ合衆国政府はソーケナク周辺の土地を測量し、白人入植者への売却の手続きを開始することを決定した。白人入植者への売却開始時期は一八二九年十月と定められたが、一八二八年の時点で一部の白人入植者たちは政府の決定を無視し、入植を開始した。

＊39　ロックアイランドのアームストロング砦に駐在していたこの通訳が、本書『ブラック・ホークの自伝』刊行にあたって中心的役割を果たしたアントワーヌ・ルクレールだ。以後、ブラック・ホークに対してアメリカ合衆国の指示に従うよう助言を与え続けたことが、本文にも出てくる。

＊40　ウィネバゴ族の預言者ワボキーシーク（Wabokieshiek、1794頃 - 1841頃）、英語名ホワイト・クラウド（White Cloud）は、ソーク族の父親とウィネバゴ族の母親の間に生まれた。彼はソーケナクから一〇〇キロほど北東に行ったロック川沿いで暮らしており、以後、ブラック・ホーク及び彼のグループの者たちの運命を左右していくことになる。

＊41　イリノイ州の第二代州知事エドワード・コールズ（Edward Coles, 1786-1868）。一八一〇年から一八一五年にはアメリカ合衆国第四代大統領ジェームズ・マディソンの秘書官を務めた。コールズのイリノイ州知事としての任期は一八二二年から一八二六年までであり、この時点、すなわち一八二九年の夏の時点では、本文にも出てくるように「元知事」という立場にある。コールズは反奴隷制度の立場を貫いた政治家としても有名で、州知事時代には奴隷制度を支持する勢力と政治的闘争を繰り返した。

＊42　フィラデルフィア出身のジェームズ・ホール（James Hall, 1793-1868）は一八二〇年にイリノイ州へ移住すると、新聞の編集に携わったり、巡回裁判の判事を務めたりする一方で、アメリカ中西部

について紹介する作品を書き続けた。

＊43　ルイス・キャス（Lewis Cass, 1782-1866）のこと。キャスは一八一三年から一八三一年までミシガン準州の知事を務めた。知事退任後、アメリカ合衆国の陸軍長官に就任し、第七代大統領アンドリュー・ジャクソン（Andrew Jackson, 1767-1845）が推進したインディアン移住政策の中心的役割を果たした。

＊44　一八三〇年から一八三一年にかけての冬、ブラック・ホークは外交的使者をアメリカ南部のクリーク族、チェロキー族、オセージ族などの部族に派遣した。使者の中にはブラック・ホークの息子も含まれている。「使いの者たちに託された秘密の使命」については明らかにはなっていないが、おそらくインディアン諸部族の間に反アメリカの機運を高め、アメリカ合衆国政府と共闘して対決しようというメッセージが託されたものと推察することはできる。ただし、その後、アメリカ南部の部族からブラック・ホークらは支援を受けることはできず、この外交活動は失敗に終わった。

＊45　一八一〇年代から一八二〇年代にかけてソーク族、フォックス族との交渉にあたっていた管理官トマス・フォーサイスは、一八三〇年、職を辞することになる。辞職の理由は明らかになっていないが、フォーサイスとインディアン部局の長官クラークあるいは陸軍省との間に軋轢が生じていたことは推測できる。後任はフェリクス・セント・ブレイン（Felix St. Vrain, 1799-1832）。セント・ブレインは、「ブラック・ホーク戦争」の最中、一八三二年にインディアンに殺害された。セント・ブレインを殺害した部族については正確なところは分かっていない。ウィネバゴ族が犯人という説がある一方で、ソーク族、フォックス族を犯人とする報道も当時あり、いずれにせよこの殺害事件は「セント・ブレインの虐殺」と呼ばれ、白人たちのインディアンへの恐怖、憎悪を高める一因となった。

＊46　エドモンド・ゲインズ（Edmund Gaines, 1777-1849）は米英戦争に参戦し、さらには後に第七代大統領となるアンドリュー・ジャクソンの軍人時代、彼の指示などを受け、対インディアン戦争に従

軍した。セミノール族やクリーク族を大量虐殺することでアメリカ合衆国南部の領土拡大に大いに貢献し、大統領にまで登りつめたジャクソンの有能な部下として「ブラック・ホーク戦争」にも関与する。「ブラック・ホーク戦争」の際には病気のため直接戦闘を指揮することは不可能となり、部下であるアトキンソンが主に指揮を執ることになるのだが、それはともかく、一八三一年、いよいよ彼はブラック・ホークと直接対峙することになる。

＊47　当時の記録によれば、実際には土地割譲に対する対価はいくばくか支払われており、その額の少なさにソーク族、フォックス族の中から不満の声もあがったようだ。ただし、ブラック・ホーク自身は、アメリカ合衆国政府からの金品が土地割譲の対価であるということを知り、一八一八年以降はどのような金品も受け取ろうとしなかったということが、管理官フォーサイスの残した記録などで明らかになっている。

＊48　この時点で一二〇〇名から一六〇〇名ほどの者たちがソーケナクに住んでいたが、ケオククらの説得により約三分の一が村を離れた。

＊49　第四代イリノイ州知事ジョン・レイノルズ（John Reynolds, 1788-1865）の呼びかけに応じて集まった志願兵一四〇〇名が、一八三一年六月、ロック川を目指して進軍を開始した。「ブラック・ホーク戦争」ではこういったイリノイ州の民兵がアメリカ合衆国軍に数多く加わったが、レイノルズ自身認めているように民兵たちは統制がとれておらず、インディアンたちを無差別に虐殺することがないよう説得する必要があった。ゲインズも当初は正規兵のみで問題に対処しようとしていたが、ブラック・ホークとの交渉が決裂したため、やむなく民兵たちの参戦を認めることになる。

＊50　一八三一年六月二十五日夜、ブラック・ホークたちはミシシッピー川西岸へ渡った。

＊51　ニアポーピー（Neapope, 生没年不明）のこの言動がブラック・ホークを突き動かし、結果的に「ブラック・ホーク戦争」を引き起こすきっかけとなっていく。

＊52　セルカーク入植地は、第五代セルカーク伯爵トマス・ダグラス（Thomas Douglas, 1771-1820）が設立した植民地で、現在のウィニペグ近郊にあった。

＊53　この時点で集まったインディアンたちの総数については諸説あるが、六百名から多くても千名程度と見られている。六百名と推測している研究者パトリック・ユングによれば、通称ブリティッシュ・バンドと呼ばれるこの集団の中には二百名程度のキカプー族、百名程度のポタワトミー族、そして預言者ワボキーシークに引き連れられたウィネバゴ族が五〇名程度含まれている。実際のところ、ブラック・ホークを支持したソーク族の者たち、ワボキーシークを支持したウィネバゴ族の者たちは各部族の中で少数派だったということになる。

＊54　一八三二年四月五日、ブラック・ホークたちはミシシッピー川を越えた。この時点で齢六十五歳となったブラック・ホーク最後の決断である。

＊55　ヘンリー・グラシオット（Henry Gratiot, 1789-1836）はロック川流域に暮らしていたウィネバゴ族と親しくし、管理官も務めたフランス系のアメリカ人。インディアンとアメリカ合衆国政府の仲介役として地域の安定のために尽くそうとし、ブラック・ホークや彼に味方しようとするウィネバゴ族の一部の者たちに抵抗をやめるよう、アトキンソンとも連携を取りながら説得し続けた。本文に出てくる訪問の際には、二六人のウィネバゴ族の者を連れてブラック・ホークと交渉を行った。彼の努力も空しく、「ブラック・ホーク戦争」後、白人入植者の数が増加するにつれウィネバゴ族と合衆国政府の関係は悪化していくことになる。

＊56　この一件でも分かるように、ウィネバゴ族の中でもブラック・ホークらの行動に対する考え方は分かれており、預言者ワボキーシークやニアポーピーが確約したようにウィネバゴ族が全部族をあげてブラック・ホークたちを支援するといった話は実現するはずもなかった。

＊57　一八三二年五月十四日、現在スティルマン・ヴァレーと呼ばれている、この小川（run）近く

の場所で、「ブラック・ホーク戦争」における最初の戦闘、通称「スティルマンズ・ランの戦い」が勃発した。スティルマンという名前は、この戦いでイリノイの民兵二七五名を指揮していたイザイア・スティルマン（Isaiah Stillman, 1793-1861）に由来している。戦いの経緯は、概ねブラック・ホークがここで語っていることと合致しているようで、スティルマン指揮下の民兵たちは、和平交渉に訪れた数名のソーク族の者たちに疑いを抱き、発砲し、追跡した挙句、数の上では圧倒的に少ないブラック・ホークらの反撃に遭い、恐慌をきたし、五〇キロ以上も離れたロック川沿いのディクソンズ・フェリーに逃亡した。「ブラック・ホーク戦争」全体の総責任者であったアトキンソンも、「確実な勝利が見込めない場合には決してこちらから戦闘を仕掛けてはならないと全軍に厳命していたにもかかわらず、スティルマンの部隊が早まった動きをしてしまったため、我が軍事計画は台無しになった」と後に総括している。アメリカ兵一二名の犠牲者が出たこの戦場跡は、現在公園となっていて、犠牲者のためのモニュメントが建てられている。拙著『アメリカン・フロンティアの原風景』（風濤社）第三章でも触れたように、このモニュメントには「リンカーンが戦死者の埋葬に加わっていたことにより、この地がより神聖なる場所となった」という銘が刻まれている。後に第十六代アメリカ合衆国大統領となるエイブラハム・リンカーン（Abraham Lincoln, 1809-1865）はまだ若かりし頃、イリノイ州の民兵組織の一員として「ブラック・ホーク戦争」に参戦していた。

＊58　フォー・レイクス（Four Lakes）というのは、現在ウィスコンシン州の州都となっているマディソンを取り囲んでいるメンドータ湖、モノナ湖を含む四つの湖がある地域のこと。

＊59　この事件については訳註45を参照のこと。

＊60　一八三二年六月二十四日、食料などの物資が欠乏したブラック・ホークらは、アップル川の入植地に急ごしらえで建造された砦を略奪目的で襲撃した。この襲撃を「アップル川砦の戦い」と呼ぶこともあるが、「ブラック・ホーク戦争」において、民兵組織を含むアメリカ軍とブラック・ホーク

率いるソーク族らの軍が戦場でまともに衝突した「戦争」は、後に出てくる「ウィスコンシン・ハイツの戦い」（the Battle of Wisconsin Heights）と「バッド・アックスの戦い（虐殺）」（the Battle of Bad Axe）だけと判断することができる。ワボキーシークやニアポーピーの言葉に影響され、故郷回復の夢を見てミシシッピー川の東岸へ女子供を連れて渡ったブラック・ホークであったが、大規模な支援などあり得ないという現実に直面し、以後は基本的にアメリカ軍との戦闘を避け続けた。通称「ブラック・ホーク戦争」では、軍同士の「戦争」が継続的に行われたわけでは決してない。ブラック・ホークが直接関係しないものも含め、偶発的な遭遇の末の小競り合いや略奪目的の襲撃、あるいは虐殺行為の類すべてを一まとめにして、一八三二年の春から夏にかけて起こった一連の出来事を「ブラック・ホーク戦争」と総称しているのだが、本来このブラック・ホークらの逃避行を「ブラック・ホーク戦争」と呼ぶこと自体、適切ではないのかもしれない。

＊61　一八三二年六月二十五日に勃発したこの小競り合いは、「第二回のケロッグの森の戦い」（the Battle of Kellogg's Grave）と呼ばれている。一回目のケロッグの森の戦いは六月十五日に起こったが、この戦いにはブラック・ホーク率いる主力部隊は参加していない。

＊62　この事件は「インディアン・クリークの虐殺」（the Indian Creek Massacre）と呼ばれ、事件の報を聞いた白人入植者たちは恐慌をきたし、シカゴにあったディアボーン砦などに逃げ込んだ。また、ブラック・ホークらはこの事件に直接的には何も関与していないにもかかわらず、「ブラック・ホーク戦争」中、この事件はインディアンに対する恐怖心を煽り、インディアン殲滅への機運を高めることになってしまった。事件の発端は、ウィリアム・デイヴィス（William Davis）なる入植者がインディアン・クリークと呼ばれる川にダムを造ってしまい、魚を獲ることができなくなるなどしたウィネバゴ族の者たちとの間に衝突が生じたことにある。ウィネバゴ族の中で白人との和平を探っていた長の一人であるシャボンナ（Shabbona, 1775頃 - 1859）は息子らを連れて、デイヴィスらに危機が近いこ

とを警告しに行ったが、デイヴィスらは受け入れず、一八三二年五月二十一日、デイヴィスの家族や他の一家の者たち一五名が虐殺され、六名が逃亡、当時十九歳と十六歳の娘、シルヴィア・ホール（Sylvia Hall）とレイチェル・ホール（Rachel Hall）だけが捕虜となり、現場から一三〇キロほど移動し、ブラック・ホークらの野営場所に着いた。そして十一日間の抑留の末、馬や食料などと引き換えに解放された。

＊63　ニアポーピーはブラック・ホークを最終的に白人への恭順ではなく抵抗へと導いた張本人であるが、この時点での動きについては説が分かれている。以下ブラック・ホークによって語られることになる「ウィスコンシン・ハイツの戦い」で、ニアポーピーはブラック・ホークらと共に戦いに加わったという研究者もいれば、ブラック・ホークがこれから語るように、敵軍の接近によりブラック・ホークの本隊と切り離されたニアポーピーらは逃亡し、白人に恭順していたウィネバゴ族の集落にかくまわれ、後にミシシッピー川西岸のソーク族の村に戻ったという研究者もいる。また、「ウィスコンシン・ハイツの戦い」で主たる戦闘が終了した後、アメリカ軍の元に出向き、降伏の意志を示し、女や子供たちの安全を嘆願し、ミシシッピー川西岸へ帰還することの許可を求めたと指摘する研究者もいる。

＊64　この「ウィスコンシン・ハイツの戦い」が勃発したのは七月二十一日のことで、現在のウィスコンシン州の州都マディソンから四〇キロほどのソーク・シティー近辺で戦闘は行われた。ヘンリー・ドッジ（Henry Dodge, 1782-1867）率いる民兵約一五〇名とジェイムズ・D・ヘンリー（James D. Henry, 1797-1834）率いる民兵約六〇〇名が、ブラック・ホーク率いるソーク族、キカプー族の戦士たち百数十名（最大で一二〇名と推測されている）と衝突した。ブラック・ホークは「五〇名の戦士を率い、……我が方の戦死者は六名だけだった」としているが、実際はかなりの数の戦死者を出し、大打撃を受けることになった。ドッジの報告では約四〇名殺害したことになっており（アメリカ軍の

被害は一名死亡、八名負傷となっている)、また生き残ったソーク族の女性の証言によれば六八名の犠牲者が出たとされている。非戦闘員である女性や子供たちを安全に移動させるために戦いを挑んだブラック・ホークの戦いぶりに対しては、当時のアメリカ軍からも称讃の声が上がったが、現実的には、この戦い以後、ブラック・ホークたちの運命はさらに過酷なものとなっていく。ブラック・ホークの一行から脱落し、個別の意志と選択で逃亡を図る者も続出し、また、それまではアメリカ軍の目を巧みに逃れて移動し続けていたブラック・ホークたちだったが、ウィスコンシン川到達以降の一行の動きはアメリカ軍に確実に捕捉されることになっていく。なお、民兵組織の指揮官であったドッジは、一八三六年に成立したウィスコンシン準州の初代知事となる。

＊65　ジョセフ・スロックモートン(Joseph Throckmorton, 1800-72)は蒸気船の建造者兼船長で、ブラック・ホーク戦争に際しては、自らが建造した蒸気船ウォリアーの船長として特にこの八月一日と二日に起こった「バッド・アックスの戦い(虐殺)」で重要な役割を果たすことになる。

＊66　「ウィスコンシン・ハイツの戦い」、「バッド・アックスの戦い(虐殺)」へと続く戦いの流れの中で、アメリカ軍側の意志はブラック・ホークたちを殲滅するという意思に統一されていった。白人側に被害が続出したこともあり、また当時の大統領アンドリュー・ジャクソンの厳命により、「ブラック・ホーク戦争」全体の指揮官であったアトキンソンも、ブラック・ホークたちをミシシッピー川西岸に戻すことではなく、彼らの抵抗を徹底的に叩き潰し、アメリカ合衆国政府に対して反抗的な姿勢を示すインディアンたちの戦意を喪失させることを最大の目標とするようになった。スロックモートンも決して例外ではなく、ブラック・ホークらと遭遇したこの場面で、攻撃をためらうようなことはしていない。彼自身はソーク族の女子供たちが退避できるよう一五分の猶予を与え、攻撃を開始したと言っているが、実際には遭遇したインディアンたちが、自分たちに友好的な態度をとっていたウィネバゴ族の者たちではないことを十分に確認した上でただちに攻撃を開始し、蒸気船の燃料が尽き

る寸前まで攻撃の手を緩めなかった。

＊67　バッド・アックスにおける「戦い」が事実上「虐殺」でしかなかったことは、後の歴史家たちの多くが指摘していることである。当時この戦いに参加し、殺戮に関与していた者たちの多くは、自分たちが正義の戦いに参加しているということに疑いを持たず、大戦果を挙げたことについて誇りを持ったが、それでもこの「戦い」が「虐殺」でしかないという認識を持っていた者もいるにはいた。この「戦い」に加わっていたアメリカ合衆国軍は正規軍、民兵組織合わせて一三〇〇名ほど。一方、ソーク族、フォックス族の者たちの数は五百名ほど。この時点で、本文にもある通り、本来リーダーであったはずのブラック・ホークは「戦い」の現場にはいない。また、ブラック・ホークらを白人に対する抵抗へと導いていった預言者ワボキーシークはブラック・ホークと行動を共にしており、さらにニアポーピーも既に離脱しており、ソーク族、フォックス族のリーダー格であった三名はこの惨劇に立ち会うことはなかった。この「戦い」におけるインディアン側の被害のデータについても諸説ある。ブラック・ホーク戦争全体の指揮官であったアトキンソンらは、死亡者約一五〇名、捕虜約四〇名としているが、後世の研究者たちは、死亡者は最低でも二六〇名、あるいは三百名としている。なお、ブラック・ホーク戦争全体を通して死亡した通称ブリティッシュ・バンドと呼ばれるグループに属していたインディアンの数は、四四二名から五九二名の間と推測している研究者がいる。故郷回復を目指してミシシッピー川の東側へ再渡河した者たちの数は六百名から多くても千名程度と見られているわけで、彼らが壊滅的な打撃を受けたことは数字が証明している。

＊68　ブラック・ホーク自身は従容として運命を受け入れたような語り方をここではしているが、研究者たちの間では、チペワ族の村に逃亡中、とあるウィネバゴ族の者に見つかってしまったブラック・ホーク一行はそのウィネバゴ族の者たちの管理下に置かれ、最終的には万策尽きて降伏するしかないという事態に立ち至ったと考えられている。実際、ブラック・ホークらを発見したウィネバゴ族

の者たちの中には、ただちにブラック・ホークらに攻撃を加えようという者もいたのだが、ブラック・ホークを捕えた者に対して百ドル及び馬四〇頭を与えるという報酬にもつられ、またブラック・ホークらへの同情、共感の念があったのも事実で、このウィネバゴ族の者たちはブラック・ホーク及びワボキーシークに降伏を強く勧めた。ウィネバゴ族の者の報告によれば、ブラック・ホークが降伏を受け入れていくシーンはこのようになる。ワボキーシークの縁者でもあった者がブラック・ホークらと交渉を行い、彼は友好のためのパイプを彼らに手渡したが、誰もそのパイプを受け取らない。共にそのパイプを吸えば、降伏を受け入れることになるからだ。しかし、年端もいかない少年が一人、思わずパイプを受け取ってしまい、皆が怒号をあげているのにもかかわらずパイプを吸ってしまった。グループの中のわずか一名でも友好のためのパイプを吸ってしまえば、他の誰が反対しようと交渉を受け入れたということになるのが、中西部インディアン各部族のしきたりとなっていて、そのため、ブラック・ホークらはウィネバゴ族が勧めるままに降伏への道を進むことになった。

＊69　一八三二年八月二十七日、ウィネバゴ族の者たちに連れられて、ブラック・ホーク及びワボキーシークは、ウィネバゴ族との連絡、調整役を務めていた管理官ジョセフ・ストリート（Joseph Street, 1782-1840）の元に向かい、投降した。この場には、すぐ後に出てくるザカリー・テイラー（Zachary Taylor, 1784-1850）など軍人たちもいた。

＊70　「バッド・アックスの戦い（虐殺）」ではサンティ・スー族ないしダコタ族とも呼ばれているスー族やメノモニー族、ウィネバゴ族の一部の者たちがアメリカ合衆国軍に協力する形で動いている。蒸気船ウォリアーに乗ってミシシッピー川を渡ろうとしていた者たちに銃撃を加えていたメノモニー族など、八月二日に行われた戦いに加わっていた者もいたが、戦後ソーク族の掃討に執念を燃やした者たちも多かった。例えば伝統的にソーク族と骨肉の争いを繰り返していたサンティ・スー族の戦士一五〇名は八月二日の戦闘には間に合わなかったものの、アトキンソンの指示の下、ミシシッピー

川を渡ったソーク族、フォックス族約二百名を執拗に追跡した。百名は下らないと思われる数のソーク族の者たちを殺害し、八月二十二日までに六八名分の頭皮と二二名の捕虜をプレーリー・デュ・シエンで管理官ストリートに引き渡した。

＊71　この指揮官がブラック・ホーク投降の際に管理官ストリートと共に立ち会っていたザカリー・テイラーである。後に第十二代アメリカ合衆国大統領となるテイラーは米英戦争、ブラック・ホーク戦争、第二次セミノール戦争などで軍功をあげ、最終的には一八四六年から一八四八年にかけて起きた米墨戦争で活躍し、一躍国家的英雄となり、大統領の地位にまで登りつめる。

＊72　九月四日、ブラック・ホーク、ブラック・ホークの長男及び次男、ワボキーシーク、ワボキーシークの息子や兄弟たちは蒸気船ウィネバゴに乗せられ、ジェファソン・バラックス駐屯地に向かった。途中、ロックアイランドの少し下流で、ブラック・ホークやワボキーシークら主たる長たち以外の者たちは解放され、ケオククに引き渡された。

＊73　ジェファソン・デイヴィス（Jefferson Davis, 1808-89）は、ブラック・ホーク戦争には直接は参戦していないものの、上官ザカリー・テイラーの命令でブラック・ホークの護送役を務めた。軍を退役後、デイヴィスは政界へ転身し、一八六一年から一八六五年にかけて勃発した南北戦争の際には、合衆国政府からの分離独立を図って南部諸州が誕生させた連合国政府の大統領となった。

＊74　ガリーナ（Galena）は方鉛鉱（galena）の産出地として知られ、一八二〇年代にアメリカ人入植者が数多く押し寄せ、採掘に携わった。また、ミシシッピー川航路の重要拠点でもあった。

＊75　ウィンフィールド・スコット（Winfield Scott, 1786-1866）は米英戦争、対インディアン戦争、米墨戦争、南北戦争などで指揮を執り、当時最も有能な指揮官として名を馳せていた。しかし、ブラック・ホーク戦争の際には、率いる部隊にコレラが流行し、直接戦闘に加わることはできなかった。また、本文にもある通り、ブラック・ホークを乗せた蒸気船ウィネバゴがロックアイランドにやって

きた時、ブラック・ホーク戦争中の主にウィネバゴ族に関する情報を提供するという意思をブラック・ホークから伝えられていたため、彼との面会を試みたが、蒸気船ウィネバゴを指揮していたデイヴィスが拒絶した。

＊76　なお、ブラック・ホークらが抑留されている期間、アメリカ合衆国政府とウィネバゴ族との間、及びソーク族、フォックス族との間で戦後措置として新たな条約が調印されることになった。一八三〇年五月二十八日にインディアン移住法（Indian Removal Act）を調印したアンドリュー・ジャクソン大統領の強い影響力もあって、ウィンフィールド・スコット及びイリノイ州知事ジョン・レイノルズが中心となってインディアン側との交渉が一気に進められた。その結果、基本的にはアメリカ側を支持していたウィネバゴ族の者たちも自らの土地を割譲し、年単位で報酬を受け取る道を選ぶしかなくなった。もちろん、ブラック・ホークら抵抗への道を突き進んだブリティッシュ・バンドの者たちを仲間に持つソーク族、フォックス族に対する合衆国政府の要求は厳しく、彼らは自分たちに残されていたミシシッピー川西岸地域の土地をも割譲せざるを得なくなった。ただし、ソーク族、フォックス族の代表として交渉にあたったケオククはしたたかに立ちまわり、割譲する土地の中に自分たちが生活する居留地を確保すると共に、年単位で受け取る金銭の額、物資の量などについてもかなり強硬に交渉を続けた。この際の交渉ぶりはスコットらにも賞讃され、ケオククは部族内でのリーダーの地位を確立する。むろん、本来長の家系に生まれた者でなければ部族のリーダーになれないという不文律があったため、部族の中で不満があったのは確かだが、彼の交渉力にすがるしかソーク族、フォックス族がアメリカ合衆国という国家の枠組内で生きながらえることは不可能だった。ちなみに、一八三二年九月の時点でブラック・ホーク戦争を契機に合衆国政府がウィネバゴ族、ソーク族、フォックス族から買い取った土地は二万四〇〇〇平方キロを超えるが、その後も合衆国政府の圧力は強まり、一八三六年、一八三七年及び一八四二年に結ばれた条約により、現在のアイオワ州の中にあったソーク

族、フォックス族の土地はすべて政府に割譲され、一八四五年以降、ソーク族、フォックス族の者たちは現在のカンザス州にある居留地に移住することとなる。一八四八年、新世代のリーダー、ケオククも、故郷から南西に遠く離れたこのカンザスの地で生涯を終えた。

＊77 九月十日、ブラック・ホークらはジェファソン・バラックス駐屯地に到着した。この場所でブラック・ホークは既に収容されていたニアポーピーらと再会することになる。彼らを含め、二〇名の者たちが捕虜としてジェファソン・バラックス駐屯地に収容されることになった。

＊78 一八三三年四月初め、ブラック・ホーク、ワボキーシーク、ニアポーピーら六名はワシントン及び新たな捕虜収容施設として指定されたヴァージニアのモンロー砦に連れていかれることになった。最初はミシシッピー川を南へ下り、途中オハイオ川に入って東へと向かうことになる。

＊79 ルイヴィル（Louisville）はケンタッキー州西部にある町。オハイオ川が水上交通路として重要な役割を果たすようになり、交通の要衝として発展した。

＊80 シンシナティ（Cincinnati）はオハイオ州の南西に位置し、オハイオ川という水路や十九世紀に建設が進んだ鉄道の拠点として発展した。

＊81 ウィーリング（Wheeling）は、南北戦争中に南部アメリカ連合国を構成したヴァージニア州から現在のウェスト・ヴァージニア州が分離独立した際に州都となった町。

＊82 ヘイガーズタウン（Hagerstown）はメリーランド州にある町で、ここから直線距離で一〇〇キロほど東へ進むと東海岸の都会ボルティモアに到着する。

＊83 フレデリックタウン（Fredericktown）、現フレデリック（Frederick）はメリーランド州にあり、東海岸とオハイオ川流域を結ぶ道と南北を結ぶ道の交差点に位置し、白人たちが入植する以前から、インディアンたちにとっても重要な交通の要衝であったという。

＊84 一八三三年四月二十二日、ブラック・ホークらはワシントンに到着し、四月二十六日、第七代

大統領アンドリュー・ジャクソンと面会した。

＊85　当時建設途中にあり、翌一八三四年に完成するヴァージニアのモンロー砦の初代指揮官となったエイブラハム・ユースティス（Abraham Eustis, 1786-1843）はブラック・ホーク戦争にも参戦していた軍人。政府の指示もあり、モンロー砦でブラック・ホークらは囚人としてではなく、むしろ客人としてもてなされた。なお、この砦でブラック・ホークは長年親しんできた衣服ではなく白人の衣服を身につけるように指示される。白い木綿のシャツに絹のネクタイ、そしてアメリカ陸軍の軍人が身につける青いフロックコートが彼の衣服となり、ブラック・ホークはモンロー砦から故郷へ帰った後も生涯この衣服を着続けるようになった。

＊86　新しい案内役となったジョン・ガーランド（John Garland, 1792-1861）は米英戦争から南北戦争に至るまで様々な戦争に加わっているが、ブラック・ホーク戦争には参戦していない。モンロー砦を出発したのは一八三三年六月四日のこと。

＊87　ブラック・ホークらは六月六日にメリーランド州のボルティモア（Baltimore）に到着。ボルティモアは、一八三〇年代から一八五〇年代にかけて、全米の都市の中でニューヨークに次いで二番目に人口の多い大都会だった。

＊88　六月七日、ブラック・ホークはアンドリュー・ジャクソンと二回目の対面を果たした。短い時間ではあったが、この面会でジャクソンはブラック・ホークにこう諭した。「アメリカ人の数は『森に生えている木々の葉っぱ』のように無数だ。そういうアメリカ人に対してお前たちに何ができるというのだ」ブラック・ホークはこう答える。「二度と戦さは起こさない。我々はおとなしく過ごす」ブラック・ホークたちにアメリカの大都会を目に焼きつけさせ、彼らに白人たちの数と力を誇示する。これがブラック・ホークたちに東海岸の各都市訪問の機会を与えたジャクソンらの思惑だったことは間違いない。

＊89　ペンシルヴェニア州南東にあるフィラデルフィア（Philadelphia）は、一八三〇年代、人口という点ではボルティモアにわずかに及ばず、全米第三位の都市だが、一八〇〇年に新しい首都ワシントンD.C.が建設されるまでの間、一七九〇年から十年間、政府の中枢がニューヨークからフィラデルフィアに移されるなど、全米の中心都市の一つとして栄えた。

＊90　六月十四日、ブラック・ホークらはニューヨーク（New York）に到着する。二日前にはジャクソンが既に到着し、多くの市民が彼を待ち受けていたが、人々の多くはジャクソンがブラック・ホークを伴ってやってくると期待していたようで、歓迎ムードは失望の空気と入り混じってしまったようである。実際、ブラック・ホークらがニューヨークに現れた時の人々の熱狂ぶりは異常とも思えるほどで、彼らを乗せた蒸気船が港に着いた時、人々があまりに多く集まってしまったため、船は予定通りの時刻に停泊することすらできなかったという逸話が残っている。この過熱気味のブラック・ホークの人気に対して、ジャクソンはあからさまに不快の念を示したという。

＊91　キャッスル・ガーデン（Castle Garden）は元々キャッスル・クリントン（Castle Clinton）あるいはクリントン砦（Fort Clinton）と呼ばれた砦で、マンハッタン島の南端にある。米英戦争の直前、一八一一年に完成したこの砦は、イギリス軍の侵攻に備えたものであったが、実際に戦争で使用されることはなかった。一八二一年にアメリカ陸軍はこの砦をニューヨーク市に貸し出し、一八二四年、劇場や飲食店などの総合娯楽施設キャッスル・ガーデンが開業した。なお、一八五五年にはこのキャッスル・ガーデンにアメリカ合衆国初の移民局が置かれ、エリス島に移民局が移るまで、すなわち十九世紀後半を通して八百万人以上の移民たちの受け入れ窓口となった。

＊92　ラムジー・クルックス（Ramsay Crooks, 1787-1859）はスコットランドからの移民で、毛皮貿易で巨額の富を築きあげたドイツ系移民ジョン・ジェイコブ・アスター（John Jacob Astor, 1763-1848）の下、アスターが一八〇八年に創設したアメリカ毛皮会社に勤務し、アスター引退後、社長を務めた。

＊93　オルバニー（Albany）はニューヨーク州にあり、ハドソン川中流域の川沿いの都市。一八二五年にエリー運河が開通し、このオルバニーから五大湖の一つエリー湖への水路が完成すると、オルバニーは水運の中継拠点として飛躍的に発展することになる。

＊94　ミシガン準州の知事を務めた経験を持つルイス・キャスのこと。部族の土地をめぐる白人との軋轢が強まった頃、ブラック・ホークがキャスに相談に行った時のことが本文にも出ている。キャスについては訳註43を参照のこと。

＊95　一七八八年、フランス系カナダ人のジュリアン・デビューク（Julien Dubuque, 1762-1810）はフォックス族から、ミシシッピー川の西岸、現在のアイオワ州デビューク（ジュリアン・デビュークの名前に由来している町）周辺で鉛を掘る許可を得た。

＊96　八月三日、ブラック・ホークらはロックアイランドに到着した。「バッド・アックスの戦い」から一年と一日が経っている。

＊97　ウィリアム・ダヴェンポート（William Davenport, 生没年不明）は当時アームストロング砦の指揮官を務めていた軍人。

＊98　ウィンフィールド・スコットについては訳註75を参照のこと。

＊99　十九世紀前半から中盤にかけて、アメリカ合衆国の南部諸州ではアフリカ系の黒人を奴隷として大量に使用する綿花栽培が盛んになり、この綿花を海外に輸出することでアメリカ合衆国全体の国力も飛躍的に増強された。いわば国家の基幹産業として南部諸州の綿花栽培は機能したわけだが、この産業を支えていたのは黒人奴隷制であり、北部諸州ではしだいに反奴隷制運動が活発化した。奴隷制度を擁護する立場、奴隷制度に反対する立場双方から政治的、経済的、宗教的な観点に基づく様々な議論が提出され、南北間の軋轢は深まり、修復しがたいものになっていく。結果的に一八六一年に南北戦争が勃発し、五〇万人近くの戦死者が出ることとなる。この世相を背景として、ブラック・ホ

ークも黒人奴隷問題について意見を求められたようで、ここで意見表明が行われる。アメリカ合衆国の白人たちを悩ませ続け、最終的に内戦という形でしか決着をつけられなかったこの黒人奴隷問題についてここでブラック・ホークが示す提案は、拙著『アメリカン・フロンティアの原風景』（風濤社）でも触れたことだが、斬新とも浅知恵とも的外れとも評価しうる。黒人奴隷制問題が深刻化する時代の中で、現在アメリカ合衆国民を構成する多様な人種、民族の中でマイノリティ（社会的少数者）と位置づけられるアメリカン・インディアンが同じくマイノリティと位置づけられる黒人をめぐる問題について発言し、意見表明を行っているということに読者としては何はともあれ注目する必要があろう。現代に至るまでアメリカ社会を蝕み続ける人種問題は容易に解決されるはずもなく、我々としてはこの問題をめぐる無数の声に耳を澄まし、個々の立場で考え続けるしかない。

解説　フロンティアを飛翔した「黒いタカ」

——あるアメリカン・インディアンの闘争の日々

我はソークの者。我が父祖もソークの者。
仲間たちは皆私のことをソークの男と呼んでいる。

本書は、十九世紀前半、北米大陸の五大湖地域で波乱万丈の一生を送った一人のアメリカン・インディアン、マカタイミーシーキアキアク（Ma-ka-tai-me-she-kia-kiak）、英語名ブラック・ホーク（Black Hawk）の『自伝』である。アメリカン・インディアンは固有の書き言葉を持たず、当然書物のようなものを出版、流通させるような文化も持っていなかった。そのアメリカン・インディアンが、アメリカの歴史上初めて、自らの一生を書物の形に仕立て上げ、世に問い、大いに反響を巻き起こしたのが本書である。

ちなみに、十九世紀を通じて、アメリカ合衆国政府に戦いを挑み、その名を全米中にとどろかせたアメリカン・インディアンとしては、ショーニー族のテカムセ、スー族のシッティング・ブ

ジョージ・カトリン《ブラック・ホーク》1832年

ル、クレイジー・ホース、アパッチ族のジェロニモなどがいるが、ブラック・ホークのように自らの生涯を書物の形にし、白人にメッセージを送った者は一人もいない。それゆえ、本書は白人に抗ったアメリカ先住民の生の声を伝える稀有な読み物と評することができる。

さて、初めに本書のタイトルについて少々説明をしておこう。原著ではメインタイトルの『ブラック・ホークことマカタイミーシーキアキアクの一生』(*Life of Ma-ka-tai-me-she-kia-kiak or Black Hawk*)の後に長い副題が続く。副題の日本語訳のみ出しておこう。

「部族の歴史、彼が加わった部族間戦争、米英戦争の際にイギリス側についた理由、米英戦争の際の体験談、ロック川にあった故郷、部族の生活習慣、条約を無視して行われた白人たちの侵入、一八三一年に村を退去した時のこと、『ブラック・ホーク戦争』全般に関する経緯と詳細、降伏、ジェファソン・バラックス駐屯地での収容所生活、アメリカ合衆国東部の旅」

この副題の下にはこの『自伝』の「語り手」についての記載がある。

「以上、彼(ブラック・ホーク)自身の語りによるもの」

一八三三年に初版が刊行されたこの書物は、英語圏では現在『ブラック・ホークの一生』ではなく、通常『ブラック・ホークの自伝』(*Black Hawk: An Autobiography*)と呼ばれている。原著の副題はこの『自伝』の内容をざっと辿ったあらすじとなっているのだが、今回邦訳を出版するにあたっては副題を凝縮し、『ブラック・ホークの自伝——あるアメリカン・インディアンの闘争の日々』とさせていただいた。なお、この書物を本当に「自伝」と呼んでいいのか、この点については以下の解説の中で触れていくことにする。

全てブラック・ホークの肖像
上／チャールズ・バード・キング、1833 年
左下／同、1837 年
右下／ロバート・サリー、1833 年

ブラック・ホークについては拙著『アメリカン・フロンティアの原風景――西部劇・先住民・奴隷制・科学・宗教』（風濤社、二〇一三年）の中でも二章を割いて紹介しているので是非そちらもご覧いただきたいのだが、以下、彼が生きた時代について概観しつつ、本書『ブラック・ホークの自伝』成立のいきさつ、本書が持つ意味などについて簡単にまとめておくことにしよう。

ブラック・ホークが生きた時代

十七世紀に入り、北米大陸の大西洋沿岸地域に現在のアメリカ合衆国の起源となったイギリス系の植民地が続々と建設され始めた。合わせて十三の植民地が成立し、一七七六年の独立宣言、そしてイギリス本国に対する独立戦争を経て、一七八三年のパリ条約でアメリカ合衆国が正式に成立する。このパリ条約においてアメリカ合衆国は、独立した十三州に加えて五大湖の南側、ミシシッピー川の東側の広大な領土をイギリスから獲得することになる。さらには、一八〇三年、フランス領ルイジアナを買収し、アメリカ合衆国の領土は一気に拡大する。

こういったアメリカ合衆国の誕生から成長への過程で、当然のことながら、先住民であったアメリカン・インディアンの各部族は多大な影響を被ることになる。ヨーロッパ諸国が植民地戦争を重ねながら北米大陸における自国の領有権を主張し続ける一方、既にそこに生活していたアメリカン・インディアンたちはヨーロッパ各国の力関係に振り回されながら、それぞれの部族の生存を賭けて様々な立ち回り方をせざるを得なくなった。

ブラック・ホークが属するソーク族は元々セントローレンス川（五大湖と大西洋を結ぶカナダ東部の河川）流域で生活していたと推定されているが、十六世紀、他部族の圧迫を受けて西へ西へと生活圏を移動させ、結果、本書の舞台であるミシシッピー川の沿岸地域に村を築き、狩りや畑作を行うようになった。しかし、ソーク族の者たちはようやく辿り着いた新天地においても白人の進出、他部族との抗争に巻き込まれ、最終的にはアメリカ合衆国が用意した居留地に囲い込まれ、細々と部族としての命脈を保っていくことになる。

なお、本書の中に描かれているソーク族とスー族の対立関係などにも見られるとおり、インディアン各部族の間には激しい対立関係や憎悪が生まれることも頻繁だった。北米大陸におけるアメリカ先住民とヨーロッパ人との抗争の歴史を考える時、大枠としてはインディアン対白人という対立軸のみを頭に思い浮かべても結構なのだが、インディアン各部族の間でも狩場や水場、白人との間の毛皮交易権などをめぐる軋轢、部族同士の小競り合いの大規模化など、実に多くの争いの歴史があったことを忘れてはならない。だからこそ、本書でも扱われる「ブラック・ホーク戦争」の最後の戦い、「バッド・アックスの戦い（虐殺）」においても、ソーク族と対立していたスー族、メノモニー族の者たちはアメリカ合衆国軍に積極的に協力する形でソーク族を狩りたて、殺害しているのだ。

さて、一七六七年、ロック川がミシシッピー川に合流する地点にあったソーケナクという村でブラック・ホークは生まれた。彼は主に他部族との抗争の中で戦士としての才覚を発揮し、部族の中で確固たる地位を占めるようになっていく。そして、この『自伝』の中で大きく扱われることになる白人との軍事的、政治的衝突の中でインディアン側のリーダーとして部族の行動に大きな影響を与えていくことになる。

ところで、アメリカン・インディアンの社会に関しては長い間誤解がつきまとい、例えば「大酋長」が王のような存在、絶対的な権力者として部族を率いているといったイメージが、二十世紀以降作られるようになった初期のアメリカ西部劇映画などを通じて世に広まった。

しかしながら、実際にはアメリカン・インディアンの各部族が築き上げていた社会は、一人の人間に権力が集中するという構造にはなっていなかった。政治面、軍事面などでリーダー役を担う者、長たちが何名かいたのは事実だが、基本的には合議制で物事を決していた。本書の冒頭部にも描かれるように、ブラック・ホークもソーク族の中の一つのリーダーの家系に生まれ、例えば神聖なるメディスンバッグを彼は父親から引き継いではいる。しかし、彼は部族の中で西洋社会における王や大統領並みの絶対的な権力を持っていたわけではない。

この「解説」の中でも後で触れることだが、米英戦争の際、その終結を確認するための条約にソーク族の者たちも調印を求められ、ブラック・ホークが属する部族の者たちは一八一六年に渋々調印を行うことになる。その時点で既に五十歳近くになっていたブラック・ホークは、ソーク族のリーダーの中で八番目に羽ペンによるサインを行っている。つまり、この時点でブラック・ホークは、ソーク族を構成する各地域のグループのうち、彼自身が属するグループの中でも序列八位だったということになる。

ジョージ・カトリン《ケオクク》1835年

しかし、他部族との間の軍事的衝突の中で頭角を現し、そしていよいよアメリカ合衆国との争いが抜き差しならぬ事態に立ち至った時、白人側と妥協することを良しとしなかったブラック・ホークは一際大きな存在となってインディアン側、白人側双方の世界で勇名を馳せるようになっていく。一方で、白人と折り合いをつけていくことでしか部族が生き残る道はないと悟り、合衆国政府との間で硬軟織り交ぜた駆け引きを繰り返したケオククのようなリーダーも出現する。ブラック・ホーク、そしてケオククという二人のリーダーが織りなしていくソーク族内部の主導権争いについては、この『自伝』の中でもブラック・ホークが時に激しながらライバルを批判し、語り続けている。

一八〇四年の条約

さて、ブラック・ホークらソーク族、フォックス族の者たちがアメリカ合衆国政府と決定的な対立関係を築くに至ったきっかけである一八〇四年の条約というものについて、ここで少し丁寧に触れておくことにしよう。この条約が結ばれた経緯、この条約の具体的な内容などを検証することで、ブラック・ホークらが白人たちに対して感じた強烈な違和感、反発などの根源にあるものが多少なりとも見えてくるはずだ。

既に述べたように、ブラック・ホークが生きていく時代はまさしく北米大陸における白人たちの領土争いが頂点に達した時代だった。アメリカ合衆国が成立し、領土を大西洋岸沿岸から五大湖地域、ミシシッピー川流域へと拡大していく中、一八〇三年のルイジアナ買収により、ブラック・ホークらソーク族の者たちの生活圏は完全にアメリカ合衆国の領土へと呑み込まれるようになった。そして、それまでは穏やかだった入植者の流入も一気に激しくなり、ソーク族の生活は一変していくことになる。

例えばミシシッピー川とミズーリ川が合流する地点にある重要な軍事的、経済的要衝セントルイスでソーク族はスペイン人と交易を行っていたのだが、その関係は極めて友好的なものであった。しかし、このセントルイスがアメリカ合衆国のものとなると、ソーク族に対するアメリカ合衆国政府の対応にソーク族の者たちはしだいに不安と不満を募らせていくようになる。そして、彼らの不安が現実的なものとして彼らの生活にのしかかっていく大きなきっかけとなったのが、一八〇四年にセントルイスでソーク族、フォックス族の代表者とインディアナ準州知事ウィリアム・ハリソンとの間で結ばれた条約だ。

トマス・キャンベル《ウィリアム・ハリソン》1841年頃。インディアナ準州知事ハリソンはソーク族、フォックス族との間で1804年の条約を結んだ。

本書『ブラック・ホークの自伝』の刊行にあたってブラック・ホークにインタビューを

行い、彼の話を英語に翻訳していったアントワーヌ・ルクレールも、本書冒頭部「編者からのお知らせ」の中でこの問題に触れ、ブラック・ホーク側の主張に対して好意的な理解を示している。「合衆国政府が自分たちに対して立ち退きを迫る権利がどこにあるのか、インディアン側が疑問に思うのも当然だ。何よりも、合衆国政府側が主張する権利の根底にある原理が他者の慣習を無視することであったのだから、インディアン側の反発もやむを得ない」

それでは、この一八〇四年の条約をめぐってブラック・ホークが本書で展開する主張について確認する前に、条約の中身そのものをここで紹介しておくことにしよう。

条約の前文では、本条約の締結にあたって会議の場に出席していた者たちについて紹介される。白人側の代表者はハリソンで、名前も明記されており、彼が北西部地域のインディアンとの交渉に関して全権を任されていたことなども詳細に記されている。一方、インディアン側はソーク族、フォックス族の長たちという表記があるだけで名前も記されていない。

条項は全部で十二。条約の末尾に付帯条項も足されているが、これは、本条約が対象としている地域以外でインディアンがスペインから獲得していた利益、権利については本条約は干渉しないということを確認した条項だ。

以下、各条項の要点のみ列挙していこう。

第一条

アメリカ合衆国はソーク族、フォックス族の者たちを友愛の精神を持って保護下に置くという記載があり、ソーク族、フォックス族の者たちも合衆国の保護下に入ることを認めるとされている。

第二条
アメリカ合衆国とソーク族、フォックス族との間の「国境」を定めた詳細にわたる領土規定。この条項において、ソーク族、フォックス族の者たちはソーケナクなどミシシッピー川以東の生活圏を合衆国政府に割譲したことになる。土地割譲に伴う物品や金銭による補償などについても本条項に記載がある。

第三条
第二条を引き継ぐ形で土地割譲に伴う物品や金銭による補償内容の詳細についての規定。

第四条
ソーク族、フォックス族の者たちが正当に所有している土地で生活している場合にはアメリカ合衆国はいかなる干渉も行わないこと、また白人による不法な侵害があった場合には合衆国がインディアン側を保護することなどが述べられている。また、ソーク族、フォックス族が土地を他国の者たちに売却することを禁止する旨の規定も盛り込まれている。

第五条

長文の条項となっているが、ここでは、本条約の締結後、個人のレベルで犯罪などが行われた場合についての規定が細かく書き込まれている。個人的な復讐や仕返しは認めず、インディアン管理官の監督下、当該地域の法律に則って処罰などの対応がとられるべきだとされている。

第六条

ソーク族、フォックス族の生活圏に白人が侵入してきた場合には、インディアン管理官などが対応にあたり、不法侵入を侵した白人は退去させられることになっている。

第七条

ソーク族、フォックス族の者たちは本条約で割譲した土地の中で狩りなどを行うことはできると短く規定されている。このいささか曖昧な規定があったため、本条約が結ばれた一八〇四年以降もしばらくの間はインディアン側も従来通りの生活を営んでいたし、そのことをアメリカ合衆国政府側もことさら問題にしようとはしていなかった。

第八条

交易に関する条項。本条約締結後はアメリカ合衆国政府が発行した許可証がなければソーク族、フォックス族と白人との間の交易は認められないこととなった。

第九条

これも交易に関する条項で、ここでは、インディアン側が私的な交易を行い、不利益を被ってしまった場合、アメリカ合衆国政府が善処する旨のことが述べられる。

第十条

オセージ族の者たちと激しい抗争を繰り広げてきたソーク族、フォックス族に対して、抗争に終止符を打ち、平和的関係を結ぶように求めた条項。関係改善のためアメリカ合衆国政府が協力するという記載もある。

第十一条

アメリカ合衆国政府が軍事的拠点に砦を建設することをソーク族、フォックス族に認めさせている。また、今回割譲された地域における白人の通行の安全を保障するようにもインディアン側に求めている。

第十二条

本条約がアメリカ合衆国の議会で審議され、大統領によって批准された後、効力が発生すると述べられている。

以上が、一八〇四年の条約の具体的な内容だ。

アメリカン・インディアンは基本的に書き言葉を持っていない。十九世紀前半、チェロキー族のシクウォイア（Sequoyah, 1770頃-1843頃）によって考案されたアルファベット風の文字がチェロキー族に浸透し、アメリカン・インディアン初の部族語による新聞も発行されるといった例外的な事例はあるものの、それ以前の北米大陸のインディアンたちは基本的に書き言葉を必要としていなかった。各部族間の交渉事に関しても「条約」といった形で書類をとりまとめ、保存するという文化などもちろん持っていなかった。

それゆえ、この一八〇四年の条約締結に関しても、白人側としては法に則った手続きであり、何ら問題のない外交措置ということになるわけだが、一方インディアン側からすれば彼らの生活習慣とは無縁なイベントに訳も分からないまま参加させられたに過ぎないということになる。

そもそもブラック・ホークの理解によれば、この条約とやらが結ばれるに至った発端は直接土地割譲に関わることではなかった。本書の初めの方でも語られているように、部族の者がアメリカ人を殺害し、捕えられたため、その者の釈放と殺害されたアメリカ人の遺族に対する補償について話し合うというのが、クァシュクァミーら部族の代表者四名がセントルイスに向かい、アメリカ側と交渉を行うことにした目的だった。

ところが、アメリカ人を殺害した仲間の釈放をめぐる交渉だったはずの話し合いは、ソーク族らの生活圏となっている土地をアメリカ合衆国に割譲するという話し合いへとすり替えられていった。また、体質的に酒に弱いインディアンたちに対して酒がふんだんに振る舞われ、部族の代表者たちは、彼らの運命を定めることになったこの重要な交渉の間、ずっと酔っぱらっていたようで、正常な判断力も奪われ、部族の者たちのところに戻った時もきちんとした記憶が残っていないという始末だった。

そして、本来の目的であったはずの仲間の釈放という要求は満たされず、仲間は牢屋から出された直後に撃ち殺され、部族の生活圏をアメリカ合衆国に割譲するという、インディアン側からすれば完全に想定外の理不尽な交渉結果のみが、交渉に参加した者たちから部族の者たち全員に伝えられたのであった。

《エドモンド・ゲインズ》撮影者、撮影年不明。ゲインズ将軍は1831年ブラック・ホークと直接対峙し、ミシシッピー川以西への退去を迫った。

なお、以上述べた条約締結に至る経緯はブラック・ホークの証言に基づいた整理だ。後世の研究者たちの見解と照らし合わせてみると、大筋ブラック・ホークの記憶及び理解に大きな誤解はないのだが、多少事実関係に対する誤認、記憶違いがあるというのは確かなようだ。

実際には、一八〇四年九月、セントルイスの北にあった白人入植地をソーク族の者たちが襲い、三名の白人を殺害し、その後本件をめぐって和平交渉に訪れたソーク族の代表者二名によれば、白人を殺害した者は四名の若者だということだった。ソーク族の代表者は遺族への補償として物品の提供を申し入れたが、入植者側は拒絶し、アメリカ合衆国政府は犯人の引き渡しを要求。争いの激化を恐れたソーク族側は合議の末、五名のそれほど重要な立場にない長たちをアメリカとの交渉の場に派遣すると共に、白人の殺害を実行した者のうち一名を代表者たちに同行させた。ただし、この一名はただちにアメリカ側に捕えられ、牢屋に収監される。

この一名の返還を要求すると共にアメリカ側との平和的な関係を模索するというのが、アメリカ側との交渉にあたっていた五名の者たちの本来の目標であったわけだが、いつしかその交渉はインディアン側の生活圏の割譲をめぐる交渉へと変質してしまった。実はこの時の交渉の一方の当事者であったハリソンは、この交渉の場に関するメモなどを一切残しておらず、この交渉の現場で何が本当に起こっていたのか、後世の研究者たちにとっても謎のままだ。明らかなのは、一八〇三年のルイジアナ買収以降本格的に領土拡大の機運が盛り上がる中、政府の意向を受ける形でハリソンが巧みに立ち回り、広大な土地をインディアン側から正規の手続きで買い取ったという既成事実を作ってしまったということだけだ。

ブラック・ホークらソーク族の者たちがアメリカ合衆国政府のやり口に対して不信を募らせていくのも当然だろう。その後、イギリスとアメリカ合衆国との間の軍事的衝突が米英戦争へと発展し、ブラック・ホークが属していたソーク族のグループは基本的にイギリス側についてアメリカ合衆国軍と戦うようになる。そのため、ブラック・ホークらのグループは「ブリティッシュ・

バンド」と呼ばれるようにもなった。このあたりの経緯、戦いの様子などについては、本書の前半でブラック・ホーク本人が大いに語り尽くしているところだ。

そして、ブラック・ホークらのアメリカ合衆国に対する反発は、米英戦争後、白人入植者が急速に増加し始め、また合衆国政府によるインディアンの強制移住政策が本格化したため、頂点に達することになる。

例えば、一八一四年十二月に結ばれたガン条約で米英戦争は公式には終結を迎え、戦争に参加していたインディアン側にも和平条約への調印が求められ、一部のソーク族、フォックス族の者たちは一八一五年九月に調印を済ませている。しかし、ブラック・ホークが属していたグループのソーク族の者たちとしては、米英戦争の最中、自分たちが参加していた戦闘では自分たちが勝利しており、なぜ自分たちがアメリカ合衆国と和平を結ばなければいけないのか、まったく理解できなかったようだ。ただし、味方として戦っていたイギリス人たちの要請もあり、翌一八一六年五月にブラック・ホークが属していたブリティッシュ・バンドの者たちもようやく和平条約に調印することになる。

《ヘンリー・アトキンソン》制作者、制作年不明。アトキンソンはブラック・ホーク戦争全体の総責任者として指揮をとった。

ところが、この和平条約では、一八〇四年の条約の内容、すなわちミシシッピー川の東側の土地すべてをアメリカ合衆国に割譲するという内容が再確認されたことになっており、そのことを事前に知らされていなかったブラック・ホークらは後に驚き、不満を爆発させていくことになる。

また、条約を締結するにあたって締結交渉に臨んだ当事者が署名を行うという西洋流の手続きに関しても、ブラック・ホークらは羽ペンで紙に何か印をつけただけで、この行為が持つ意味など理解もしていなかったと述べている。西洋流の交渉手続きをインディアンに押しつけ、領土拡張政策を推進していく当時のアメリカ合衆国政府の政治手法には、他者の文化や習慣に対する配慮や尊重をほとんど感じ取ることができない。

そして、いよいよブラック・ホークの生地でもあるソーケナクがアメリカ合衆国によって奪われ、自分たちがミシシッピー川の西側へと追いやられることが確実となった時、ソーク族、フォックス族らの運命は一気に暗転していく。アメリカ合衆国政府に抵抗するのではなく、アメリカ側の指示に従い、強制移住を受け入れ、自らの部族の存続を図るケオクク。イギリスや他部族の支援を期待し、夢想し、ソーケナクを奪還すべくアメリカ合衆国政府の言いなりになることを拒絶したブラック・ホーク。この二人を軸にして、ソーク族、フォックス族の者たちはいばらの道を歩んでいくことになる。彼らが辿っていった運命については、ブラック・ホークが本書で思う存分語り切っているところなので、是非、彼ら自身の言葉に耳を傾け、聞き取っていただけたらと思う。

ヘンリー・ルイス《バッド・アックスの戦い》1832年頃
この戦いによりブラック・ホーク戦争は終結する。この絵のように、この時ソーク族の者たちはこのようないかだを組み立てているはずがない、この絵は空想に基づいていると判断している研究者もいる。

『ブラック・ホークの自伝』は「自伝」か

このあたりでブラック・ホークが生きた時代と社会についての説明は終わりとし、この『ブラック・ホークの自伝』成立の経緯について話を進めていくことにしよう。

そもそもこの『ブラック・ホークの自伝』は「自伝」と呼べるのか。先ほども触れたように、アメリカン・インディアンは基本的に書き言葉を持っていない。書き言葉を持っていないのだから、自分で自分の生涯について書き記すなどという芸当はできるはずもない。だから、自分の生涯について本の形にし、一般の読者に伝えていきたいという強い願いを持ったとしても（ブラック・ホークはその強い願いを持ったようだ）、自らの言葉を聞き取り、書き言葉に写してくれる「通訳」がいなければ、「自伝」を本の形にし、出版するということもできるはずがない。

そこでブラック・ホークの前に登場したのが、彼とは以前から付き合いのあったアントワーヌ・ルクレールだ。ルクレールのことについては、拙著『アメリカン・フロンティアの原風景』でも触れたが、あらためて簡単に人物紹介をしておこう。

ルクレールは交易商をしていたフランス系カナダ人の父親とポタワトミー族の母親の間に生まれ、十以上のインディアンの言葉に通じ、わずかに使用することができた英語についても十六歳の頃にきちんとした教育を受けた。そして、長じて、中西部地域へ進出していった合衆国政府にとっては非常にありがたい存在の通訳となり、政府がインディアン各部族と折衝を行う場で活躍していくことになる。

一八一八年、アントワーヌ・ルクレールはロックアイランドに建てられたアームストロング砦で通訳として働き始めた。一時アームストロング砦を離れたものの、一八二七年、再び砦で働き始め、ブラック・ホークらともいろいろと関係を持つようになる。訳註39にも記したように、基本的にはアメリカ合衆国政府を支える側の人間としてブラック・ホークらに合衆国政府への恭順を説いたが、この「解説」の「一八〇四年の条約」の節でも指摘したようにブラック・ホークらに対して好意的な姿勢を保ち続けていたことも確かなようだ。おそらく、自らの体の中にポタワトミー族の血が流れているということもあって、アメリカ合衆国政府に抵抗し続けたブラック・ホークらに対する同情的な感情を心に宿していたのだと推察される。

「ブラック・ホーク戦争」後、自分の体験を書物という形にしてほしいというブラック・ホークの要望もあり、ルクレールはブラック・ホークから聞き取りを行い、新聞編集者ジョン・パターソン（John Patterson, 1805-1890）の協力の下、彼の「自伝」をまとめ上げ、出版した。後にはアイオワのダヴェンポートという町の設立に尽力したりしてなかなかの大物となり、アイオワ州発行の五ドル紙幣第一号（一八五八年）には彼の肖像画が採用されたりもしている。

さて、こういったルクレールという通訳が介在している以上、この『ブラック・ホークの自伝』を素直にブラック・ホークの生の声として読むことは不可能なわけだ。実際、この『自伝』が刊行されて二十年ほどたった頃、イリノイ在住の郷土史家が、『自伝』はルクレールらによる創作にすぎず、ブラック・ホーク自身は『自伝』のことなどほとんど了解していなかったはずだという指摘を行っている。この『自伝』は本当にブラック・ホークの「自伝」と判断していいのか。

そもそも「自伝」というジャンル、「自伝」を書き上げたのがご本人であったとしても、それは人間が過去の記憶や記録に頼ってまとめたものである以上、その「自伝」の中で触れられた出来事の信憑性、そういった出来事に対するご本人の解釈、感想の妥当性など、怪しげなものになる可能性を秘めているジャンルだ。

また、自分をどういう人間として描き、どのように読者に訴えかけていくのか、「自伝」を書こうとする者であれば、必ずこういった方法論について大いに意識するに違いない。自分という人間をどのように表現するのかという意識が働いた途端、自分が関わった過去の体験を美化したり、逆境をむやみに強調したり、あるいは過去の自分自身を英雄化したり、逆にあえて昔は悪であったことをほのめかしたり、ありとあらゆる手法を用いて、人は己の「自伝」を都合よく物語化していくものだろう。

「自伝」とは所詮そのようなものだと達観していれば、読者としても、その「自伝」に書かれていることを鵜呑みにするだけでなく、その「自伝」の各所に散りばめられた書き手の自意識、無意識にも目を配りながら、「自伝」を一つのフィクションとして堪能するというスタンスを獲得できるはずだ。

この『ブラック・ホークの自伝』についても、そもそもこれが本当にブラック・ホークの声を伝えたものであるのかどうかは確かめようもない。ルクレール自身による『自伝』成立の経緯を信じるという前提で、ブラック・ホークの声に耳を澄ますという作業をするしかないというのが現実だ。

ここで一つエピソードを紹介しておこう。一八三八年、マディソン砦で開催されたアメリカ合衆国独立記念日の祝賀セレモニーにブラック・ホークは招かれ、スピーチを行った。なお、「ブラック・ホーク戦争」が終了してからこの時点まで、彼はケオククと共にワシントンを再度訪れたこともあったのだが、基本的に沈黙を守り続けていた。

このスピーチの中で、彼は自分がいかに故郷の地を愛し、その美しさ、豊かさに魅了されていたかを訴え、だからこそ自分は故郷を守るためにアメリカと戦い続けたのだと強調した。ブラック・ホーク自身がアメリカ合衆国政府との対決に至る経緯や心情について白人たちに伝え、理解を求めていたというのは、このスピーチからも明らかだ。そして、このスピーチに託したブラック・ホークの思いは、この『ブラック・ホークの自伝』に綴られているものと完全に符合している。

ちなみに、このスピーチの中でブラック・ホークは、部族のリーダーとしての地位を完全に掌握したケオククに対する怒りと無念の思いを吐露している。

「かつて、私は偉大なる戦士だった。だが、今や私はみすぼらしい存在となってしまった。すべてケオククのせいだ。だが、私も老いた。彼を責めるつもりはない」

これまた、『自伝』の端々に書き込まれたケオククに対する心情と見事に一致している。『ブラック・ホークの自伝』が完全にルクレールらによる創作だと断定してしまう必要はおそらくない。というよりも、この『自伝』は「自伝」として読まれるべきものだろう。ブラック・ホークは自らの声を何とかして白人たちに届けようとしていた。彼の声は間違いなくこの『自伝』を通して聞こえてくると私は信じている。

歴史を構成するもの

私が興味を持っているのは、人類の歴史というものを構成してきた無数の人々の声だ。偉大な政治家や軍人、あるいは文豪、学者といった類の偉人たちの声については多くの研究者たちが取り上げ、後世の人々に伝え続けてきている。そういう研究からは漏れてしまうことの多い人々の声についても丹念に発掘し、今という時代に蘇らせていきたい。それが自分の仕事だと思っている。

むろん、ブラック・ホークについてはアメリカ本国では現在でも研究書などが次々と刊行されているし、歴史の流れの中で埋もれてしまった人々、あるいは忘れ去られてしまった人々のうちの一人として取り扱ってしまうのはまずいのかもしれない。だが、ある特定の人物について、研究者たちの間で取り上げられるようになったということと一般の人々に広く知れ渡っているということを同一視することはできない。そして、ある特定の人物についての理解の仕方も、研究者と一般の人々の間では時に大いなる齟齬が生じる。一般の人々は、研究者たちが精緻に組み立てる学術的枠組みなどなくとも、過去の人々の記憶を様々なやり方で自分の肌身で感じとっているものだ。

ある人物についての本が出版されているということイコールその人物が評価、再評価されるようになったということではない。あるいは、その人物についての本が出版されているという事実を多くの人々が知らなくても、さらにはその人物についての本がそもそも一度も出版されていないとしても、あたかも空気のようにその人物の記憶が人々の間に生き続けるということもあろう。

本書の翻訳作業を進めていた二〇一五年、『回想のブラック・ホーク――アメリカ中西部における その風景、記憶、力』という大変面白いブラック・ホーク関連本がアメリカで出版された。英語のタイトルは以下の通り。

Nicholas A. Brown and Sarah E. Kanouse, *Re-Collecting Black Hawk: Landscape, Memory, and Power in the American Midwest* (Pittsburgh: U of Pittsburgh P, 2015).

これはいわゆる研究書とは一線を画するブラック・ホーク関連本だ。本の書き手ないし編者である二名のうち一名はアメリカン・インディアンの研究者、もう一名はアート史研究者で、いずれも大学教員。この二名の書き手ないし編者がこのブラック・ホーク本で目指したのは、ブラック・ホーク研究の新たな成果の発表などではなく、現在アメリカ中西部で暮らしている人々の生活に浸透しているブラック・ホークという名前にまつわる日常風景をかき集め、収集した風景写真に文章を添え、いわばブラック・ホークという名前が喚起し続けている「イメージ」のみを網羅的に紹介した「イメージ・テキスト」の創出だ。

ブラック・ホークという名前は、もはやその人自身の記憶としてではなく、アメリカ中西部にある店や学校、ホテル、公園、通り、スポーツチームなどにつけられた名前として、つまりごく自然な、日常馴染み深いものとして日々の生活に根を下ろしている。その有様を風景写真としてカットし、各写真に、その写真とは一見無関係な文章が添えられているのが、この『回想のブラック・ホーク』だ。添えられている文章も、古典的な詩から現代の新聞記事や研究書、お役所の規定集などからの引用などで種々雑多。読者としてはこの「フォト・エッセイ」のページをめくりながら、ただひたすらブラック・ホークという名前にまつわる日常的な「イメージ」の連鎖を感じ取っていくしかない。

ブラック・ホークという名前が呼び覚ます人種やフロンティアをめぐる歴史的事実の重みにばかり思いを寄せがちな私のような人間にとっては、人々の生活になぜだか根づいてしまったブラック・ホークの「イメージ」のみをここまで見せつけられてしまうとある意味当惑するばかりなのだが、これはこれで分かる人にしか分からない面白さがあるようにも思えてならないのだ。

少し脇道にそれよう。本書の翻訳作業を進めていた二〇一五年は第二次世界大戦での敗戦から七十年後ということで、様々なメディアで戦後七十年をめぐる報道やドキュメンタリーなどが発表された。戦争の愚劣さや悲惨さを訴える各種文章や映像は、程度の差はあれ、それぞれ心を打つものばかりだった。

我が家にも当時の記憶を今に伝える資料がわずかばかり残されている。父方の祖父が残した日記や手紙などの類だ。祖父は私が生まれる前に他界しているし、やはり既に亡くなっている父からも祖父のことはあまり話を聞いた覚えがないので、祖父について普段私は何も思うことはない。ただ、この小さな、古びた「学用ノート」に書き込まれた祖父の日記に目を通す時だけは、やはり血のつながった者として何とも言えぬ懐かしさがこみ上げてくる。

日記の冒頭はこう始まる。

「昭和二十年二月二十五日午後　罹災

そばやの角より昭和通りロータリーへ、江戸橋に向って避難す。吹雪はげしく、積雪約一尺なり。〇〇様の厚意にて、附近の空家にて一夜を明かす。終夜雪降る」

昭和二十年二月二十五日というのはいわゆる東京大空襲の一つ「ミーティングハウス一号作戦」が行われた日で、この時の空襲により、アメリカ軍は焼夷弾を大量に使用する戦術が非常に有効であることを確認したということになっているらしい。

当時神田に住んでいた簞笥職人の祖父はこの空襲で自宅を失うが、その後仮入居した家も四月十四日の空襲で失う。その時の記載はこうだ。

「四月十四日払暁　罹災

池上病院、ガン研病院附近通過して、彼方、此方へ、鉄道線路で夜を明す（板橋池袋間）、巣鴨女子商業学校へ」

一連の空襲の最中祖父が何を思っていたのか、祖父の日記からは直接的には何も伝わってこない。怒りも恐怖も、感情的なことはほとんど何も祖父の日記には書かれていない。祖父が日記に記載しているのは、家を失った後の手続き、配給された食料や物資のメモ、預金の記録、娘たちの疎開先や仕事先に関わること、息子たちの消息、そしてあちらこちらへ移動している際に目に留まった日常風景のことなどだ。

戦時中に病で他界した娘たちを思う一節にのみ、祖父の感情はほとばしっているが、それもごくわずかな記載に過ぎない。

娘を疎開先へ連れていく時の書き込み、「道傍の桑の若葉、黄な菜の花、(娘)は雑草のいろいろの花を喜ぶ、名をたづねられても殆どわからず」などは微笑ましい。その他、草花を愛でる書き込みがそこかしこに溢れ、祖父の人柄も伝わってくる。あと一節だけ引用しておこう。

「七月五日　午前八時四十分上野駅着。公園表口石段より上る。西郷銅像、辨天堂より不忍池に下る。辨天様は礎石ばかりである。蓮の大きさ見事なり。緑葉茂り、その間に昼顔の花咲きたるを可憐とす。釣人数人あり」

東京大空襲に関わる記録といえば、その悲惨さを伝えるものが基本であり、その時の記憶を語り継いできた人たちの証言や残された映像資料を目にすれば我々は言葉を失うしかない。東京大空襲について歴史的な意味を考えることはもちろんきわめて重要なことで、この大量虐殺に関わる人々の証言や記録、映像資料は今後も検証され続けなければならない。

ただ一方で、その大空襲の最中、辛うじて命を保ち、生き長らえ、家族の者たちと生活し続けた祖父の日記が、私個人にとっては何物にも代えがたい貴重な歴史的な証言に思えてならないのだ。自らが被った理不尽な被害に対する怒りや悲しみ、あるいはおそらく逃げまどったに違いない空襲時の恐怖など、そういった書き込みがほぼまったくない祖父の日記に戦時中を生き抜いた普通の人々の日常が見え隠れしている。少なくとも私にはそう思える。

ちなみに、八月十五日、祖父は日記にただ一言「大詔下る」とのみ記している。敗戦の日に祖父が何を思ったのか、何をしたのか、日記からは一切伝わってこない。八月十五日以降、八月の記載は埼玉県忍町（現、行田市）に転入したということと、金銭の出し入れの記録に関わることのみ。敗戦の日を経たとはいえ、祖父にとっては家族を守る日常が戦後もただただ続いていただけのことだったのだろう。

こういった日常の一コマ一コマが、それらはそれぞれごく小さな無数の断片の一かけら一かけらにすぎないのだが、この無数の断片のそれぞれが実は人間の歴史を構成していく大いなる力となっているに違いない。例えば八月十五日に流された玉音放送をめぐる一連の歴史的事象のみが八月十五日の意味を表象するわけではない。その日、多くの人々は前の日と同様の生活を繰り返していたのだろう。繰り返される日常生活を維持していこうとする、ある意味本能的な、強靭な生命力が、戦後、何らかの形で日本全体の復興、変化へと結びつき、今の日本は作り上げられてきた。

多くの人々が織りなしていく日常生活の断片断片、そしてその時その時人の目を引く形で起こる歴史的事件や出来事。この双方に目を配っていくと見えてくる歴史の面白さに私は心を奪われる。

だから、ブラック・ホークという実在の人物についての丁寧な学術的理解がもしかしたら欠けたままブラック・ホークという名前を施設や組織の名称として使用し、日常生活に溶け込ませてしまっている現在のアメリカ中西部の人々の生活のありよう自体も面白くて仕方がない。

日々の生活で目に留まるブラック・ホークという名前に、自分たちの先祖が犯したかもしれない蛮行の数々に思いを寄せる白人もいるのだろうか。自分たちの先祖が社会の片隅に追いやられていった記憶に目覚め、無念の思いを募らせるアメリカン・インディアンもいるのだろうか。ブラック・ホークらをねじ伏せた開拓者魂を誇り高く呼び覚ます白人もいるのだろうか。はたまた、一時何らかの感情を心の中で湧き上がらせても、すぐに日常生活に舞い戻り、ブラック・ホークという名前をめぐる過去の記憶を無意識のレベルに沈殿させてしまうということも、いかにもあり得そうだ。

ブラック・ホーク自身が自らの声を出版物という形で白人に伝えようとした意志は、彼が特にアメリカ東海岸の大都会を中心にして一躍人気者になってしまったという当時のブラック・ホーク・ブームとも相まって、図らずも大成功をおさめることになる。『ブラック・ホークの自伝』は最初の一年間で五回版を重ねたという。彼が死去した際には、遠くロンドンの新聞にも彼の死亡記事が掲載されたという。

また、彼が死去した一八三八年には、白人の歴史家のベンジャミン・ドレイク (Benjamin Drake, 1795-1841) が『ブラック・ホークの一生及び冒険』という伝記を発表している。『ブラック・ホークの自伝』からも引用がされていて、ドレイクのブラック・ホークに対するスタンスは好意的なものだ。ちなみに、ドレイクの伝記には、「ブラック・ホーク戦争」が終結してからわずか六年でブラック・ホークらの生活圏、ブラック・ホークらが逃げ延びていった地域が穏やかで風光明媚な開拓村へと変貌したことを伝える当時の雑誌記事が紹介されている。

彼の伝えたかったことが白人たちに実際伝わったかどうかは別として、彼の名前はとにかく有名となり、歴史の流れの中で見事に生き延びてしまった。むろん、当時のフロンティア地域では白人入植者たちの間でブラック・ホークは憎むべき敵役として名を馳せたわけだが、いずれにせよ、ブラック・ホークの名は今やごく日常的な存在として人々の生活に浸透し、刻み込まれることになった。

蛇足となるが、ブラック・ホークに対する私の個人的な思い入れについて少し述べておくことにしよう。

もう二十年近く前のことになるが、ブラック・ホークの「デスマスク」と私は対面したことがある。場所はシカゴ歴史博物館。当時この博物館で第十六代アメリカ合衆国大統領エイブラハム・リンカーン及び奴隷制をテーマに据えた「分かれたる家」（A House Divided）という特別展が開催されており、私は二度ほど足を運んだ。

リンカーンは、ある有名な演説の中で、「分かれたる家は立つこと能わず」という聖書の一節を引用しつつ、半分が奴隷州、半分が自由州という形ではアメリカ合衆国は存続することができないと述べた。私が訪れた特別展のタイトル「分かれたる家」は、リンカーンが引用したこの聖書の一節に由来する。

この特別展自体はリンカーンの生涯を軸にして展示物が並べられ、例えば入口近くには若きリンカーンが斧をふるって丸太作りをしているところを描いた絵がかけられていた。当然、この絵を目にする者は、普通の若者が大統領の座にまで登りつめるという典型的なアメリカン・ドリームの物語に思いを馳せることになろう。ただし、この特別展を訪れた者は、展示場の中に足を進めていくうちに、奴隷制をめぐって激しく内部抗争を繰り広げたアメリカ合衆国の陰の部分を抉り出す様々な展示物に目を奪われ、しだいに歴史の重みをひしひしと感じていくことになる。そして、出口付近に置かれたリンカーン臨終のベッド、そしてその近くに展示された大きく引き伸ばされた南北戦争当時の写真、戦死者の遺体が累々と横たわる凄惨な戦場の光景を写した写真を目の当たりにした時、誰もが皆、充満する死のイメージに圧倒されたはずだ。

ただ、死のイメージで閉じられるこの特別展の入口に、実は既に別の死がひっそりと添えられていた。それがブラック・ホークの「デスマスク」だ。これはもはや制作者も制作の経緯も不明な彫刻で、現在ではニューヨークのウェストポイント博物館に収蔵されている。また、この特別展では、私が訪れた後、ブラック・ホークの「デスマスク」ではなく彼の肖像画を展示するようになったようだ。それはともかく、私が訪れた時、この特別展で真っ先に目に入るものはリンカーンが丸太作りをしている絵ではなく、ブラック・ホークの「デスマスク」だった。

ブラック・ホークの死は確かにアメリカ合衆国が本格的に西部に進出していく時代の到来を告

げる象徴的な出来事であり、そして西部開拓期に奴隷制問題が深刻化したのも事実なので、ブラック・ホークの「デスマスク」を真っ先に展示するというのはなかなか巧みな仕掛けだ。この特別展を訪れた時、私の他にはほとんど来訪者もなく、ほぼ一人きりで奴隷制をめぐるアメリカの歴史絵巻を心ゆくまで堪能することができたが、訪れた二回とも、一通り展示物に目を通した後、私は入口に戻り、ブラック・ホークの「デスマスク」の前にたたずみ、瞑目したものだ。

当時、私はマーガレット・フラー（Margaret Fuller, 1810-1850）という十九世紀のアメリカ合衆国を代表する女性知識人の手になる『五大湖の夏』（*Summer on the Lakes*, 1844）という旅行記に興味を持ち、ウィスコンシン大学マディソン校（ブラック・ホークが逃げ延びていったフォー・レイクスという地域にある大学）に拠点を置きつつ、フラーが辿った足跡を訪ねていた。なお、この時の研究、調査なども踏まえ、二〇一一年、『五大湖の夏』（未知谷）を翻訳し、出版した。

そして、フラーが、故郷に帰還しようとしたブラック・ホークについて言及しつつ、ロック川流域の風景の美しさを描写している『五大湖の夏』の一節に導かれるようにしてロック川沿いを訪問した際、私は再びブラック・ホークに出会うことになる。この時出会ったのはブラック・ホークの巨大な石像だった。

ロック川沿いにあるオレゴンという小さな町からほんの少しはずれたあたり、川岸の木々に覆われた崖の上、ロウデン州立公園内に通称「ブラック・ホークの像」という名のインディアンの石像がそびえ立っている。この石像は、一九一一年に完成した高さ二〇メートルほどのコンクリート製で、制作者はロラード・タフト（Lorado Taft, 1860-1936）という彫刻家だ。拙著『アメリカン・フロンティアの原風景』の中でも触れたエピソードなので細かくは繰り返さないが、タフト自身はこの石像を制作するにあたって、ブラック・ホーク個人のイメージを心に呼び起こしつつも、すべてのアメリカ先住民たちに捧げたいという意図を持って作業を行っていた。しかし、時の流れの中でこの石像は「ブラック・ホークの像」と呼ばれるようになり、オレゴンの観光名所の一つとなっていった。

私自身はこの石像のことを事前に知らなかったので、その後いろいろと調べていくことになったのだが、この「ブラック・ホークの像」が見据えている方向の先にあるのが、ロック川が大河ミシシッピー川に合流する地点にあるソーク族の故郷ソーケナクであることに気づいた時、これはもはや運命なのかもしれないと思った。

ブラック・ホークについて日本に紹介する責任が自分にはあるようだ。そう思い始めた私は、ブラック・ホークの足跡を訪ねると共に、ブラック・ホークが逃げ延びていった道にも可能な限り足を延ばすことにした。ブラック・ホークの生地ソーケナクや「スティルマンズ・ランの戦い」、「ウィスコンシン・ハイツの戦い」、「バッド・アックスの戦い(虐殺)」など戦いの跡地にも足を運んだ。

現在、ブラック・ホークたちが逃げ延びていった道は、「ブラック・ホーク・トレイル」として歴史を辿る道になっている。代表的な戦場跡、あるいはブラック・ホークたちが白人たちから身を隠していたとされる場所など、要所要所にマーカーと呼ばれる石碑や看板が設置されていて、往時を偲ぶことができる。

ブラック・ホークの「デスマスク」や石像と出会ってからもうずいぶんと時間が経った。いわゆる学会の研究発表や論文、著書などを通して彼のことを紹介し続けてきたが、ようやく『ブラック・ホークの自伝』の邦訳を出版する機会を得、自分の使命を果たすことができたような気がしている。

最後にブラック・ホークの死及び死後のことにまつわるエピソードを紹介しておこう。生前白人たちの西部進出に翻弄されたブラック・ホークは死後も白人たちによって散々弄ばれることになる。一八三八年十月三日、ソーク族の者たちに当時あてがわれていたアイオワ準州の居留地で、ブラック・ホークは七十年ほどの生涯を終える。家族は彼をソーク族伝統のスタイルで葬った。

ロラード・タフト《ブラック・ホークの像》1911年、筆者撮影

木製の板の上に彼の遺骸を載せ、動物たちの襲撃を受けないように工夫された形で地上に墓所を設けた。遺骸が身につけていた衣装は訳註85でも触れた青いフロックコート。彼が生涯にわたって白人からもらい集めたメダルの数々も首にかけられた。

しかし、一八三九年の夏、ジェイムズ・ターナーなるアイオワ在住の医者をリーダーとする一味が墓を暴き、遺骨を持ち去った。ブラック・ホークの家族らの訴えに応じ、アイオワ準州の知事も犯人探しと遺骨の発見に努め、しばらくして犯人グループの中で仲間割れした男が遺骨のありかを知事に伝えたため、遺骨は発見される。しかし、その遺骨は、再び盗まれることを恐れた知事の判断で、アイオワのバーリントンにあった博物館に収蔵されることとなった。以後、アイオワからさらにカンザスへと移住させられたブラック・ホークの親族から遺骨返還の要求もなく、彼は死後も博物館に収蔵され、白人たちの関心を誘うことになる。なお、一八五五年、この博物館は火災で全焼し、ブラック・ホークの遺骨も完全に灰と化してしまうことになる。

最後に

本書の翻訳にあたっては、イリノイ大学出版局から出ている以下のドナルド・ジャクソン編のテキストを使用した。

Donald Jackson, ed., *Black Hawk: An Autobiography* (1955; Urbana: U of Illinois P, 1990).

ジャクソンは、一八三三年に出版された『ブラック・ホークことマカタイミーシーキアキアクの一生』の初版を忠実に再現しようとした。実はこの『ブラック・ホークの自伝』には大まかに言って二つの版がある。一つは初版。そしてもう一つは、『ブラック・ホークの自伝』の出版にあたってアントワーヌ・ルクレールに力を貸したジョン・パターソンが初版出版から約五十年後の一八八二年に出したものだ。

現在、どちらの版も手軽に入手することができ、一八八二年版にいたっては、トーフル（TOEFL）、トーイック（TOEIC）など英語検定試験対策用に作成された、日本語の注解が付されたテキストまで出版されている（日本語以外の言語の注解が付いたテキストも出版されている）。ただし、この注解テキスト、精読のためにはまったく役に立たない。各ページで十個以上の単語に対して意味が付されているのだが、例えば“Indian”に対しての記載は次の通り。「インディアン、印度人、インド人、インドの、インド、インド製の」

一八八二年版のテキストではパターソンがかなりの場面で加筆、修正を行っているため、ブラック・ホークの言葉により忠実なテキストはどちらかと言えば、やはり初版ということになろう。ジャクソンもこの点を重視し、初版を再現する形でテキストを編集した。

なお、初版では『ブラック・ホークことマカタイミーシーキアキアクの一生』となっている題名が、この一八八二年版では『ブラック・ホークことマカタイミーシーキアキアクの自伝』となっており、「一生」（Life）ではなく「自伝」（Autobiography）という言葉が使われている。副題にも若干の修正が加えられている。

この一八八二年版が重要なのは、ブラック・ホークの語りが終了し、本文の最後にブラック・ホークの署名が記された後、パターソンによるブラック・ホーク及び「ブラック・ホーク戦争」に関する解説が付け加えられている点だ。ブラック・ホークとも直接面会している人物による解説なので、伝記的資料としては非常に貴重なものだ。

なお、今回の翻訳で使用したドナルド・ジャクソン編のテキストには、詳細なイントロダクションとエピローグが本文の前後に付され、ブラック・ホーク研究の基礎的資料となっている。また、テキスト末尾には一八〇四年の条約と一八三二年の条約が引用されており、研究者にとっては使い勝手の良いテキストとなっている。

もう一言、本文を読みやすくするために工夫したことがあるので付け加えておく。

原著では「祖父と『白い人』」や「戦士ブラック・ホーク誕生」といった小見出しは登場しない。ブラック・ホークの語り口をそのまま楽しむのであれば、こういった小見出しは不要なものかもしれないが、彼の語り口をただそのまま追っていると、語られるエピソードが起こった日時も不明だし、事実関係の理解に手間取る恐れがあると判断し、小見出しを加え、訳註をつけることとした。

ただし、冒頭の神話的導入部分から始まるブラック・ホークの語り口の面白さを味わっていただきたいという思いも込め、本文前半ではあまり註釈をつけなかった。時として感情を露わにしながらも冷静に白人に対する怒りや不満を表明していく彼の言葉を読んでいると彼が相当な知性の持ち主であることを感じたりもするのだが、一方で独りよがりな判断や自己弁明、ずる賢く狡猾な言動も目につく。こういったいかにも人間らしい彼の語り口の流れを阻害しないよう、冒頭からしばらくの間、米英戦争や「ブラック・ホーク戦争」に関わる出来事が出現するまでは、訳者による「解説」の言葉はあまり注ぎ込まないようにしたつもりだ。

だが、とりわけ「ブラック・ホーク戦争」に関わる一連の出来事に関しては、事実関係の詳細などを伝える義務もあると考え、最新の研究も踏まえ、できるだけ細かく註釈をつけることとした。本文を読んでいるだけでは理解が困難な時間の推移などについても、註釈をチェックしていただければある程度お分かりいただけるものと思う。

註釈をつけるにあたって参考にした書籍のうち主だったものを以下に紹介しておく。

John P. Bowes, *Black Hawk and the War of 1832* (New York: Chelsea House, 2007).
William T. Hagan, *The Sac and Fox Indians* (Norman, OK: U of Oklahoma P, 1958).
John W. Hall, *Uncommon Defense: Indian Allies in the Black Hawk War* (Cambridge, MA: Harvard UP, 2009).
Patrick J. Jung, *The Black Hawk War of 1832* (Norman, OK: U of Oklahoma P, 2007).
Kerry A. Trask, *Black Hawk: The Battle for the Heart of America* (New York: Henry Holt, 2006).

＊

最後にお礼などを少々。
風濤社の鈴木冬根さんにはいろいろとお世話になりました。ありがとうございました。
少しずつ漢字を覚え、難しい文章が読めるようになった娘へ。今君が読めるのはお母さんが訳した児童読み物『魔術師ミショーシャ』と『ココーテ 太陽をぬすむ』（いずれも風濤社）の方だろうが、いずれはお父さんの本にも目を通してください。我が家の心の遺伝子が密かに伝わっていくことを願っています。

そして妻へ。君もアメリカン・インディアンの声を今に伝える子供向けのいい本を出せて、よかったですね。君が伝えたいメッセージが多くの人たちに届くことを祈っています。

二〇一六年九月

高野一良

7月21日　ウィスコンシン・ハイツの戦い
8月1日〜2日　バッド・アックスの戦い（虐殺）
8月27日　ブラック・ホークが投降し、ブラック・ホーク戦争終結
9月　ソーク族、フォックス族らがミシシッピー川西岸の土地をアメリカ合衆国に割譲
1833年4月　ジェファソン・バラックス駐屯地に収容されていたブラック・ホークらは東海岸に移動させられ、いくつかの都市を訪問し、4月26日にアンドリュー・ジャクソン大統領と面会。その後、ヴァージニアのモンロー砦に収容される
6月　解放されることとなったブラック・ホークらはモンロー砦を出発し、途中ニューヨークなどを訪問、8月3日、故郷ロックアイランドに帰還
8月〜10月　ブラック・ホークの要望により、アントワーヌ・ルクレールが聞き取りを行う。『ブラック・ホークの自伝』出版
1838年10月3日　ブラック・ホーク死去
1861-65年　南北戦争

ブラックホーク関連　略年表

16世紀頃　ソーク族、セントローレンス川（五大湖と大西洋を結ぶカナダ東部の河川）流域から五大湖周辺に移住（推定）

1767年　ソーケナクでブラック・ホーク生まれる

1775-83年　アメリカ独立戦争

1776年　アメリカ独立宣言採択

1803年　ルイジアナ買収により、ミシシッピー川流域がアメリカ合衆国の領土となる

1804-05年　ルイスとクラークの探検

1804年11月　セントルイスでソーク族、フォックス族の代表者とインディアナ準州知事ウィリアム・ハリソンが条約を締結し、ミシシッピー川の東側にあるソーク族らの生活圏がアメリカ合衆国に割譲されることになる

1812年　米英戦争勃発、ブラック・ホークらブリティッシュ・バンドと称されるソーク族たちはイギリス側につき、アメリカ合衆国と戦う

1814年12月　ベルギーのガンで結ばれた条約により、米英戦争終結

1815年9月　一部のソーク族、フォックス族らがアメリカ合衆国との和平条約に調印

1816年5月　前年の調印に加わらなかったブラック・ホークらがアメリカ合衆国との和平条約に調印、1804年の条約で取り決められた土地割譲についても再度双方で確認したということになる

1829年10月　前年より始まったソーケナク周辺地域の測量に基づき、白人入植者への土地売却が正式に開始される（一部の入植者は政府の決定を無視し、前年から入植を開始）

1830年5月　第7代アメリカ合衆国大統領アンドリュー・ジャクソン、インディアン移住法に調印

1831年6月25日　エドモンド・ゲインズとの交渉の末、ブラック・ホークらはソーケナクを離れ、ミシシッピー川西岸へ渡る

1832年4月5日　ブラック・ホークらがミシシッピー川東岸に戻る

5月14日　スティルマンズ・ランの戦い（ブラック・ホーク戦争における最初の衝突）

ブラック・フォーク

Black Hawk 1767-1838

19世紀前半、アメリカ合衆国の五大湖周辺地域を生活拠点としていたソーク族のリーダーの一人。部族間抗争や米英戦争の中で主に軍事面のリーダーとして部族内で頭角を現した。1804年にソーク族とアメリカ合衆国政府との間で結ばれた条約によって、ソーク族はミシシッピー川以東の土地をアメリカ側に割譲することになったが、ブラック・ホークらはこの条約の正当性を認めず、アメリカ合衆国政府に抵抗し続けた。1832年、故郷を目指したブラック・ホークらは、アメリカ軍との衝突を重ねつつ、逃避行の旅を続けた。最終的にブラック・ホークに導かれたソーク族の者たちの多くは殲滅され、ブラック・ホーク自身も投降し、通称「ブラック・ホーク戦争」は終結する。戦後捕虜となったブラック・ホークは通訳アントワーヌ・ルクレールの助力を得、1833年、本書『ブラック・ホークの自伝』を出版した。

高野一良

たかの・かずよし

1959年生まれ。東京都立大学人文学部講師、助教授を経て、現在、首都大学東京教授。専攻領域はアメリカ文学及びアメリカ文化。『アメリカの嘆き——米文学史の中のピューリタニズム』（共編著、松柏社、1999年）、『メルヴィル後期を読む』（共著、中央大学出版部、2008年）、マーガレット・フラー『五大湖の夏』（訳書、未知谷、2011年）、『アメリカン・フロンティアの原風景——西部劇・先住民・奴隷制・科学・宗教』（風濤社、2013年）など。

ブラック・ホークの自伝

あるアメリカン・インディアンの闘争の日々

2016年11月1日初版第1刷発行

著者　ブラック・ホーク
編者　アントワーヌ・ルクレール
訳者　高野一良

発行者　高橋 栄
発行所　風濤社
〒113-0033 東京都文京区本郷 3-17-13 本郷タナベビル 4F
Tel. 03-3813-3421　Fax. 03-3813-3422
印刷所　中央精版印刷
製本所　難波製本

printed in Japan
ISBN978-4-89219-422-1

評論

アメリカン・フロンティアの原風景

西部劇・先住民・奴隷制・科学・宗教

高野一良

四六判上製　二五六頁　本体二五〇〇円＋税

ヘミングウェイの愛したスペイン

今村楯夫

四六判上製　二四八頁　本体二八〇〇円＋税

アメリカ・ユダヤ文学を読む

ディアスポラの想像力

邦高忠二・稲田武彦

四六判上製　三六〇頁　本体四二〇〇円＋税

アメリカン・インディアン 児童よみもの

魔術師ミショーシャ 北米インディアンの話

H・R・スクールクラフト 採話／W・T・ラーネッド 著／高野由里子 訳／長沢竜太 絵

A5判上製 一二八頁 本体一五〇〇円＋税

コヨーテ 太陽をぬすむ アメリカインディアンのおはなし

高野由里子 編訳／古沢たつお 絵

A5判上製 九六頁 本体一四〇〇円＋税

20世紀英国モダニズム小説集成

なついた羚羊《かましし》

バーバラ・ピム　井伊順彦 訳・解説

四六判上製　三八四頁　本体三八〇〇円＋税

自分の同類を愛した男　英国モダニズム短篇集

井伊順彦 編・解説　井伊順彦・今村楯夫 他訳

四六判上製　三二〇頁　本体三二〇〇円＋税

世を騒がす嘘つき男　英国モダニズム短篇集2

井伊順彦 編・解説　井伊順彦・今村楯夫 他訳

四六判上製　三二〇頁　本体三二〇〇円＋税

サキ・コレクション

レジナルド

サキ　井伊順彦・今村楯夫 他訳　池田俊彦 挿絵

四六変判上製　一九二頁　本体二四〇〇円＋税

四角い卵

サキ　井伊順彦・今村楯夫 他訳　池田俊彦 挿絵

四六変判上製　一九二頁　本体二四〇〇円＋税

鼻もちならないバシントン（刊行予定）

シュルレアリスムの本棚

大いなる酒宴　ルネ・ドーマル　谷口亜沙子 訳・解説
四六判上製　二七二頁　本体二八〇〇円＋税

サン＝ジェルマン大通り一二五番地で　バンジャマン・ペレ　鈴木雅雄 訳・解説
四六判上製　二五六頁　本体二八〇〇円＋税

街道手帖　ジュリアン・グラック　永井敦子 訳・解説
四六判上製　三六八頁　本体三二〇〇円＋税

パリのサタン　エルネスト・ド・ジャンジャンバック　鈴木雅雄 訳・解説
四六判上製　二五六頁　本体二八〇〇円＋税

おまえたちは狂人か　ルネ・クルヴェル　鈴木大悟 訳・解説
四六判上製　二五六頁　本体二八〇〇円＋税

放縦（仮題）　ルイ・アラゴン　齊藤哲也 訳・解説
四六判上製　刊行予定

パリの最後の夜　フィリップ・スーポー　谷昌親 訳・解説
四六判上製　刊行予定